町人Aは悪役令嬢をどうしても救いたい

一色孝太郎

イラスト／Parum

第一話　町人Aは前世の記憶を思い出す　10
第二話　町人Aは鑑定能力を得る　25
第三話　町人Aは剣を習う　46
第四話　町人Aは錬金術師となる　52
第五話　町人Aは飛び級で卒業する　59
第六話　町人AはEランク冒険者となる　68
第七話　町人Aは飛竜の谷へ行く　75
第八話　町人Aは空を自由に飛びたいな　95
第九話　町人Aは賢者の塔を攻略する　109
第十話　町人Aは迷いの森へと向かう　115
第十一話　町人Aはゴブリン退治を行う　136
第十二話　町人Aは親孝行をする　153
第十三話　町人Aはゴブリンスレイヤーになる　165
第十四話　町人Aはオークの大迷宮に挑む　171
第十五話　町人Aは風の山の迷宮に挑む　179

町人Aは悪役令嬢をどうしても救いたい

ents

第十六話　町人Aは盗賊退治をする　193
第十七話　町人Aは高等学園へ入学する　221
第十八話　町人Aは悪役令嬢に目をつけられる　237
第十九話　町人Aは悪役令嬢を止める　256
Side.アナスタシア（一）　267
Side.エイミー（一）　278
第二十話　町人Aは文化祭に参加する　289
Side.アナスタシア（二）　301
第二十一話　町人Aは悪役令嬢を助ける　306
Side.アナスタシア（三）　311
Side.エイミー（二）　314
第二十二話　町人Aはパーティーに参加する　318
無私の大賢者：はじまりの物語　327
あとがき　352
イラストレーターあとがき　356

Cont

第一話　町人Aは前世の記憶を思い出す

「アナスタシア、今この時をもってお前との婚約を破棄する！」

煌びやかなダンスホールに男の声が響き渡る。ここはセントラーレン王国王都ルールデンにある王城で、王立高等学園の卒業・進級祝賀パーティーが行われている真っ只中である。

声の主はカールハインツ・バルティーユ・フォン・セントラーレン王太子殿下。この国、セントラーレン王国の王族の特徴である燃えるような美しい赤髪に青い瞳、そしてすらっとした細マッチョ体型のいかにも王子様らしいイケメンだ。

彼の隣にはピンク色の髪に緑の瞳を持つ可憐で小柄な庇護欲をそそる女性、エイミー・フォン・ブレイエス男爵令嬢が不安そうな表情で寄り添っており、そんな彼女を守るかのように王太子殿下の他に四人のイケメンが取り囲んでいる。

右から順に一人目がマルクス・フォン・バインツ。宮廷魔術師長でもあるバインツ伯爵家の嫡男で、黒髪に茶色の瞳、眼鏡をかけた知的な印象の男だ。

二人目はレオナルド・フォン・ジュークス。近衛騎士団長を務めるジュークス子爵の嫡男で、茶髪に意志の強そうな青い瞳を持つ筋肉質の男だ。

三人目はオスカー・フォン・ウィムレット。王国一の大富豪であるウィムレット侯爵の嫡男で、ウェーブのかかった金の長い髪に緑の瞳を持つまるで女性と見紛うかのような美貌が特徴的だ。

最後はクロード・ジャスティネ・ドゥ・ウェスタデール。西の隣国であるウェスタデール王国の第三王子で、黒目黒髪に褐色の肌を持つワイルドな印象の男だ。

さて、そんな王太子に婚約破棄を突きつけられているのはその婚約者であるアナスタシア・クライネル・フォン・ラムズレット。夜空に輝く月のような薄金色の長く美しい髪と透き通るようなアイスブルーの瞳、そして凛とした気の強そうな印象を与える整った顔立ちをしたこの女性はこの国の三大公爵に数えられる名門ラムズレット公爵家のご令嬢だ。

「殿下、仰る意味がわかりません」

「ふん。相変わらず理解の悪い女だ。お前のような性根の腐った女ではなくこの心優しく癒しの力を持ったエイミーこそが俺の婚約者に相応《ふさわ》しい」

ピクリと眉根を動かすが、それ以上表情は崩さずにアナスタシアは王太子に反論する。

「礼儀作法も貴族の何たるかも、国とは何かをも知らぬその女が良いと仰るのですか？　殿下はその女に国母が務まると本気でお考えなのですか？」

アナスタシアは表情を崩さぬまま冷たい視線をエイミーへと向けた。その視線を受けたエイミーはピクリと縮みあがり、それを王太子は優しく抱き寄せる。

「馬鹿なことを言うな！　彼女の優しさこそがこの国には必要なのだ。いちいち下らん理屈をコネ回すお前など必要ない。そもそも、俺たちはお前がエイミーに対して行ってきた数々の嫌がらせを知っている！　お前のような性根の女こそ国母に相応しくない！」

瞳に怒りの炎を燃やしてアナスタシアを糾弾する王太子殿下、そして取り巻きの四人の男性がそうだそうだ、とはやし立てる。

◇◆◇

と、いう夢を見たのはついこの間の事だ。普通に考えれば「おかしな夢を見たものだ」と笑い話で終わるところなのだろうが、そうは問屋が卸《おろ》してはくれなかった。

俺の名前はアレン。セントラーレン王国の王都ルールデンに住んでいる八歳のごく普通の少年だ。家族は母親が一人だけ。貧しいけれど何とか暮らしている。

ただ一つ普通でないのは、先ほど家で椅子に座っていたところやたらと巨大なくしゃみが出て、そのはずみで航空エンジニアとして働いていた前世の記憶を思い出した、ということだ。

大丈夫、記憶は戻ったが俺はアレンで間違いない。人格は前世のまま今の今まで行動してきて、ちょうど今しがた前世の記憶が突然戻ってきた、そんな感覚だ。混乱はしているが違和感は全くない。

さて、突然だが今の状況はまずい。とにかく非常にまずいのだ。

まず説明しておくと、この世界はスマホ向けに配信されていた乙女ゲーム「マジカル☆ファンタジー～恋のドキドキ♡スクールライフ～」の世界だと思われる。とりあえずこの残念なゲームタイトルのネーミングセンスはさておき、まずは俺の話を聞いてほしい。

　何がまずいのかというと、このままでは俺も母さんも、そして多くの町の人たちも八年後に全員殺されてしまうのだ。

　どうして俺がそのことに気付いたのかというと、今住んでいるこの国《セントラーレン》と町《ルールデン》の名前、そして八歳のカールハインツという名前の王太子殿下と同い年のアナスタシアという名前の公爵令嬢の婚約のニュースが、先ほど蘇った前世の記憶と結びついたからだ。

　だからとにかくだな――。おっと、ちょっと焦りすぎたかもしれない。

　まずはゲームの話の続きをしよう。この後、あまりの一方的な非難に耐えられなくなったアナスタシアは手袋を取り、エイミーへと投げつけて決闘を申し込む。

　アナスタシアは非常に冷静で氷のような女性と思われがちなのだが、本当は強い意志で感情を抑え込んでいるのだ。そしてこの時はそれまでの経緯もあって怒りがその自制心を上回った格好だったのだろう。

　そして、決闘を申し込んだはいいものの、エイミーの決闘の代理人として婚約者であるはずの王太子が自ら立候補してくるのだ。流石に王太子に決闘を挑む者などおらず、アナスタシアは自ら戦い敗れてしまう。敗れたアナスタシアはそのまま学園に姿を見せることなく地方の修道院へと送られ、その道中で賊に襲われて行方知れずとなる。

　ここまででも中々のクソゲ……ゲフンゲフン、ひどい展開なわけだが、話はこれでは終わらない。まず一つ目は、胸糞悪いことにその賊が王太子たちの差し金だったということだ。いや、正確にはゲームの中で明確にそう説明する描写はなかったので断言はできないのだが、そう思わせる発言がそこかしこに登場していた。

そしてもう一つはこの事がきっかけとなって権力のバランスが崩れて内乱が勃発し、王国の政治は大きく乱れることになる。するとその混乱に乗じた東の隣国エスト帝国によって戦争をしかけられてしまう。内乱で疲弊した王国にはエスト帝国軍の電光石火の進軍に対応する能力はなく、俺たちの暮らすこの王都は灰燼《かいじん》に帰してしまうのだ。

これが、俺が非常にまずいと言っている内容だ。そこで俺は声を大にして言いたい。

お前らの下らない乱痴気騒ぎに俺たち民衆を巻き込むな、と。

というわけで、ともかく俺は第一に母さんの安全を確保したいと思う。そしてそのためには、帝国による侵略を受けない状況を作る必要がある。

ちなみに、ルールデンを捨てて逃げるという選択肢を取ることはできない。生まれ育った愛着のあるこの町を出ていきたくないというのもあるが、そもそもこの国には引っ越しの自由がないのだ。封建制度であるこの国は領民の人数がそのまま領主の力に直結している。そのため、結婚や家族に引き取られるなどの正当な理由がない限りはなかなか別の町への引っ越しは認められないのだ。

さて。この状況を何とかする方法はいくつか考えられるのだが、俺は悪役令嬢アナスタシアの断罪をひっくり返す道を選ぶことにした。

その理由は二つだ。まず一つは仮にゲームの通りに進むのだとしたら何をすればひっくり返せるのかを予測できるからだ。そしてもう一つの理由は単純に俺が彼女のことを救ってあげたいからだ。

アナスタシアはこのゲームで俺が気に入った唯一のキャラだ。死んでほしくない。

この悪役令嬢アナスタシア、悪役などと言われているが俺から言わせてもらうとどう考えてもまともなのだ。

「身分制度があるのだから礼節をわきまえろ」

「式典や食事のマナーを守れ」

「婚約者がいるのだから配慮して誤解を生むようなことはするな、させるな」

「民の税金で生きているのだから政略結婚の意味を考えて国のため民のために努力をしろ」

「王太子には王太子の、貴族には貴族の果たすべき責任がある。それを全うしろ」

言葉やニュアンスが若干違うところはあるだろうが、アナスタシアの言い分はだいたいこんな感じだ。

これらを言われていじめられただの、上から目線でウザイだの、小言ばかりでつまらないだの、そして挙句の果てにはラブ&ピース最高って、どうよ？

しかもその結果が王都壊滅とか、ね？

さらに言わせてもらえば八歳で王太子との政略結婚が決まってからというもの、アナスタシアは国母となるべく血のにじむような努力を重ねてきた。

公爵令嬢として、将来の国母として立ち居振る舞いを身につけるだけでなく、持ち合わせた才能に驕ることなく勉強、魔法、芸術、そして剣の才能までも開花させた超がつくほどの努力家なのだ。

その努力の行きついた先がこれではあんまりだとは思わないか？

しかも、断罪イベントの後に行方不明となったアナスタシアは死んだわけではない。彼女は賊によって慰み者にされ、心身ともにズタボロにされた後にエスト帝国へと売られるのだ。

その後、帝国より魔剣を与えられて暗黒騎士となり、その尖兵となってセントラーレン王国に攻めてくるのだ。

最終的にはその平和を願う慈愛の心で聖女（笑）の力に目覚めたエイミー様と攻略対象者たち――王太子と先ほどの取り巻きの計五名だ――が力を合わせて帝国と闇堕ちしたアナスタシアを打倒して国を取り返し、そして結ばれるというのがこのゲームのストーリーだ。

なお、アナスタシアの実家は内乱の時に政治的な理由で傍観していたにもかかわらず首謀者としてでっち上げられて一族郎党処刑されている。もちろん、これもアナスタシアが闇堕ちする理由の一つだったりする。

もう、さ。ね？　これには制作チームの悪意を感じざるを得ない。

ちなみにどうして俺がこんなことを知っているかというと、それは前世のクソ姉貴のせいだ。姉貴は、彼氏に振られたと俺の一人暮らしの部屋に居座っては毎晩泥酔してウザ絡みしてきた。その姉貴からこのゲームを完全攻略して全てのイベントスチルの回収をしろ、と命令されたのだ。それで気分が晴れれば出て行ってやる、と。

クソ姉貴の言い分としては俺はゲームが得意なのだからすぐに終わるはずだということらしい。何とも身勝手な言い分ではあるが、いくらクソ姉貴でも実の姉をそのまま放り出すわけにはいかない。それにやらないと酔っ払いの絡みがウザすぎるのでやむを得ず攻略してやったというわけだ。

まあ、実際ゲームは得意だったたし、それにそんなクソ姉貴でも姉なわけで。

しかし、何が悲しくて男の俺が野郎の好感度をあげにゃならんのだ、と何度も何度も何度も何度も空しい気分になったのは言うまでもない。

あー、思い出したら腹が立ってきた。

しかも乙女ゲーのクセにＲＴＳ――リアルタイムストラテジーの略で、将棋のようなターン制ではなくリアルタイムで命令を与える必要がある――形式のバトルパートがやたらと難しい。逆ハールートなんか完全に課金前提の難易度になっていて、俺は諭吉さん数人とさよならする羽目になった。ちなみに逆ハーとは逆ハーレムの略で、一人の女性が複数の男性から寵愛を受けている状態のことだ。

はあ。やめよう。前世の話だがこいつは黒歴史だ。もう思い出したくもない。

と、まあ、そんなわけで俺は悪役令嬢アナスタシアが助かる方向で進めたい。これは俺の意地みたいなものだ。

もちろん、アナスタシアとワンチャン、と思わないでもない。美人だし性格も俺から見ればまともに見えるし。

ただ、現実的に考えて一介の町人が公爵令嬢と結ばれるなどあり得ない話だ。

そもそも、俺はゲームに登場すらしていないただの町人だ。登場すらしていないのだからモブですらない。

もし俺に働く強制力のようなものがあるのだとすれば、それは「その後、ルールデンの住民たちの姿を見た者はいない」というルールデン陥落イベントの時のこの一文くらいだろう。

破滅まであと八年。できる限りの手を打っていこうじゃないか。

運命《シナリオ》を破壊して、俺が母さんを、そしてこの町と悪役令嬢アナスタシアを必ず救ってやる！

◇◆◇

さて、運命《シナリオ》を破壊すると決めたところでやらなければならないことがいくつかある。

まず第一に、本当にゲーム通りなのかを検証する必要がある。これはゲームで出てきた状況がその通りになっていればほぼ間違いないと考えていいだろう。

そしてそれと同時に大金を稼ぐ必要がある。というのも、悪役令嬢を救うためには断罪をひっくり返す、つまり決闘で代理人として戦って勝つしかない。そのためには王立高等学園に入学する必要があるのだが、これには兎にも角にも金が必要だ。

もちろん、婚約破棄されないというのが一番穏便な解決策だと思う。だがたとえバッドエンドルートでも婚約破棄イベントは発生するので、これについてはできたらいいな、程度に考えておくことにしようと思う。

それらを成し遂げるための最初の一手としてまずはゲームに登場する『隠密のスクロール』という特殊な巻物のアイテムを手に入れたい。ゲームではこのアイテムが落ちていたのは学園から王都の地下下水道に抜ける秘密の通路の小部屋にある机の上だ。そこはもう何十年と使われていない忘れ去られた場所で、その小部屋と共に『隠密スクロール』が発見されるのは帝国軍によって王都が蹂躙される時だ。

エイミーたちが学園からの脱出経路として下水道を通り、偶然発見するという設定になっていた。

これが本当にあればゲームの通りの状況になっていると言えるだろうし、これを頂いてしまえばかなり動きやすくなる。つまりこれの有無がわかれば、ここが乙女ゲームの世界と同じかどうかを判断する有力な材料として使えるはずだ。それにプラスしていくつかの要素がゲームの通りになっていれば乙女ゲームの世界と同じと考えて良いだろう。

と、いうわけで俺は母さんと一緒に冒険者ギルドにやってきた。

「すみません。どぶさらいをやらせてください！」

「お、おう、坊主。頑張れよ！　そんじゃあお母さん、こいつに必要事項を記入してくれ」

受付のおっちゃんが母さんに申し込み用紙を手渡し、説明を受けながら母さんがそれに記入していく。

冒険者ギルドでは八歳から登録を受け付けていて、どぶさらいなど子供が町中でできる公共の仕事を斡旋してくれている。俺も少し前に母さんから勧められていたのだが、臭《くさ》いのが嫌だと断っていた。だが、俺が昨日の晩にやっぱりどぶさらいをやる、と言ったら母さんはすごく喜んでくれて、こうして一緒に来たというわけだ。

ちなみに、冒険者のシステムはテンプレのパターンで、俺みたいな子供がGランク冒険者、十二歳になるとFランクからスタートして最高ランクはSだ。

「よし、じゃあこのギルドカードに血を一滴垂らしてくれ」

おっちゃんに言われて指を針でちくっと刺して血を垂らすと、カードが一瞬光った。

「よし、これで登録完了だ。このギルドカードはなくしたら金がかかるからなくさないように気をつけろ。あと、こいつはサイフのかわりにもなるからな」

ギルドカードは銀行口座のような機能もあり、ギルドカード同士をタッチさせることで送金もできるらしい。日本よりも何気に便利なことに驚いた。

ともあれ、こうして晴れてG級冒険者となった俺は毎日欠かさずにどぶさらいを続けた。ちなみにどぶさらいの報酬は一日で千セント。セントラーレン王国の通貨だからセントだ。価値は一セントが大体一円と計算して問題ない。

◇◆◇

キツいのと臭いのと汚いのを我慢し続けて一か月が経った頃、受付のおっちゃんに声をかけられた。

「おい、アレン坊。今日から地下下水道の方を頼むぜ。外のどぶよりくせぇが、報酬は倍だぞ。どうだ？」

「やります！」

俺はもちろん二つ返事で了承する。何しろこのためにどぶさらいをやっているんだからな。

こうして依頼を受けた俺はギルドの裏手の階段から地下下水道へと入ると借りたランタンで明かりを灯した。ここからスクロールがあるはずの場所までの道のりはわからないが、ゲームの通りであればいくつかのヒントがあるはずだ。迷子にならないように目印をつけながら俺は地下下水道の下流を目指す。

しばらく歩いていくと、レンガで作られたアーチ状の天井が特徴的な太い下水道に辿り着いた。

よし、ここがメインの下水道管だ。周りの壁が赤いレンガということは、今俺のいるこの場所はスクロールの場所よりも下流に位置しているはずだ。

俺は帰り道で迷わないように、ギルドへ戻る下水道に目印をつけると上流へと向かって歩き出す。

そのままかなりの時間歩いていると、壁と天井が赤いレンガから灰色の石を組んだものへと変わった。これは目的の場所にかなり近づいてきた証拠だ。俺は更に歩を進める。

それから五分くらい経っただろうか？

唐突に壁に鳥の絵が描かれている場所に到着した。ゲームの通りであれば、この鳥の絵の描かれている場所の正面に隠し扉があるはずだ。

辺りの壁をくまなく調べると、なにやらボタンのようなものが見つかった。

「これは一体何のボタンだ？」

よくわからないが俺はとりあえずそのボタンを押してみる。思いのほか固かったので力いっぱい押し込んでみるとカチッと何かがかみ合ったような音が聞こえてきた。それからすぐにゴゴゴゴと音を立てて壁の一部が開いて通路が現れた。

まさかの自動ドアだ。こじ開けることを想定してバールのようなものを持ってきたのだが、どうやらその必要はなかったようだ。

俺は迷わずにその通路へと足を踏み入れる。この先に小部屋があるはずで、その小部屋にある机の上にお目当てのスクロールはあるはずだ。

「あった。小部屋だ」

中を覗き込むと、朽ち果てたボロボロの机と座面の無くなった椅子が置いてある。一体何に使っていた部屋なのだろうか？

俺はそんな疑問を抱きつつも机の上を確認すると、何やらそれらしきスクロールが置いてあるのが見えた。

あれは……！　本当に、あるのか？

俺は机の前まで近づくと手を伸ばしてそれを取ろうとしたが、俺の身長が低すぎるせいでどうしても机の奥に置かれたスクロールまで手が届かない。

「くそっ。まさかこんな罠が！」

一瞬焦ってしまったが、備えあれば憂いなしだった。俺は今バールのようなものを持っているのだ。このバールの先にひっかけてそれっぽいものを手繰り寄せることで手元まで持ってくることに成功した。

よし！　さあ、これは隠密のスクロールなのか？

手元の巻物を広げてみると、そこには「隠密」と漢字が書かれている。

「やった！　これだ！」

使い方はゲームで説明があって、スクロールを開いた状態で手のひらをのせるだけだ。

俺は早速床にスクロールを開いて置くと、その上に右手をのせる。するとスクロールが一瞬眩しく光り、そして次の瞬間にはすでに消えていた。

「計画通り！」

新世界の神にでもなった気分だが、浮かれるのはまだ早い。俺はギルドカードを取り出して個人情報を確認した。

名前　：アレン
ランク：G
年齢　：8
加護　：
スキル：【隠密】
居住地：ルールデン
所持金：3,348セント

よし！

よし！　よし！　よし！

「完璧じゃないか！」

俺は喜びのあまりかなり大きな声で独り言を言ってしまい、それが誰もいない地下室に反響する。

恥ずかしい！

気を取り直して俺は意気揚々とギルドへと戻ったのだった。

え？　どぶさらい？　帰りがけにちゃんとやったぞ？　俺は仕事はきっちりやる主義だ。

○加護
　神様から贈られる祝福のようなもので、特定の物事や分野において著しい才能を与えるものである。例えば【風魔法の才能】という加護を与えられると風魔法を使うための十分な肉体的素質と才能が与えられ、練習により凄まじい勢いで習得・上達するようになる。

○スキル
　何かの技術を使えるようになった状態のことで、スキルを持っていると使い方が勝手に頭に浮かんでくるようになる。例えば【風魔法】のスキルを持っていると、風魔法を使おうと思った時に使える風魔法が自動的に頭に浮かんでくるようになる。ただし、加護と違って著しい才能を得られるわけではないため、スキルによって規定された内容以外の事はできない。

第二話　町人Aは鑑定能力を得る

スキル：【隠密】
説明　：気配、魔力、持ち物など様々なことを隠蔽できるようになる。習熟すればするほど気付かれにくくなり、隠蔽できる内容も高度になる。

これが俺の新しいスキルだ。このスキルは中々有用で、二つの使い方を想定している。まず一つは、誰にも気付かれずに色々な場所に出入りすることだ。何しろ、ゲームではエイミーと攻略対象たちが帝国軍の追手から逃れるために用意された優秀なチートスキルだ。それなら、この町にこっそり出入りしたり、危険な場所で気付かれずに行動したりすることなどわけないはずだ。

そしてもう一つは、このギルドカードの内容の隠蔽だ。この【隠密】スキルを持っているということ自体が火種となる可能性がある。バレて暗殺者として育てるために拉致されるなんてもってのほかだからな。

さて、実験の結果【隠密】を使って俺自身の存在を隠蔽すると、人は俺のことをどうやらその辺りに落ちている石のようにしか感じなくなるらしい。

というのも昨晩、家に帰ってから試しに母さんを相手に実験してみたのだ。

実験内容は簡単で、家で【隠密】を使い、部屋に置かれた椅子に堂々と座って母さんの帰宅を待つだけだ。

母さんは帰ってきて扉を開けると中にいるはずの俺に声をかけてきた。

「ただいまー。アレン、夕飯の時間よ」

うちは違法増築されたボロアパートの五階にある、ワンルームに共同のトイレとキッチンだけの小さな部屋だ。帰宅すればすぐにわかるはずなのだが俺に気付いた様子はない。

「アレン？　どこ？　まったく、ダメじゃない。ランプをつけっぱなしにしてどこかに出掛けるなんて」

母さんはそんな独り言を呟きながら買ってきたクズ野菜のスープ、それに固いパンと干し肉をテーブルに並べた。それから俺の座っている椅子に座るため椅子を引こうとしてきた。

「あら？　どうしてこんなに重いのかしら？」

そう言って首を傾《かし》げた母さんは反対側の椅子を引いて腰掛ける。

「母さん？」

俺が声をかけると母さんは辺りをキョロキョロと見回すが俺を見つけることができない。どうやら真正面に座っているというのに俺の存在を認識できていないようだ。俺は立ち上がって母さんの隣に行くと、肩をトントンと叩いてもう一度母さん、と呼びかける。

「あ、あら？　あらら？　アレン？　いつからこの部屋にいたのかしら？」

すると驚いた母さんは目を丸くしながら俺にそう尋ねてきた。どうやらここまでやると【隠密】は解除されるらしい。

「最初からここにいたよ。はい、今日の稼ぎ」

俺はどぶさらいで稼いだお金の一部を母さんに渡した。見ての通り貧しい生活なので少しでも生活を良くしたいのだ。母さんは俺のたった一人の家族だからな。

「ありがとう。でも無理しないのよ？　学校のお勉強もちゃんとね？」

「うん、わかってるよ。授業は簡単だから大丈夫」

俺は母さんにそう答えた。

学校というのは週に三回、無料で読み書き算数、それに歴史なんかを学べるこの世界の小学校だ。毎週月、水、金の午前中に二時間だけ授業を受けられる。

前世の記憶があるので歴史のようなこの世界特有の話以外は受ける必要がないのだが、将来高等学園に入ることを想定して勉強は手を抜かずにしっかりやっているのだ。

◇◆◇

さて、次なる一手はすぐ近くの森にある古代迷宮の跡と言われる遺跡に行き、『鑑定のスクロール』を手に入れることだ。

もちろん八歳の子供は町の外に出ることはできないし、町の外なので魔物もたまに出る。王都の近くなので滅多にはないが、盗賊やそれまがいのごろつきが出ることだってありえるだろう。

そこで【隠密】スキルの出番だ。誰にも気付かれずに町を抜け出し、こっそり遺跡へと侵入して目的のアイテムを手に入れるのだ。

ちなみに、この『鑑定のスクロール』も本来ゲームのヒロインであるエイミーが手に入れるアイテムである。ゲームでは一年生の夏休みに攻略対象の誰かと一緒に夏休みの自由研究としてこの遺跡を訪れた時に、偶然手に入れていた。

そのため、これを同じ遺跡の同じ場所で手に入れられたならここは乙女ゲームの世界と同じだと断定して良いだろう。

ああ、そうそう。この【鑑定】のスキルを取るのは検証だけが目的ではない。というのもこのスキル、はっきり言って超絶チートスキルなのだ。

その名の通り、このスキルはアイテムの鑑定ができるスキルだ。それだけでもチート級のスキルだが、課金して魔石を消費することでその本領を発揮する。

まず自分よりレベルが下の相手に対してその名前から所持しているスキルまで丸裸にする人物鑑

定、迷宮内の宝箱の探知、罠の感知、敵の弱点の調査、戦闘時の敵の行動の先読み、更には攻略対象との会話イベントの時の選択肢の正解、果ては期末テストの正解なんかまでわかる。

魔石は魔物を倒した時のドロップアイテムなのだが、ゲーム内で入手できる数ではまるで足りない。なのでそのチートぶりを発揮するには当然、課金して魔石を買う必要がある。要するにゲームの集金装置なわけだが、俺の運命《シナリオ》破壊計画にはこいつが不可欠だ。

ちなみに、前世ではこいつのせいで俺は諭吉さん一人とお別れした。くすん。

さて、気を取り直していこう。

俺は【隠密】スキルで隠れたまま町の出入口へとやってきた。やはり俺がいることには誰も気付いていないようで、町を出ていく人たちに混ざってそのまま出てみたが何も言われなかった。

衛兵たちも俺の存在に気付いていないようだ。

今度は町に入る方を試してみよう。一般人は今くぐった門を使うのだが、他に貴族用の門と商人たちが使う門があるので、商人たちが使う門からの入場を試みることにする。貴族用の門だと万が一バレたら首が飛びそうだしな。

俺は少し歩いて商人たちが列を作っている門に辿りついた。衛兵たちに商人が何やら書類を手渡して、積み荷の検査を受けている。

俺はそれを横目に堂々と門をくぐった。やはり何も言われなかったし、誰かに気付かれた様子もない。

さすがは主人公のためのチートスキルだ。素晴らしい。

ちなみに、相手が俺を認識している状態で【隠密】スキルを発動しても認識が外れることはないが、たとえ俺が視界に映っていたとしても俺を認識していない状態で【隠密】スキルを使うと、そのまま認識できなくなるということもわかっている。

検証が上手くいって気分を良くした俺は町を後にし、目的の遺跡の方へと歩き出した。

ここからは魔物が出る。気を引き締めていこう。

◇◆◇

俺は森の中を歩いて目的の遺跡を探している。町を出てから遺跡までの方向はなんとなくわかるのだが、俯瞰《ふかん》したマップ上のキャラを動かすのと実際に自分が歩くのとでは勝手が違う。

ゲームだとここはバトルパートのチュートリアル扱いで、あれをやれ、これをやれと指示があって楽にクリアできたというのに、現実とは非情なものだ。

かれこれ二時間くらい探しているのだが、遺跡はさっぱり見つからない。

しかし、その間も【隠密】スキルはしっかりと俺を守ってくれていて、何回か魔物を見かけたが襲われる事はなかった。

魔物といってもホーンラビットという尖《とが》った角のついたウサギの魔物で、大人なら簡単に倒せる相手だ。だがまだ子供の俺にとっては危険な相手だ。どぶさらいの仕事もあるし、今日は撤退した方が良いかもしれない。

こうして俺は遺跡探しを諦めると町へと戻ったのだった。

◇◆◇

俺はまたまたこの森へとやってきた。今日でかれこれ五回目の遺跡探しなのだが、そのおかげでもうこの辺りの地理は大体覚えてしまった。そのため今日は想定していたよりも少し遠い場所を調べてみることにする。

ゲームのマップ上では特徴的な形の木の場所を左下として、遺跡は右上にあった。つまり、その木を見つければ、その北東にある遺跡が見つかるはずなのだ。

俺は森の中を【隠密】スキルで隠れながら歩きまわる。そのまま三十分ほど森を探し回ると、少し開けた見慣れない場所に辿りついた。

なんと！　そこには探していた木が生えていた！

背が高い双子の木だが、その木を別の木がぐるぐる巻きにしている。いわゆる絞め殺しの木というやつだ。間違いない。ここから北東に行けば遺跡があるはずだ。

ゲームではこの森はホーンラビット、そして遺跡の中はブルースライムの住処となっていた。どちらも強い魔物ではないが、見つかったら殺されてしまうだろう。俺はゲームの記憶を頼りに、音を立てないように慎重に進んでいく。

十分ほど歩くと遺跡の入口へと到着した。

あれは確かにゲームの会話パートの背景で見た遺跡の入口だ。間違いない。

間違いないのだが、そこには予想外のものが待っていた。

緑の肌に醜悪な顔、俺よりも少し背が高いくらいの二足歩行の魔物、ゴブリンが出入りしているのだ。遺跡の入口に向かってまっすぐ歩いたせいでゴブリンの視線に姿を晒してしまったが、幸いなことにまだ気付かれた気配はない。

もし【隠密】スキルが無かったらきっともう殺されていただろう。

どうする？　このまま諦めて戻るか？

いや、だがゴブリンが増えてしまったらなおさら手が付けられなくなるし、人に被害が及ぶようになったら討伐隊が組まれるだろう。そうすると、『鑑定のスクロール』はその討伐隊の誰かが手に入れることになるはずだ。

どうしてシナリオが狂った？

内心焦りつつも気持ちを落ち着かせるべく深呼吸をする。

よし、【隠密】スキルのおかげで気付かれないのならこのまま潜入してみよう。

大丈夫、きっと大丈夫なはずだ。乙女ゲーのヒロインたちのために用意されたチートスキルの力を信じよう。

こうして俺はゴブリンたちの住処となっている遺跡に忍び込むのだった。

遺跡の中はじめじめとしており、不思議なことに壁や天井が淡く光っている。確か、ゲームではアカリゴケという光るコケが生えている影響で最低限の明るさが確保されていると説明されていた。

このことを知っていたので俺は松明《たいまつ》を持ってこなかったが、正解だった。いくら【隠密】スキルがあるとは言っても松明の火まで誤魔化せるとは思えないからな。

俺は音を立てないように慎重に遺跡の中を歩いていく。『鑑定のスクロール』があるのは第一階層、つまり俺が今歩いている通路の突き当たり左の小部屋のはずだ。

この洞窟の中を歩いているとそこそこの頻度でゴブリンとすれ違う。俺はその度に息を潜め壁際に張り付いてやり過ごしては足音を立てないよう慎重に奥へ奥へと歩を進めていく。

俺の心臓はバクバクとうるさい音を立てて鳴りやんでくれない。この音で気付かれるのではないかと心配になるほど頭の中に自分の心臓の鼓動が鳴り響いている。

そんな極度の緊張の中歩き続けた俺はついに突き当たりまでやってきた。左には小部屋、右は奥へと続く通路だ。

俺は迷わず左の小部屋に侵入した。この小部屋の右奥の隅に土を被った状態で『鑑定のスクロール』が落ちているはずだ。

だが、中に入ると様々なものが雑多に積み上げられていた。

銅貨や銀貨、錆びた短剣、何かが入っている袋、木箱もある。

そうか、そういうことか！

きっとここはゴブリンたちが集めてきた宝を置いている部屋なのだろう。俺は『鑑定のスクロール』がないか袋や木箱を開けて調べるが中々それらしい品物は見つからない。

そんなことをしていうちに、ひたひたとこちらに向かってくる足音が聞こえてきた。

やばい！　気付かれたか？

俺は慌てて壁際によると息をひそめ、身をかがめた。見つかった瞬間に間違いなく殺されるだろう。

そしてゴブリンは何やらギュギュギュと気持ち悪い声をあげながらこの部屋に入ってきた。鼻をスンスンと鳴らしては匂いを嗅ぎ、キョロキョロと部屋の中を見回しており、その姿はまるで何か不審人物を探しているように見える。

頼む、そのまま気付かないでくれ！

そう祈りながらも俺の心臓がまるで早鐘を打つように鳴っている。俺はなるべく音を立てないように深呼吸をして心を落ち着ける。

その呼吸のせいでゴブリンのすえたような、そして獣臭いような悪臭が鼻につき吐きそうになるが、俺は必死に我慢する。

大丈夫、どぶさらいの臭いよりは遥かにマシだ。


一体どれほどの時間が経ったのだろうか？

永遠とも思えるほどの長い時間が経ったようにも感じたが、ゴブリンはそのままどこかへと行ってくれた。

助かった。なんとかやり過ごせたようだ。

俺は再び家探《やさが》しを開始する。目的はスクロールだけだ。積み重なった箱をどかしては一つ一つ調べていく。だがそれらしいスクロールは見当たらない。

もしかして空振りか？

そんな不安に駆られつつも全ての箱と袋の中身をもう一度入念に調べたが、やはり見つからない。

もしや俺が【隠密】のスクロールを手に入れたことでシナリオが変わってしまったのだろうか？

それともここはあの乙女ゲームの世界ではなかったのだろうか？

いや、諦めるにはまだ早い。

ゲームではスクロールは土を被った状態だったのだ。地面はまだ調べ終わっていない。

そう思い至った俺はゲームでスクロールがあったはずの場所の箱をどかしてその下を調べてみた。

あった！

土に埋もれて開いた状態のスクロールがあったのだ！

土を払うと「鑑定」という漢字が書かれている。これで間違いない！

俺は急いでスクロールを懐にしまうと入口へと引き返す。思わず駆け出してしまいそうになるが冷静に、慎重に、そしてなるべく音を立てないように。

そしてゴブリンが歩いてきたら俺は壁際にぴたりと張り付き、【隠密】スキルを信じてやり過ごす。

大丈夫、大丈夫、落ち着け、落ち着け！

心の中で勇気をふり絞り、必死に自分を鼓舞して恐怖を押し殺して遺跡の出口を目指す。

来る時よりも出る時の方が遥かに距離があるように感じるのは何故だろうか？

長い長い通路を抜け、俺はついに遺跡の外へと脱出することに成功した。周りを確認してもゴブリンの姿はない。

俺はそのまま音を立てないように町への道を引き返す。安心感から駆け出してしまいそうになるが、油断は禁物だ。ここで魔物に見つかっては何の意味もない。そう、帰るまでが冒険なのだ。

そうして歩いているうちに木が途切れ、町が見えてきた。

よかった。生きて帰れた！

ひと心地ついた俺はすぐさま『鑑定のスクロール』を開いて地面に置くと、その上に右手をのせた。するとスクロールが一瞬眩《まぶ》しく光り、そして次の瞬間には跡形もなく消えている。やはり『隠密のスクロール』の時と同じだ。

俺は期待に胸を膨らませながらギルドカードに書かれたステータスを確認する。

名前	：アレン
ランク	：G
年齢	：8
加護	：
スキル	：【隠密】【鑑定】
居住地	：ルールデン
所持金	：3,911セント

「完璧だ！」

達成感から思わず声に出してしまった。誰にも聞かれていないはずだがなんとなく恥ずかしい。

もう大丈夫だろうが、魔物が襲って来ないとも限らないので俺は町へと急ぐ。

それに今日の分のどぶさらいの仕事が待っている。仕事をサボるわけにはいかないからな。

こうして俺は【鑑定】のスキルを手に入れたのだった。

◇◆◇

『鑑定のスクロール』を盗んでから二週間が経ったある日、俺はいつも通りギルドへどぶさらいをしにやってきたのだが何やら様子がおかしい。

「おじさん、何かあったの？」

俺は受付のおっちゃんに尋ねる。

「おお、アレン坊か。なんでも北東の古代迷宮の跡でゴブリンの巣が見つかったんだ」

なるほど。どうやらあそこのゴブリンたちはついに見つかったらしい。

「そんでゴブリンどもは放っておくと増えて被害も大きくなるから討伐隊を組んでいるんだよ。お宝もため込んでいたら儲かるしな」

もしかしたら、ゲームのシナリオ的には、ゴブリンが集めたお宝のうち土に埋もれていたあの『鑑定のスクロール』だけが回収されずにそのまま残っていて、それをエイミーが手に入れたという設定なのかもしれない。

「ま、アレン坊にはまだ早ぇな」

「わかってるよ」

そもそも俺にはもう関係のない話だ。俺は【鑑定】スキルを手に入れた。それだけで十分だ。ちなみに【鑑定】スキルも当然、【隠密】スキルと同じように隠蔽している。八歳の子供のギルドカードにいきなりスキルが増えていたら怪しまれるだけだろうからな。

さて、俺の次の目標は金儲けだ。ひたすら金儲けをして、なる早で千五百万セントのお金を作りたい。何故こんな大金が必要なのかというと、『錬金のスクロール』を買うためだ。もちろん、このスクロールを使うと【錬金】というスキルを手に入れることができる。

では、何故【錬金】スキルがいるのか、ということだが、こいつは【鑑定】に引き続き完全なるチートスキルだからだ。どうチートなのかは説明すると長くなるので今はさておこう。

ゲームでは、『錬金のスクロール』というのは実質的に課金しなければ買うことができないいわゆる課金アイテムで、ルールーストアという怪しい店でのみ買うことができる。ちなみにこの店はゲーム内ではアイテム交換所だ。『錬金のスクロール』から魔石まで、課金アイテムは全てここで買うことができる。

そしてその『錬金のスクロール』の価格は何と千三百万セントだ。価格はシナリオの進行度合いによって変動するのだが、一番高い時でも千五百万セントだった。

俺は逆ハールートがどうしてもクリアできず、『錬金のスクロール』のためのセントを買うべく泣く泣く諭吉さんとさよならした。

う、思い出したら……こほん。

ともかく俺の計画のキーとなるのはこの【錬金】スキルだ。このチートスキルを使って運命《シナリオ》をひっくり返してやるのだ。

そのためにもまずは金だ。金を稼いで稼いで稼ぎまくるのだ。

◇◆◇

というわけで、午前中でどぶさらいを終えた俺は持っている中で一番ましな服に着替え、旅の商人たちが露店を構えている地区へとやってきた。

ゲームだとこの地区は攻略対象とデートにやってきて、フラグが立っていれば異国のアクセサリーなんかをプレゼントしてもらえるのだが、俺が探すのはアクセサリーではなく掘り出し物だ。今の俺の所持金は五千セントちょっとしかないが、これで買える掘り出し物を探すのだ。

まだ魔石がないのでヒロインチートな【鑑定】スキルではないが、それでも見たものが何で、いくらの価値があるのかを正確に見抜くことができるのは大きい。

俺は早速手頃なアクセサリーショップをのぞいてみた。そこには新品からジャンク品まで様々なアクセサリーが並んでおり、安いものだと千セントから売っている。

そんな中、二千セント均一コーナーにある薄汚れたイヤリングに目が留まった。

名前：ちからのイヤリング
説明：このイヤリングを身に着けた者の力を僅かに上昇させる。
等級：希少《レア》
価格：300,000セント

「おじさん、このイヤリングって――」

「ああ、それは片方しかないからな。ダメだぞ、女にやるにはきちんと揃ったやつをあげないと嫌われるぞ？」

「あ、いえ、これはどういう品物なのかなって」

自分で言うのも何だが、このおじさんはまだこんないたいけな少年に一体何を教える気だ。まったく。

「そういうことか。こいつは俺の取引先だった商人の奥さんが借金のかたに置いて行ったものだよ。それより坊主、相手はどんな子だ？」

「いえ、そうではないんですが、このイヤリングをください」

「あん？　まあいいか。二千だぞ」

「支払いはギルドカードでお願いします」

「あいよ！」

俺は自分のギルドカードと店主のおじさんのギルドカードをタッチする。

『二千セントを支払います。よろしいですか？』

目の前にプレートが出てくるので俺は『はい』をタッチする。これで支払いは完了だ。

いい買い物をした。半額の十五万セントで売れればいいだろう。客は冒険者か、もしくはこういうのを扱っている店だろう。

他にも掘り出し物がないかと探していると、今度はボロボロに汚れた手袋が千セントで売られている。

名前：耐火の手袋
説明：魔法の力によって装備者を炎から守ってくれる。とても燃えづらい。
等級：希少《レア》
価格：70,000セント
備考：汚れているが、洗濯可能。

なるほど。これなら洗濯すれば高値がつきそうだ。

「おじさん、この手袋ください」

「はいよ。お使いかい？」

「うん」

お使いというわけではないが面倒なのでそう答えるとギルドカードで千セントを支払う。

三十分も経っていないが、中々良いものを買えたのではないだろうか？

こうしてギルドカードの残金が二千セント強になったので俺は家に戻った。

帰宅した俺は早速汚れた手袋を洗うため共同の洗い場に向かった。ついでに我が家の洗濯ものも洗ってしまおう。まだ日は高いし、乾くだろう。

手袋と我が家の洗濯を二時間ほどかけて済ました俺は窓に干した。手袋の汚れが思ったよりも頑固で大変だったが、この陽気なら夕方には乾くだろう。

その後、頑固な汚れを落とした耐火の手袋の価格は十万セントにアップしていた。

◇◆◇

翌日、学校から帰ってきた俺は昨日仕入れた商品を持って冒険者ギルドへとやってきた。

「おっちゃん」

「おう、アレン坊。どぶさらいか？」

「そうだけど、それだけじゃなくて、売りたいものがあるんだ。相談に乗ってよ」

「おうおう、どれだ？」

いつもの受付のおっちゃんに相談することにした。このおっちゃん、実は元冒険者で怪我をして引退してギルドの職員になったそうで、今更だが名前はルドルフというらしい。

俺はどぶさらいをずっと頑張っている子供ということで目をかけてもらっている。大抵の子供は臭い汚いきついといわゆる３Kがばっちり揃ったどぶさらいを嫌がって、すぐに来なくなってしまうのだそうだ。

確かに俺もつらいとは思うからな。その気持ちは痛いほどよくわかる。ただ、そんなわけで俺は根性がある子供だとおっちゃんやギルドの先輩方に可愛がってもらっているのだ。多分、悪いようにはされないと思う。

「この『ちからのイヤリング』と『耐火の手袋』を売りたいんだ」

「なに？　どこでそんなお宝を？」

「マーケットで合わせて三千セントで買ったよ」

それを聞いたおっちゃんは少し憐れむような目で俺を見てきた。

「おう……偽物じゃないといいけどな。見せてみろ」

確かに、普通ならそういう反応になるだろうな。俺だってそんな話を聞いたら騙されたって思うだろうし。

俺はおっちゃんに商品を手渡した。するとその瞬間、おっちゃんの表情が真剣なものに変わる。

「おい、アレン坊。ちょっと奥に行って調べてくるから待ってろ」

おっちゃんは窓口の奥の部屋へと商品を持って走って行った。奥の方ではおっちゃんと誰かが話をしているようだ。時折「ええっ？」などと驚いたような声が聞こえてくる。

それからしばらくしておっちゃんが戻ってきた。

「こいつをアレン坊が売りに出すとおかしな輩に狙われる可能性がある。ギルドで適正価格で買い取るがいいか？」

「うん」

「じゃあ、まずこっちのイヤリングが二十五万、手袋が六万の合計三十一万だ。手袋の方はちと状態が悪い。新品同様なら五十万くらいの値段はつくんだがな。悪いな」

「ううん。こんな大金、見たことないしこれでいい」

とりあえずこう言っておく方が無難だろう。まだまだこれから大量に捌《さば》いてもらう必要があるのだ。ここは損をして得を取っておこう。

「よし、じゃあギルドカードに振り込んでおくぞ」

そうしておっちゃんは振込手続きをしてくれた。

「いいか？　今回はたまたま運が良かっただけだからな？　調子に乗ると失敗するぞ？」

「うん、わかってるよ」

こうやって忠告をしてくれるあたり、やはりおっちゃんは優しい。

この後俺はどぶさらいをきっちりとやってから帰宅した。

アイテムの等級について
伝説《レジェンダリー》：神話、伝説級の貴重品
叙事詩《エピック》：叙事詩や英雄譚などに登場する貴重品
希少《レア》：非常に手に入りづらい特別な品物
非凡《アンコモン》：質が良い、珍しいなど一般的な品物とは一線を画す品物
平凡《コモン》：一般的な品物
劣等《ジャンク》：質の悪い品物

第三話　町人Aは剣を習う

「おっちゃん、俺に剣を教えてよ！」

どぶさらいを始めて半年が経ったある日、俺はおっちゃんにこう切り出した。

「なんだ、アレン坊。やっぱりお前も将来は冒険者になりたいのか？」

「わかんないけど、母さんに楽をさせてやりたいからね。そのためには少しでも強くなっておきたいんだ。おっちゃん、冒険者だったんだから強いんでしょ？」

「まあな。確かに男は強くなきゃ女の一人も守れねぇもんな」

おっちゃんが少し遠い目をしている。その声に後悔のようなものが含まれている気がするのだが、俺の気のせいだろうか？

「よし、いいぞ。受付が終わったら稽古つけてやるよ」

「ありがとう！」

こうして俺はおっちゃんに剣を教えてもらえることになった。そう、せどりで稼げるようになったのにどぶさらいをずっと続けていたのはこのためなのだ。

元々は護身用にと思って計画していたのだが、実は高等学園の入学試験に必要だとわかったためその重要度が更に増したのだ。

この高等学園について調べてみたのだが、まず平民が入試を受けるためには受験料と入学金、寄付金を合わせて一千万セントほど必要となる。さらに二年間の授業料も一千万セントほどで、これら全てを前納する必要がある。

そのうえで学科、魔法、そして男の場合は剣術の試験を突破する必要があるのだ。もちろん、試験に落ちたら払ったお金は全て没収だ。

ま、要するによほどの金持ち以外は平民お断り、ということなのだろう。だが、俺はその狭き門を堂々とくぐって入学してやるつもりなのだ。

何しろ、運命《シナリオ》を叩き潰すためには絶対に必要なことだからな。

◇◆◇

「よし、じゃあアレン坊。最初に言っておくことがある」

俺たちがギルドの訓練室に着くなり、おっちゃんはそう切り出してきた。いつもの陽気なおっちゃんとは違う雰囲気に思わず背筋を伸ばす。

「武器を手に入れても強くなったなんて思うなよ。武器ってのは、使いこなして初めて力になるんだ。例えばなんでも切れる最強の魔剣なんてもんがあったとして、それを持ったらお前が強くなったと言えるか？」

俺は首を横に振った。確かにおっちゃんの言う通りだ。【錬金】スキルでチートすることばかりを考えていたけれど、俺自身にも実力がないと決闘に負けることだってあり得るじゃないか。

「いいか、よく覚えておけよ。どんなに強い武器を手に入れても、使うのはアレン坊、お前自身だ。決して武器に振り回されず、武器を使いこなせ。そのための鍛錬を絶対に怠るな。武器に使われるんじゃなくて、使いこなして初めてお前は強くなったって言えるんだ。いいな？」

「うん、いや、はい、師匠」

俺は今までの口調を改める。

「よし、じゃあ、とりあえず素振りをしてみろ」

「はい、師匠！」

俺は与えられた木剣を振る。一メートルほどはある大きな木剣を振るうだけでも辛い。そのまま手からすっぽ抜けそうになる。

「そうじゃない。きちんと剣を握れ！　体幹をぶらすな！」

容赦ない指摘が飛んでくる。俺は必死にその指摘に応えようと努力するが、木剣をうまく扱うことができない。完全に木剣に振り回されてしまっている。

「おらっ、もっとしっかり！　大きく、もっと鋭く！　そうじゃない！」

「は、はい師匠！」

数分ほどだが、汗だくになった。手もプルプル震えている。

「どうだ？」

「はい。師匠の言う通りでした」

俺にはこの練習用の木剣を振るうことすらも満足にできないのだ。こんな事では入試に合格することすらままならないだろう。

しっかりと木剣を扱えるように素振りをたくさんしなければ！

そう思った俺に師匠から新たな指示が飛んできた。

「よーし、わかったらまずは体力づくりだ。訓練室を百周走れ！」

「え？」

「どうした？　聞こえなかったのか？　走れと言ったんだ。まずは体力作りと体幹の強化だ。終わったら筋トレをするぞ」

「は、はい！」

俺は必死に走って周回する。それほど広くはないが一周五十メートルくらいはあるはずなので、百周ともなればかなりの距離だ。

「よーし！　いいぞ。それじゃあ次は筋トレだ」

「はぁ、はぁ。はい！」

俺は師匠に言われた通り腹筋、背筋、腕立て伏せなどのメニューをこなしていく。

「よし。じゃあ次は素振りだ」

「はい！」

休む間もなく俺は次のメニューをこなす。

「さっきの続きだ。次は胴、百回ずつ！」

「はい！」

懸命に前世の授業で習った剣道の胴を思い出して素振りを行う。腕が完全にプルプルと震えてきた。何とか百回振り終えたが、もう無理だ。腕が動かない。

「よーし、よく頑張った。それじゃあ次は右上からの振り下ろし、その後左上からの振り下ろしを百回ずつだ」

「は、はいぃ」

キツイ。キツイのに全く休ませて貰えない。

だからといって、自分から頼んだのにすぐに弱音を吐くなんて無様《ぶざま》な真似はとてもじゃないができない。

俺は無心になって剣を振った。そのうちに腕が棒のようになり、もう何回振ったかよくわからなくなってきている。

「よし、百回。よく頑張ったな」

や、やっと終わった。

「じゃあ次！　正面からの振り下ろし、それから胴を百回ずつだ」

「ひぃぃぃ」

お、鬼だ。まさか初日からここまでやるなんて。

「どうした！　そんなんじゃ守りたいものを守れないぞ！　男なら根性見せろ！」

そう言われてまたまたハッとした。この程度のこと、乗り越えられなければ母さんも悪役令嬢も救うことはできない。

「はい、師匠！」

プルプルと震える腕に鞭を入れて無心で木剣を振る。そう、こんな程度のことは大したことないはずだ。ここで頑張らなければ俺と母さんは帝国軍に踏みつぶされ、そして悪役令嬢は悲惨な結末に辿りついてしまうのだ。自分に負けてなどいられない。

この後、更に左右からの横薙ぎを百回ずつ行い、そして最初に戻ってもう一セット素振りをする。そうして全てのメニューを消化したあと俺は訓練室に倒れ込んだ。

「この程度でへばるようじゃまだまだだ。ホーンラビットだって倒せないぞ！」

「は、はい……」

「よし、じゃあ今日はここまでだ。奥のシャワーで体を流して帰れ。明日もやるからな。それと、毎日訓練の前に走り込みと筋トレをちゃんとやっておけよ」

「ありがとうございました！」

初めての剣術訓練は俺にとって大きな挫折と、そして乗り越えるべき大きな壁を与えてくれた。

負けてたまるか！

第四話　町人Ａは錬金術師となる

コツコツとどぶさらいを続け、そして稽古に学校にせどりにと忙しい毎日を送り、俺はついに十一歳となった。

そんなある日、俺のギルド口座の貯金がついに目標の千五百万セントに到達した。

こうして必要な金額の貯金を終えた俺はルールーストアへと向かった。店の場所については既に調べがついている。

ギルドから中央通りを通って繁華街を突っ切ってから高等学園の方へと歩いて住宅街を抜けると小さな商店街があり、そこから路地に入ると治安の悪い地区がある。

その地区の裏路地にある地下へと続く暗い階段、ここがルールーストアへの入口だ。もちろん、【隠密】スキルを使っているので絡まれる心配はない。

ルールーストアが開くのは午後五時から七時の二時間だけなので、俺は午後五時ぴったりにその入口へとやってきた。

怪しい。

それが入口を見ての最初の感想だ。

灯りのほとんどない裏路地の表通りからは見えないような位置に、ぽつりと降りる階段が口を開けている。その階段の入口にも降りた先にも灯りはなく、ここに店があるようにはとても思えない。

これはもう、怪しさ大爆発というやつだ。

とはいえ、進まなければ何も手に入らない。俺は意を決して階段を降りた。階段は二か所の踊り場があり、最後まで降りると正面に扉がある。

『ルールールーストア』

掠《かす》れた看板にそう書かれているが、営業している雰囲気はない。俺は【隠密】スキルを解除すると、ドアノッカーを叩いた。

しばらく待っていると中から老婆の声が聞こえてきた。

「誰だい？」

俺はドアに対して【鑑定】スキルを使った。ルールールーストアに入店するには符牒《ふちょう》を正しく答える必要があり、しかもそれは毎日変わるのだ。そしてその正しい合言葉を答えなければ中に入ることはできない。ゲームの場合は勝手に進めてくれるので気になったことはないが、実際にこれをやるとなると中々に面倒くさい。

俺は【鑑定】スキルが返してきた言葉をそのまま答える。

「今日は東の森で兎が跳ねた。明日は南に移るがその前に食事にしたい」

ガチャリという音と共にドアの鍵が開けられたのでそのまま店内へと潜り込むと、そこはまさしくゲームで見たあのルールールーストアだった！

小さな六畳ほどの店内には所狭しと怪しげな品が置かれている。骸骨、トカゲの尻尾、本、乾燥した草花、何に使うのかさっぱりわからない品物ばかりだ。そして奥のカウンターにはしわくちゃの老婆が座っている。

「いらっしゃい。何をお探しだい？」

「『錬金のスクロール』だ」

老婆の眉がピクリと動く。そして、くつくつとくぐもった笑い声をあげる。

「いいね。あんた気に入ったよ。千四百万でどうだい？」

「ああ、それでいい」

老婆がニヤリと笑うと、ちょいとお待ち、と言いながら店の奥へと歩いていった。そしてしばらくするとスクロールと小さな石を持って戻ってきた。

「こいつが『錬金のスクロール』だよ。こっちの魔石はゴブリンの魔石だ。サービスで三つ、つけておくよ」

俺はすかさず【鑑定】スキルを使ってスクロールを鑑定する。

名前：ただのスクロール
説明：錬金と書かれているスクロール。メモや習字など様々な用途に利用できる。
等級：平凡《コモン》
価格：1,000セント

俺は舌打ちをするとスクロールをつき返す。

「冗談はよせ。あるのか、ないのか、どっちだ？」

すると老婆は驚いた表情をし、そのあとニヤリと笑う。

「合格だよ。坊や、しっかり目利きができてるじゃないか。こっちが本物だよ」

そしてカウンターの下からスクロールを取り出した。

名前：錬金のスクロール
説明：【錬金】のスキルを習得できるスクロール。一度使うと消滅する。
等級：叙事詩《エピック》
価格：13,000,000セント

どうやら今度は本物のようだ。ついでにサービスという魔石も鑑定してみる。

名前：ゴブリンの魔石（大）
説明：長く生きて大きくなったゴブリンの魔石
等級：非凡《アンコモン》
価格：30,000セント

なるほど、こちらは嘘ではないらしい。スクロールが少し高いのは癪だが、予算内だ。これで良しとしよう。

「わかった。それでいい。支払いはギルドカードで頼む」

そうして俺はギルドカードで支払いを済ませるとスクロールと魔石を受け取る。俺は店のカウンターでスクロールを広げると、そのまま右手をのせる。するとスクロールが一瞬眩しく光り、そして次の瞬間には消える。

俺はすぐにギルドカードから自分のステータスを確認する。

名前	：アレン
ランク	：G
年齢	：11
加護	：
スキル	：【隠密】【鑑定】【錬金】
居住地	：ルールデン
所持金	：1,028,005セント

「確かに、錬金のスクロールだな」

「毎度あり」

老婆はそう言うとひひひ、と怪しく笑ったのだった。

第五話　町人Aは飛び級で卒業する

【錬金】スキルを手に入れた翌日、俺は卒業試験を受けるために学校にやってきた。本来は十二歳までが小学校、十五歳までが中学校という制度になっているのだが、日本とは違って簡単に飛び級することができる。そのため、前世の記憶のある俺は九歳の時に小学校を飛び級で卒業した。

今日は中学校の卒業試験だ。この中学校へは通わない子供も多く、事実上高等学園への入学準備的な意味合いが強い。この国の古典や高度な算数、王族や貴族の名前に紋章、各領地の特産品や国際情勢、更に簡単な平民としての礼儀作法など、これから政治に携わるために必要な内容を教えるのが中学校だ。

ただ、基本的に丸暗記なうえに大した量はない。この程度ならきちんと勉強しておけば満点は余裕で取れるだろう。

それに苦手意識がある人も多いであろう理系の内容は所詮算数で全く難しくない。高度な計算などと称して分数が出てくるくらいなのだから、日本の教育を受けていれば余裕だ。

さらに、俺には【鑑定】スキルというカンニングまで存在しているのだから、落ちようがない。

まあ、別にカンニングなんてしないけどな。

俺は小部屋に入り着席する。すると先生がやってきて問題用紙を渡された。
「アレン君、がんばってね」
この年齢で卒業するのは始まって以来らしく、天才少年として期待されているらしい。
正直、日本の小学生なら大抵はこのレベルのことをできる気がするがな。
「それでは、試験は今から三時間です。はじめ」
先生の合図で俺は問題用紙を開く。どれからやっても同じなので一枚目の一番上から答えを埋めていく。
問：現国王陛下のお名前をフルネームで答えよ
答：バルティーユ・マンフレート・フォン・セントラーレン
問：現王太子殿下のお名前をフルネームで答えよ
答：カールハインツ・バルティーユ・フォン・セントラーレン
問：三大公爵家を全て挙げよ
答：インノブルク家、ラムズレット家、シュレースタイン家

単なる丸暗記だ。簡単だ。

問：22.3×11.8を計算せよ
答：263.14

問：3/4を小数で表せ
答：0.75

まあ、日本人なら普通は誰でもできるだろう。地理は覚えるまでに少し時間がかかったが、きっちり勉強してきたので何の問題もない。

問：昨年度の小麦の生産量が最も多かった領地を答えよ
答：ラムズレット公爵領
問：昨年度の鉄鉱石の生産量が最も多かった領地を答えよ
答：ウィムレット侯爵領

とまあこんな感じなのだが、これについても一度覚えてしまえば大したことはない。多分、日本の小学生の社会科の方が習うことが多いんじゃないかと思う。

そうこうしている間に一時間半ほどで全ての解答欄を埋め終えた。

「先生、終わりました」

「さすがですね、アレン君。お疲れ様でした。結果は一週間後にお知らせします」

そう言って先生は出ていった。卒業するだけであれば各教科六割以上の点を取ればいいので、それ自体には何の問題ない。

だが俺は全教科九割以上を、できれば満点を狙っている。理由は、これを達成すると高等学園へ推薦されるうえに学科試験が免除されるという素晴らしい特典があるからだ。

ただ、これだけ飛び級や試験の免除なんて制度があるにもかかわらず飛び級しても高等学園に通えるのは十五歳からという謎な制度になっている。

これは俺の推測だが、おそらく飛び級という仕組みは一般の平民がさっさと働けるようにするためのもので、優秀な人材を早く世の中に送り出すことを目的としているのだろう。

それに対して高等学園は貴族と大金持ちのためのものだから、飛び級をして入ってくる生徒がいることを想定していないのではないだろうか？

だが、俺としてはその方が都合がいい。入学までの時間はまだまだたっぷりある。その間は冒険者として動き回って必要なアイテムの回収、それに剣と魔法の試験に合格するための準備、そして入学金や授業料などを稼ぐ時間にあてられるのだからな。

◇◆◇

そして、一週間後、俺は先生に会って結果を聞くために登校した。

「アレン君、おめでとう！　全教科、満点です！　十一歳での飛び級卒業すらすごいのに、アレン君は我が国の学校制度が始まって以来の偉業を達成しました」

大げさに褒められたが悪い気はしない。もちろん【鑑定】スキルを使ったカンニングもしていないので、あんな内容でも達成感はかなりある。

だが、ここで感謝を忘れてはいけない。

「ありがとうございました。先生がたが教えてくださったおかげです」

俺がきっちりと先生にお礼を言うと、先生の顔に少し笑みが浮かんだ。

「さて、アレン君の成績は文句なしに高等学園への入学を推薦できるものです。どうしますか？」

「推薦をお願いします。十五歳になるまでしっかり準備をしてきます」

「そう言うと思っていました。それでは推薦書を上に提出しておきます。連絡はどうしますか？」

「冒険者ギルドへお願いします。母は仕事で家を空けていることが多いので、行き違いになる可能性が高いです」

「わかりました。それでは、結果は冒険者ギルドを通じてお伝えします。アレン君、卒業おめでとう！」

先生がお祝いしてくれる。気が付くと、他の先生たちもお祝いしてくれていた。

「先生、ありがとうございました！　高等学園に入学して、そして活躍できるように頑張ります」

こうして俺は中学を飛び級で卒業したのだった。

◇◆◇

「アレン、卒業おめでとう」

「ありがとう、母さん」

俺の飛び級での卒業が決まったその夜、母さんは余裕など全くないにもかかわらずご馳走を作って俺の卒業をお祝いしてくれた。食卓には豪華な料理が並んでいる。

いつものクズ野菜のスープではなくてちゃんとした野菜と肉と豆がたっぷり入ったハーブの香りも漂うスープと柔らかそうな白パンだ。きっと、普段の食事の十倍くらいのお金がかかっているに違いない。

「ごめんね、アレン。うちは貧乏だからお祝いなのにこれしかできなくて」

「いいよ、母さん。母さんがこうしてお祝いしてくれるだけでも嬉しいから」

申し訳なさそうにそう言ってくれた母さんに俺は素直な気持ちを伝える。

「それとね、アレン」

「何？　母さん」

「はい、これ。卒業と一足早いけれど成人のお祝いよ」

そう言って母さんは一振りのナイフをプレゼントしてくれた。

これは、解体用のナイフだ。

「ありがとう！　解体用のナイフ、すごく欲しかったんだ！」

これだって母さんの収入ではものすごい無理をして買ったはずだ。今やせどりをしている俺の方が遥かに収入が多いので自分で買った方が良い物を買えるだろう。だが、こうして母さんが俺の事を想って買ってくれたナイフだと思うと、途端にこのナイフがとても大切で貴重な物に思えてくる。

「ちょっと、アレン。泣くことなんてないのよ」

そう言って母さんは俺の頭を撫でてくれた。どうやら俺はいつの間にか泣いていたようだ。

「いい？　母さんはアレンの幸せが一番なのよ？　これからアレンはどんどん独り立ちしていくんだろうけど、決して無理はしちゃダメよ？　いいわね？」

「うん」

そう言って母さんはぎゅっと抱きしめてくれた。

「ねえ、母さん」

「なあに？」

「俺さ。このナイフ、大事にするよ。宝物だ」

「そう。しっかりね」

「うん。それでね。俺、自分でお金を貯めて高等学園に通うよ」

「そう。お金、出してあげられなくてごめんね」

「大丈夫。俺、ちゃんとやるから。それでちゃんと母さんを守るから」

「そう……しっかりね」

「うん」

母さんは俺を抱きしめてくれている手を少しずらして、優しく頭を撫でてくれる。それから俺は頬にぽたりと温かい水滴が落ちてきたのを感じ、母さんも涙を流していた事にようやく気付いたのだった。

それからしばらくすると冒険者ギルドに俺の高等学園の入試への参加を認めること、そしてその筆記試験を免除することが通知された。

ゲームの舞台に立つまであと三年とちょっと。待ってろ、運命《シナリオ》。俺がぶち壊してやる。

第六話　町人Aは Eランク冒険者となる

俺は十二歳の誕生日を迎え、Fランク冒険者となった。

名前	：アレン
ランク	：F
年齢	：12
加護	：
スキル	：【隠密】【鑑定】【錬金】
居住地	：ルールデン
所持金	：2,901,534セント
レベル	：1
体力	：E
魔力	：F

十二歳になったことでレベルとステータスが表示されるようになった。なぜ俺のステータスやレベルが表示されていないのか今まで謎だったのだが、どうやらGランクの子供には表示されない仕様なのだそうだ。

なお、ステータスがやたらと簡素なのは乙女ゲームの仕様だ。乙女ゲームということで簡略化したつもりだったのだろうが、このせいで余計にやりづらかったのは言うまでもない。

「アレン坊もついにFランクか。これでどぶさらいの人出が足りなくなるな」

「お！　アレン坊、おめでとう！」

「やったな、アレン坊！」

師匠が大きな声で言うので周りの冒険者たちにも祝われてしまった。この四年で師匠だけじゃなくこのギルドの冒険者たちともかなり仲良くなった。

「あ、アレン君もついにFランクなのね。おめでとう」

「モニカさん、ありがとうございまうわっぷ」

横からギルド併設酒場でウェイトレスをしているモニカさんがお祝いしてくれた。いつも通りぎゅっとハグされている。モニカさん、そこそこ美人で胸も大きいのだが俺にはいつもスキンシップが過剰なのだ。今もハグされながら胸にぎゅっと顔を押し付けられて苦しいやら嬉しいやらで困る。

俺も一応男なわけで……

「わはは。アレン坊はモニカのお気に入りの弟くんだな」

そんな俺たちを師匠や先輩たちが揶揄《からか》う。いつもの光景だ。そしてモニカさんのハグ攻撃から何とか逃れた俺は師匠たちに反論を試みる。

「師匠、それにみんなも坊はやめてよ。俺はもう十二歳だよ！」

「ははは。怪我で戦えない俺に勝てない奴はまだまだアレン坊で十分だ」

どっと笑いが起きる。

「うー、くそぅ」

そう、俺はまだ師匠に勝てていないのだ。

「だが、剣士や騎士の加護を持っていないのにそれだけできる奴はそうそういねぇぞ」

そう言って師匠は慰めてくれるが、やはり加護を持っているかどうかの差はかなり大きかった。

加護というのは神様から与えられる祝福のようなもので、特定の分野の内容の習熟が早まったり特殊な能力が使えたりするというものだ。

ゲームだと、ヒロインのエイミーは【癒し】という加護を持っていて回復魔法をどんどん覚えたし、王太子なんて【炎】と【英雄】という二つの加護を持っていて炎を操る魔法と剣技、さらに仲間を鼓舞したりピンチに強くなったりと主人公的な強さも発揮していた。

師匠は【剣士】の加護を受けているので、剣に関してはかなりレベルが高いのだ。

その一方で、俺は何の加護も持っていない。

これは俺だけが冷遇されているのではなく、ほとんど全ての平民は加護を持っていない。そのため、俺はこれから高等学園に入学するまでに加護のハンデを埋める必要があるのだ。

そのハンデを埋めるための方法はもちろん既に考えてあり、ゲームで登場していたいくつかの場所を攻略しなければならない。

その中でも一番重要度が高いのが、飛竜の谷という場所だ。ここには『風神の書』というアイテムがあり、これを使うとなんと【風魔法の才能】の加護を後天的に取得できるのだ。

Side. マーガレット

私はマーガレット。アルトムント伯爵家の娘で、次期王妃であるアナスタシア様の親友でもあります。

アナスタシア様と私は同い年で、六歳の頃からお友達としてずっと仲良くしていただいています。

そんな私たちもついに王立高等学園へと通う年齢となりました。王立高等学園は私たち貴族が社会に出る準備をする場所です。この学園で培った人脈はいずれ社交界へとデビューしたときに大きな力となってくれることでしょう。

だからこそ、私もアナスタシア様の親友としてしっかりとサポートしなければなりません。それは何も我が伯爵家のためだけではなく、親友として心からそうしてあげたいのです。

アナスタシア様は王太子殿下の婚約者としていつも無理をしていて、もう何年も笑顔を見ていません。せめて学園でだけは心穏やかに笑顔で過ごしてほしい。そう願うのはきっと私だけではないはずです。

そんな学園の入学者名簿を見て驚きました。試験の結果で決まる席次の二位と三位に平民と元平民がいたのです。

これを見た私は二位の平民の特待生のほうを警戒しました。王都の貧しい地区の生まれの天才だそうですが、怪しい以外に形容する言葉が思い浮かびません。一体何が狙いなんでしょうか？　油断は禁物です。

そう言われては私も言葉を失ってしまいます。アナスタシア様が王太子殿下のことを愛していないことは近い関係の者なら誰でも知っていることです。それでもいつだってアナスタシア様は民のため、公爵家とそれに従う貴族家のため、そして国のため、と自分を犠牲にして……。

「わかりました。気をつけます」

「ああ。すまない」

アナスタシア様の凍り付いた表情の中にほんのわずかな暖かい色が浮かびます。

そう、ですよね。アナスタシア様はいつだってそうやって自分を犠牲にして。

それならば！　私だってきちんと役目を果たさないといけません。たとえ私が悪者になったとしてもアナスタシア様のため、ひいては民と国のため、私が汚れ役を引き受けましょう。

◆◇◆

それから数日後、Ｂクラスにいる友人のイザベラを連れて再びアレに声を掛けました。

「ブレイエス男爵令嬢。よろしいかしら？」

今度は一人きりの時ではなく人目の多い教室の入口ですから、あらぬ誤解を招くこともないでしょう。

「アナスタシア様！　この女は嘘泣きをして貶めようとしたのです！　私は何も――」

「公爵令嬢であるこの私が関わるなと言ったんだ。いいな？」

「……わかりました」

アナスタシア様の意図はわかります。たとえ何が起ころうとも男爵家の出であるアレが王妃になるなどあり得ませんから、ご自分が我慢しさえすれば良いと思っているに違いありません。そしてそうすることで王太子殿下から私たちがご不興を買わないようにしてくれているのです。

ですが！　いくらなんでもそれでは……！

◆◇◆

その後、アレに対するいじめが始まりました。

アナスタシア様にきつく注意されているため私たちがそれに関わることはありませんが、アナスタシア様は王太子殿下からいじめを止めるように言われて奔走《ほんそう》しています。

アナスタシア様はうちの派閥ではない者にまでいじめを止めるように注意して回っていますが、アナスタシア様のお立場を悪くしたい犯人たちはいじめを止めません。

そんな下らないことに時間を取られていた影響なのでしょう。期末テストで事件が起きました。何とアちらにいらっしゃり、非難するかのような視線を私に向けられました。

「おい。何をしている！　お前は……アナスタシアの取り巻きだったな。おい。アナスタシア。自分の取り巻きぐらいきちんと躾けておけ」

「……申し訳ありません」

アナスタシア様はいつもの凍り付いた表情で王太子殿下にそう詫びました。

「エイミー、大丈夫か？」

「は、はい。でもぉ、あたしが礼儀知らずだってぇ」

「エイミーはまだ慣れていないのだ。少しずつできるようになればいい」

「はぁい」

気持ち悪い猫なで声で王太子殿下に媚びるとそのままその腕に抱かれて立ち去っていきます。

「マーガレット。お前が私のことを考えてくれていることはわかっている。だがあんな風に怖がらせてはいけない」

「アナスタシア様。私は当然のことを言っただけです」

「だとしても、だ。私と殿下の間に亀裂が入ったなどと思われては余計な争いの火種を産むことになる」

「アナスタシア様……」

三位のほうは一応男爵家の娘ですし、市井から呼び戻された経緯も納得できるものですから問題はないでしょう。

そう思っていたのですが、実害を振りまいたのは三位のほうでした。いくら市井で育ったとはいえ、アレでも一応は貴族のはずです。

物事には限度というものがあるでしょうに！

そう思った私はアレを注意してやることにしました。

「ブレイエス男爵令嬢。ちょっといいかしら？」

一人でいるところにそう声をかけるとアレはゾッとするような冷たい視線を向けてきました。

その視線に一瞬たじろいでしまいましたが、私はこの程度で負けるわけにはいきません。

「あなた、ちょっと王太子殿下に馴れ馴れしいのではありませんか？　あなたは市井で育ったから貴族社会の常識に疎いのはわかります。ですが、王太子殿下にはアナスタシア様という婚約者がいらっしゃるのです。婚約者のいる男性へあのようにすり寄るなど――」

「カール様ぁ。あたし、この人にぃ」

突然猫なで声を上げ、わざとらしく泣き崩れたました。あまりのことに絶句していると王太子殿下がこナスタシア様が例の平民の天才にテストで敗れて二位になってしまったのです。

ここまで全てにおいて完璧だったあのアナスタシア様が、です。

ですがその後の対応はさすがでした。ご自分を打ち負かした平民に晴れやかな表情で拍手を送り、さらに夏休みの自由研究への協力を依頼したのです。

そうです！　それでこそ私たちの尊敬するアナスタシア様です。

そうして彼と共に行《おこな》った自由研究はアナスタシア様の心にずいぶんと良い影響を与えてくれたようです。

いかに平民の彼が天才なのかをもう何年も見ていないであろう笑顔を浮かべながら生き生きと語っていたのですから。

ああ、アナスタシア様。あなたは……。

いつもこうして笑顔でいてくれるならこんな婚約など無くなってしまえばいい。

私はふと、そんな恐ろしいことを考えてしまっていたのでした。

ゲームで出てきたアイテムの中で加護が得られるものはこれだけなので、必ず手に入れておきたい。

これがないと魔法の実技試験で落とされて高等学園に入学できない可能性が出てくる。そのためにも、まずは他の都市へ移動できるようランクをEに上げる。

ちなみに、俺はこれまで四年間続けてきたどぶさらいのポイントが貯まっているので、Fランクの依頼、常設の薬草採取かホーンラビットの討伐を完了すればすぐにEランクに上がれるらしい。

「じゃあ、とりあえずは薬草採取とホーンラビット狩りに行ってきます」

「おう、行ってこい。町の外に出るのは初めてだろ？　気をつけて行ってこいよ」

「はい。行ってきます」

師匠はそう言って送り出してくれるが、もちろん外に出るのは初めてではない。まさか俺が八歳の時にこっそりと町を抜け出して、ゴブリンの住処から『鑑定のスクロール』を盗み出していたなんて流石の師匠も想像の埒外だろう。

◇◆◇

さて、町の外の森に出てきたわけだがやはり近くに薬草は生えていない。どうやら既に採りつくされたようだ。そこで俺は前にゴブリンが住んでいた北東の遺跡方面に行ってみることにした。そちら方面に行けばホーンラビットもいることだろう。

俺はいつも通りに【隠密】スキルで気配を殺して森の中を歩いていく。

たまにホーンラビットは見かけるのだが肝心の薬草はどこにも見当たらない。このまま狩ってしまっても良いのだが、ホーンラビットを狩ると血が垂れたりして色々と不都合がある。できることなら薬草の採取を先にやってしまいたい。

俺は森の中を更に歩いていき、あの遺跡の前まで辿りついた。

討伐されたので当然だが、あれだけいたゴブリンたちの姿は見当たらない。確かゲームだとブルースライムの住処になっていて、奥の方には希少な薬草が生えていたはずだ。

よし、行ってみよう。

俺は遺跡の中を歩いていく。やはりアカリゴケのおかげで中は十分明るく松明が必要ないというのは本当にありがたい。

壁に突き当たったのでなんとなく左の小部屋を確認してみる。この部屋には当時、ゴブリンが集めたお宝が置かれていたのだが、そんな痕跡は今やどこにも見当たらない。

ゲームで『鑑定のスクロール』が落ちているはずの場所にももちろん何もなかった。やはり俺の行動のせいで、ゲームとは少し状況が変わったということだろう。

俺はこの部屋の反対側の隅を調べてみる。すると、そこには銀貨が一枚、つまり一万セントが落ちていた。

ゲームではモードによって落ちている金額が変わり、イージーモードだと十万セント、ノーマルモードだと一万セント、ハードモードだと何も落ちていない。

つまり、この世界はノーマルモードで回っているということのようだ。俺は銀貨を拾うとそのまま遺跡の奥を目指した。

そして階段を降りた俺は二階層目にやってきた。たまにブルースライムがいるが、相手にはせずにスルーする。ブルースライムは暗くてじめじめしているところなら大抵生息しているのでこれまた別に希少でもなんでもないうえに、今の俺にはブルースライムの核をしっかりと潰して倒すだけの剣の腕がないので相性も悪い。

わざわざ金にもならない相性の悪い相手に挑むようなことなどしたくはないからな。

そんなわけで、俺は【隠密】スキルを頼りに遺跡の二階層目を進んでいき、ゲームの記憶を思い出しながら薬草を回収していく。

もうこの遺跡は探索しつくされていて宝箱などは何もない。そのため最深部まで行く必要はないし、ゴブリンの忘れ物も俺が全て回収したので薬草以外に価値はない。

覚えている限りの薬草を回収した俺はそのまま遺跡を出て、町へと向かって歩き始める。

道中、ホーンラビットが一匹で草を食べていたので【隠密】スキルでこっそりと近づき、そのまま持っていた剣で一突きにして仕留めた。

想定通りではあるが、やはり簡単だった。その気はないが、俺はかなり有能な暗殺者になれそうな気がする。

ホーンラビットは角と肉、それに毛皮も売れるので手早く血抜きして解体を済ませる。俺は長いGランクの下積み時代に持ち込み素材の解体も手伝っていたおかげで、この辺りで狩れる獲物は全て一人で解体できるのだ。

魔石だけは回収し、残りの素材はギルドに引き取ってもらうことにしよう。ホーンラビットの魔石は小さいとはいえその使い道はいくらでもある。どれだけあっても困ることはないはずだ。

その後、町に戻る途中でさらに二匹のホーンラビットを暗殺した俺はギルドに向かい、手に入れた素材を納品した。

「ようし、アレン坊。よくやったな。これでお前もEランクだ。史上最速タイだな」

「ありがとうございます！」

こうして、俺は即日でEランク冒険者へとランクアップしたのだった。

第七話　町人Aは飛竜の谷へ行く

王都から馬車を乗り継ぎ一週間、俺は飛竜の谷にもっとも近い村であるフリッセンにやってきた。

この飛竜の谷にはワイバーンの群れが生息している。正確に言えばワイバーンは亜竜なので竜ではないのだが、見た目が竜に似ていることから飛竜の谷と呼ばれるようになり、それがそのまま定着して今に至るそうだ。

ここにやってきた目的はもちろん飛竜の谷にある風の神殿へ行き、そこに安置されているはずの『風神の書』を手に入れることだ。

作戦はもちろん、いつも通り【隠密】スキルで隠れて盗み出す。シンプルイズベストとはこのことだ。

この飛竜の谷はゲームだと二年生の夏に攻略に向かうことができる。ただ、難易度がやたらと高くて大変だったこととと、イベントが胸糞だったということははっきりと覚えている。

まず、飛竜の谷に入ってワイバーンを百匹以上倒し、そしてさらにそのワイバーンたちを統率する黒いワイバーンロードを倒すとようやく神殿の入口に辿りつけるのだ。

会話イベントをこなした後に神殿の中に入るのだが、そこにはワイバーンロードの巣がある。

その巣には尻尾にリボンを巻いた真っ白なワイバーンロードとその子供がいる。それが先ほど倒したワイバーンロードの奥さんと子供で、夫を、そして父を殺されたことに怒り狂い襲い掛かってくるのだ。

エイミーは説得を試みるも当然失敗してバトルパートに突入し、その白いワイバーンロードとその子供を倒すことでようやく『風神の書』が手に入る。

そして説得できずに殺してしまったことを後悔するエイミーを攻略対象の男が慰めて好感度がアップする、というイベントだ。

正直に言わせてもらえば、住んでるところにいきなり押し入ってきて殺してアイテム奪っていくとか、完全な強盗だと思う。それにかけがえのない伴侶を、そして父親を殺した仇であるエイミーの説得の時のセリフを空虚に感じたのは俺だけではないと思う。

さて、ゲームの話はさておき、俺は一週間分の食料を持って出発した。フリッセンから飛竜の谷へは山道を歩いて二日の道のりだが、俺は余裕をもって一週間分の食料を持って出発した。ただ、もし何かあって二日で飛竜の谷に辿りつけなかった場合は引き返すつもりでいる。

そう、まだ無理をする必要はないのだ。

俺はいつも通り【隠密】を使って山道を進んでいく。王都でおなじみのホーンラビットだけではなく、ビッグボアやブラッドディア、グレートベアなどの凶暴な魔物も生息しているそうだ。

それらの魔物たちを見てみたいという好奇心が無いわけではないが、やはり余計な戦闘は避けるべきだ。目印となる山を目指して俺は【隠密】を切らさないように慎重に進んでいく。

フリッセンを出発して二日目の夕方、俺はワイバーンの飛び交う谷に到着した。

なるほど、これは確かに圧巻だ。

大量の翼付き巨大トカゲが空を飛んでいる。前提知識なしに見たら俺もあれは竜だと絶対に思うだろう。しかし、実際には亜竜種で、竜種ほどは強くないのだそうだ。

竜種と亜竜種の違いは簡単で、竜種はブレスと咆哮《ロア》を持っているが、亜竜種の場合は持っていない。遠距離攻撃のブレスと弱者を恐慌状態にする咆哮《ロア》の有無の差はかなり大きく、討伐の難易度がまるで違うと聞いている。

さて、もう日が暮れてきたので今日は谷には立ち入らずに野営することにした。そしてこの野営でも【錬金】スキルが大活躍だ。

ゲームでの使い方だと、武器や防具を作ったり、ポーション類を作ったり、それに魔石を使った武器の強化なんかが主な使い方だ。

だが、終盤になってくるとすっかりチートと化して馬車を作ったり巨大な砦を作ったりできるようになる。そして最終決戦の時にはラスボスとして立ちはだかる闇堕ちしたアナスタシアを一時的に弱体化する魔道具なんてものまで作れるようになるのだ。

巨大な砦が作れるということは小さな半地下の野営場所も簡単に作れるということだ。ワイバーンたちを刺激しないように木陰の地面を掘り下げ、そのまま土で天井を作る。

あとは窒息しないように空気穴を開けて、火を使うための場所を用意して、煙突を作って煙と二酸化炭素を逃がすようにすれば完成だ。

これなら、穴を掘って埋まっている状態になるのでそう簡単に襲われることはない。

それじゃあ、誰もいないけどおやすみなさい。

◇◆◇

翌朝、周りに何もいないことを確認して野営場所を解体した俺は風の神殿へと向かって歩き出した。

もちろん、【隠密】スキルを使って堂々と歩いていく。

崖の下に降りる一本道が何故か都合よくあり、そこを歩いて崖の下へと降りていく。ゲームではひっきりなしにワイバーンが襲ってきてゴリゴリと体力を削られたものだが、生憎俺に気付いているワイバーンは一匹もいないようだ。

こうして三十分ほどかけて谷底に降りると、続いて風の神殿へと続く階段を登った。そしてその階段を登りきるとそこは広場になっており、黒いワイバーンロードが丸まって日向ぼっこをしている。

なんだかとても気持ちよさそうに眠っているので起こさないように脇をすり抜けて神殿の中へと足を踏み入れる。

おや？　もう一頭の白いワイバーンロードがいない？

ゲームでは子供もいたが、今はまだ結婚していないのかもしれない。どうやって奥さんを見つけてきたのかにやや興味はあるものの、安全第一だ。

俺はそのまま風神の書が祀られていた祭壇の前に歩いてきた。

そう、歩いて到着したのだが……ない。肝心の風神の書がない。

どうしてだ？　何か発生していないイベントがあるのか？

悩んでいたところ、俺は誰かに声を掛けられた。

「そこの人間さん、ちょっといいかい？」

俺は他に人間がいるのかと思って辺りを見回す。

「いやいや、君に呼びかけているんだよ。【隠密】スキルを使っても私には見えるからね」

「っ！」

焦ったせいで【隠密】スキルが解除されてしまった。慌ててスキルを使いなおそうとすると止められた。

「大丈夫、ここは安全だから」

そして目の前の祭壇に光が差し込むと、緑の髪に金の目をした驚くほどのイケメンが現れた。

「私は風の神。ちょっと君に頼みがあるんだ」

神を自称する男が現れたが、登場の仕方や【隠密】スキルを見破ったことから神的な力があることは間違いないだろう。それに従わないと殺されるかもしれないし、【隠密】スキルが効かない以上は逃げることなで不可能だ。

「いやいや、従わなくても殺さないよ。君の欲しがっているものが手に入らないだけさ」

あれ？　もしかして心が読まれている？

「そう。私は神だからね。人間の心ぐらい読めるし、人間の使うスキルなんて効果がないだけだよ」

「そ、そうですか。わかりました神様。何をすればいいでしょうか？」

「うん。でもその前に神殿の前で惰眠を貪っているあの駄トカゲを起こさないとね」

「……!?　ええええっ!?　ちょっと待ってください神様。そんなことをしたら――」

止めようとしたが遅かった。

ものすごい勢いでダッシュした神様は助走をつけてワイバーンロードを思いっきりグーでぶん殴った。

アニメなどでよくある「ひゅーん」という擬音語がぴったりな感じでワイバーンロードはそのまま吹っ飛んでいき、反対側の崖に頭から激突してめり込んだ。頭を崖にめり込ませ、力なくだらりとぶら下がった状態となっている。

え？　あれは、大丈夫なのか？　死んでないのか？

そんな俺の心配を他所《よそ》に神様はワイバーンロードのところまで飛んでいくと尻尾を摑《つか》んで引っこ抜き、そのまま神殿前の広場まで飛んで戻ってきた。

なんというか、空飛ぶ男とぶらんぶらんとぶら下がって揺れているワイバーンロードが飛んでくるという図がとてもシュールだ。

「あの、神様、これは一体……」

「うん、ちょっとこの子の手伝いをして欲しくてね。ほら、自己紹介しなさい」

そう促されたワイバーンロードはおずおずと頭を俺の方へと向けた。

よかった。ワイバーンロードはどうやらちゃんと生きているようだ。

「あ、あ、え、ええと、ボ、ボクは、その、ジェ、ジェロームっていいます。その、一応、えっと、ワイバーンロードっ……」

語尾がどんどん小さくなっていき、最後の方は何を言っているのか聞き取れなかった。

「俺はアレンだ。よろしく」

とりあえず、右手を差し出してみる。するとジェロームと名乗ったワイバーンロードがビクッ、と震えて神様の後ろに隠れる。

いや、まるで隠れられていないわけだが。

「ほら、きちんと握手しなさい」

そう言われておずおずと前足を出してくるが、さすがに大きすぎて握れないので指先の爪を握って軽く上下に動かす。

「よろしくな」

俺がそう言うと、彼はまるで花が咲いたかのような笑みを浮かべ、尻尾をブンブンと振り始めた。

こいつは……犬か……？

◇
◆
◇

しばらくして冷静さを取り戻した俺は神様に尋ねてみた。

「あの、神様。それで俺は結局何をすればいいんでしょう？」

「それはね、このジェローム君がお嫁さんをゲットする手助けをしてほしいんだ」

「はい？」

「聞こえなかったかい？　このジェローム君がお嫁さんをゲットするのを手助けしてほしいんだ」

どうやら聞き間違いではなかったらしい。

そもそもだ。なんで神様がワイバーンロードの婚活を手伝ってるんだ？

「それはね、このジェローム君と彼の想いトカゲのメリッサちゃんが私の加護を受けるとスカイドラゴンになれる素質を持っているからなんだ」

「あの、仰っている意味が理解できません」

「うん？　ああ、そうか。アレン君はあんまりそういったことには詳しくないんだね。うん、説明すると長いし、まあいいや。このジェローム君とメリッサちゃんがいい感じになったら君に私の加護を授けてあげよう。どうだい？」

どうしようか……？

とりあえず、取引としては悪くないかもしれない。よし、ここは一つ受けてみることにしよう。

「わかりました。やってみます」

「いやあ、君ならそう言ってくれると思っていたよ。ちょうど面倒くさくなったから風神の書を残して帰ろうかと思っていたところだったんだ。でも丁度いい暇つぶしになるね」

ん？　なんか今聞き捨てならないことを言っていたような？

「ア、ア、ア、アレンしゃがひっ」

ジェローム君が喋ろうとして舌を噛んだ。こいつ、とんでもないポンコツだ。

「わかった。とりあえず手伝ってやるから。で、お相手のメリッサちゃんはどんな娘なんだ？」

「……」

ジェローム君はもじもじしている。

ええい、シャキッとしろ。男だろ！

「ふむ。私が見せてあげよう」

神様がそう言うと目の前にスクリーンが現れた。そこには空を優雅に飛ぶ一匹の真っ白なワイバーンロードの姿がある。尻尾には見たことのあるリボンが巻かれている。

ああ、うん、そういうことか。

これ、俺が来るのが早すぎたパターンだ。きっとこのまま俺が来なければ、面倒になった風の神様は『風神の書』をこの神殿に残して神界的な場所へ帰るんだ。

ただ、それでもジェローム君は頑張ってメリッサちゃんのハートを射止めて夫婦になる。それで、折角夫婦になって子供も生まれてこれから幸せの絶頂、というところにエイミーと攻略対象たちがやってきてそれを蹂躙《じゅうりん》した、と。

うん、最悪じゃねぇか。

「おや？　アレン君どうして未来の事を事実のように考えているのかな？　まあ、それは良しとして、アレン君はもう手伝うと約束したんだから僕が居なくなるのを待つなんてダメだよ？　もし手伝わないで逃げたりなんかしたら神罰ですぐに地獄行きだから安心してね」

「あの、全然安心できないんですが、その点についてはいかがでしょうか？」

「うん、私は安心だから問題ないかな」

「…………」

「…………」

さあ、切り替えていこう。

「よし、じゃあ作戦会議を始めましょう。偉大なる兵法家はこう言いました。彼を知り己を知れば百戦殆《あやう》からず。まずはメリッサさんの事を知るところから始めましょう。ジェローム君の知っていることを教えて下さい」

ジェローム君はもじもじしている。

こいつ、殴りたい。なんかイライラする。

「黙ってちゃ何も始まらねぇ！　いいから早く吐け！」

「ひっ、ひぃぃぃ、言います。言いますから怒らないで」

「よし、じゃあ知っていること全部話せ」

「は、はい。メリッサさんは白いワイバーンの女の子で、尻尾に結んだオシャレなリボンがトレードマークです。とっても美人です」

「それで？　趣味とかは？」

ジェローム君は困った顔をしている。

「話したことは？」

ジェローム君はやっぱり困った顔をしている。

「それ、完全に他人じゃね？　っていうか、ジェローム君ただのストーカーなんじゃゃ？」

ジェローム君はショックを受けた顔をしている。

「よし、じゃあまずは挨拶して、お友達になってもらうところから始めるんだ」

ジェローム君はもじもじしている。

「い、い、な？」

「は、はひぃぃぃ」

◇◆◇

俺たちはメリッサちゃんが羽を休めているところの近くまで神様に連れていってもらった。

「いいか？　最初の挨拶は『こんにちは。ジェロームといいます。おしゃれで素敵なリボンですね。隣に座ってもいいですか？』と言って声をかけるんだ。それで後は適当に話して趣味とか好きな食べ物とか聞き出して、それを褒めて一緒に遊びに行く約束を取り付けるんだ。いいな？　行ってこい」

ジェローム君が巨体を空に翻《ひるがえ》してメリッサちゃんのところへ飛んでいった。

俺は神様と一緒にメリッサちゃんの様子を遠巻きに見守ることにする。

ジェローム君はメリッサちゃんの側に降り立つとずしずしと歩いて近づいていく。

メリッサちゃんは首を上げ、ぎろりとジェローム君を確認した。

「誰あんた？　なんか用？」

「こ、こ、こ、こ……」

メリッサちゃんはゴミを見るような目つきでジェローム君に一瞥《いちべつ》をくれると、そのまま飛び去ってしまった。

◇◆◇

「よし、じゃあ次の作戦だ。あがって上手く喋れないなら贈り物をするんだ。ワイバーンの女の子が喜ぶ贈り物はなんだ？」

「え、え、え、えと、えと、お肉？」

「よし、じゃあそれでいこう。用意はできるか？」

「う、う、う、うん」

ジェローム君がどこかに飛んで行った。その間俺は神様と一緒にメリッサちゃんの様子を遠巻きに見守っている。

しばらくすると、顔中を血まみれにしたジェローム君が巨大なワームを口に咥えて飛んできた。

メリッサちゃんはジェローム君を見るなり、キャアァァァ、と悲鳴を上げて飛び去ってしまった。

◇◆◇

「よし、喋るのも贈り物もダメなら、オシャレで何とかするんだ。ワイバーンの女の子に受けのいいファッションはなんだ？」

「え、え、え、えと、えと、花の冠？」

「ほんとかなぁ。まあ、いいや。それでいこう。用意はできるか？」

「う、う、う、うん」

ジェローム君がどこかに飛んで行った。その間俺は神様と一緒にメリッサちゃんの様子を遠巻きに見守っている。

それからしばらくすると、何やら巨大な木と草の塊が飛んできた。

その妙な物体がメリッサちゃんの側に降り立つと、メリッサちゃんは、ぎゃぁぁぁ、と悲鳴を上げて飛び去ってしまった。

◇◆◇

「ふむ、アレン君。まるでダメじゃあないか」

「神様、俺に言わないでくださいよ。まさかここまでとは」

ジェローム君は向こうで丸まっていじけているが、そんなことをしている暇があったらもっと頑張れと言いたい。

「さて、アレン君。他に作戦はないのかい？」

「うーん、正攻法だと、ちゃんとした格好で声をかける、とかなんですけどね」

「あ、あの。ちゃ、ちゃ、ちゃんとした、か、格好、て……？」

「知るか。人間ならわかるけどワイバーンはわかんねぇよ。まあ、人間だととりあえずネクタイを締めろって言われるけどな」

「ネクタイ？」

「うーん、とりあえずやってみるか」

俺は【錬金】スキルを使って大きな白いネクタイを作ってやることにした。

がりがりと地面に魔法陣をかいて何がどうなるということを細かく指定する。やりたいことのイメージがきちんと決まっていれば、細かいことはスキルが教えてくれるのだ。

そしてホーンラビットの魔石を魔法陣の中央に置くとジェロームの体に手で触れた。

「錬成！」

俺が魔石を通じて魔力を流し込むと一気に魔力を持っていかれたのがわかる。そして魔法陣が光を放ち、次の瞬間にジェローム君の首に白くて大きなネクタイが巻かれた。

俺はあまりの疲労に肩で息をする状態となり、そのまま座り込んでしまった。

「ま、まぁ、こんなもんかな？」

「あ、あ、あ、ありがとう！」

ジェローム君が感激して握手をしようとしてくるが俺は慌てて避けた。

「馬鹿野郎！　お前にそんなことされたら俺は潰れるわ！」

「う、ご、ごめん」

「いいよ。ほら、随分かっこよくなったから――」

「キャアァァァ！」

遠くの方からメリッサちゃんの悲鳴が聞こえてくる。その声に反応してジェローム君が飛び出していった。

俺は神様に運んでもらいながらゆっくりとジェローム君を追いかける。

ジェローム君の向かう先の上空に視線を向けると、三十匹程のワイバーンに取り囲まれたメリッサちゃんの姿がそこにはあった。

「な、なんなのよ！　アンタたち！」

「グルルル」

周りのワイバーンたちは唸るだけで答えない。

「あのワイバーンたちはまだ若いから言葉が喋れないようだね。若いオスのリビドーを発散したいみたいだよ？」

神様が俺の疑問を先回りして答えてくれる。

まるで獣だな。女の子を集団で襲うなんて！

「メリッサさんから離れろー！」

ジェローム君がメリッサちゃんに集《たか》っているワイバーンたちに体当たりをし、そして次々に叩き落としていく。

一対三十という絶望的な人数差、いや匹数差の中ジェローム君は獅子奮迅《ししふんじん》の活躍をしており、その姿はまるでメリッサちゃんを守る騎士のように勇敢だ。

「メリッサさんを傷つけるやつは許さない！」

ジェローム君が他のワイバーンに噛みつかれて血を流しながらもメリッサちゃんを庇って戦い続けており、メリッサちゃんもその様子を目をそらさずにじっと見つめている。

やがて全てのワイバーンたちは倒されたが、ジェローム君も力尽きて地面に落下していく。

それからドスン、という大きな音と共に土埃がもうもうと舞い上がった。

「神様！」

「そうだね。私たちも行こう」

神様に連れて行ってもらい、落下地点の側に降り立つ。

「ジェローム君っ！」

徐々に土煙が晴れてきて視界がクリアになっていく。するとなんとそこにはジェローム君の体の下に潜り込んで支えているメリッサちゃんの姿があった。

「う、あれ？　ボクは？」

ジェローム君の声が聞こえる。

「ジェローム君！」

「ア、アレンさん。そそそれとメメメメリッサさん？」

メリッサちゃんの上にいるという事に気付いたジェローム君が顔を真っ赤にして飛び退ろうとした。

だが、メリッサちゃんは尻尾で器用に捕まえてそれを許さない。

「ジェロームって言うのね。助けてくれてありがとう。かっこよかったわよ？」

メリッサちゃんはそう言うと首を曲げ、ジェローム君の頬に優しくキスをする。どうやら神様の依頼を完遂することができたようだ。

俺は何もしていないけどな！

◇◆◇

「よし、それじゃあ約束通りアレン君に私の加護を与えよう」

そう言うと神様は俺の頭に手を当てる。何かが体の中に入ってきたような感じがした。

「はい、終わりだよ。ジェローム君とメリッサちゃんには、そうだね。結婚したら時期を見計らって加護をあげよう。それじゃあね」

そう言って神様は光の中に消えていった。風神の書は残っていなかった。

「あ、ああ、あの。ア、アレンさん。ありがとうございました！」

「いや、俺は何もしていないから。全部ジェローム君が頑張ったからだよ」

「で、でも、アレンさんが、手伝ってくれたからっ！　お、お礼を……」

「いいよ。別に。あ、そうだ。じゃあさ、四年後の夏だけでいいから、ここから離れててほしいんだ。もしかしたら、押し込み強盗がくるかもしれないから」

「え？　そ、それじゃあお礼には……」

「フフッ。アンタ、アレンさんっていうのね。アタシからもお礼を言うわ。ありがとう。それに、ジェリーのこの布飾りも似合っていてとってもカッコイイもの」

「そりゃどうも」

どうやらジェローム君はメリッサちゃんにもう愛称で呼ばれているらしい。

「だからね。アンタがどうしてもアタシたちの助けが必要になった時、一度だけ必ず駆けつけて協力してあげる。どんなことでもね。それでどう？」

「うーん、まあそれでいいや。そういうことで」

「もう、かなり破格の条件だと思うけどね。ま、いいわ。それじゃ、ありがとうね！」

「おう。ジェローム君、メリッサちゃんと上手くやれよ！」

「あ、あ、あの……」

「ほら、しゃんとしなさいよ！」

メリッサちゃんがジェローム君の頭を尻尾で叩いた。本人は軽く叩いているつもりなのだろうが、ドスン、という重い音に身震いをする。

「わ、わかってるよ。ア、アレンさん。ありがとう！　ま、またね！」

「ああ、またな！」

こうして妙な体験をした俺はフリッセンの村へ向けて歩き出したのだった。

ちなみに、ジェローム君の倒したワイバーンの死体から回収した魔石と素材は俺が貰い受けた。役得というやつである。

第八話　町人Aは空を自由に飛びたいな

飛竜の谷で謎の人助けならぬワイバーン助けをした後、二日かけてフリッセン村に戻ってきた。村では青空市場でお宝アイテムを探すのも兼ねて買い物をするなどして丸一日のんびりと過ごしたわけなのだが、まずはこいつを見て欲しい。

名前　：アレン
ランク：E
年齢　：12
加護　：【風神】
スキル：【隠密】【鑑定】【錬金】【風魔法】
居住地：ルールデン
所持金：3,009,012セント
レベル：1
体力　：E
魔力　：D

加護が予定していた【風魔法の才能】ではなく【風神】になっていて、更にスキルに【風魔法】

が追加されている。しかも、何もしていないのに魔力がFからDへと二段階上がっている。

俺は【風神】なんて加護は聞いたことがないし、魔力Dというと、たしか悪役令嬢断罪イベントの時のマルクスがこのくらいだった気がする。

あ、忘れているかもしれないが、マルクスっていうのは攻略対象者で宮廷魔術師の息子のことだ。

まあ、とりあえずだ。神様の加護なのだからきっとすごいんだろうし、【風魔法】スキルが追加されたおかげで欲しかった風魔法も使えるようになった。

そこで俺は運命《シナリオ》破壊計画の次の作戦に移りたいと思う。

次の目標は、移動手段の確保だ。

何を言っているんだこいつ、と思ったかもしれないがよく考えて欲しい。

この世界の移動手段で最も速いのが馬だ。その馬を一日に何頭も乗りつぶしたとしても精々数百キロが限度だ。俺たち一般人が乗る普通の乗合馬車であれば一日に数十キロしか移動できない。

そんな世界で時速数百キロで移動できる手段があったとしたらどうだろうか？

そう、つまりはそういうことだ。

というわけで、今回の作戦目標はグライダーを作ることだ。といっても、完全に動力なしのピュアグライダーではなく、風魔法を動力源とするグライダーだ。

グライダーというのは簡単に言うと、めちゃくちゃ軽くてエンジンがなくても飛べる飛行機のようなものだ。

一応これでも前世では航空エンジニアをやっていたのだ。航空力学などこの辺りの知識は十分に持っているし、もちろん操縦だってできる。だから当時の記憶の通りに作ればどうにかなるだろう。

そう考えた俺ははは早速頭の中にある前世の記憶を呼び起こしながら設計図を起こし始めた。

機体は円柱状で、ここを風魔法で空気を噴射するエンジン部分として使う事にしよう。魔法を起動する部分には先ほど手に入れたばかりのワイバーンの魔石を使って出力を確保しておく。

それから下部には車輪を三つ設置した。離着陸の時はこいつに頑張ってもらおう。

機体の上部は平らになっていて、俺はそこにうつぶせになる形で乗り込んで右手からエンジンに魔力を供給するのだ。水平尾翼の昇降舵と垂直尾翼の方向舵は左手で魔力を込めることで操作できるようにする。

主翼の翼型はオーソドックスな形状にしておく。

それから素材は主にワイバーンの骨と皮膜、それに炭素繊維を使えばいいだろう。

こうして作った設計図を【錬金】スキルを使って魔法陣に落とし込み、必要素材を捧げてこの魔法陣を起動すればグライダーが錬成できる。

しかし、本当にこの【錬金】スキルというのはチートだ。

ゲーム中でエイミーが『全然揺れなくて快適な馬車』なんてものをサクッと作っていたのでこれぐらいは当然できると予想していたが、こうも簡単に設計図通りのものを作るための魔法陣ができてしまうとは。予想通りではあるがやはり驚きを禁じ得ない。

さて、魔法陣はできあがった。グライダーの形状は、風魔法エンジン以外は前世の記憶で飛んだ実績があるものばかりなので問題はないだろう。

そう考えた俺は村から少し離れた所にある開けた平地にやってきた。

草がぼうぼうに生い茂っているので覚えたばかりの風魔法で一気に草を切り飛ばす。

「マナよ。万物の根源たるマナよ。我が手に集いて風となり、我が敵を切り捨てよ。ウィンドカッター！」

詠唱は【風魔法】のスキルが教えてくれる。使おうと思った魔法の詠唱が頭に勝手に浮かんでくるのだ。

こうして俺は五百メートルくらいの滑走路を【風魔法】と【錬金】のスキルを使って整備した。

魔力のステータスがDに上がったおかげか、これだけ使っても全然疲れが来ないというのは素晴らしい。

滑走路ができ上がったので、俺は紙に書いてきた魔法陣を取り出すと地面に置いた。

その上にワイバーンの魔石二つ、皮膜、大腿骨を一つずつ、そして木炭を多めに置くと魔法陣を発動させる。

「錬成！」

俺がスキルを発動すると魔法陣が光を放つ。光は徐々に形を変化させていき、やがて光が消えるとそこには設計図通りのグライダーが生み出されていた。

チートスキルに感謝しつつ、俺はグライダーの上にうつ伏せとなり、シートベルトを装着する。

そして右手で取っ手を摑むと、風魔法エンジンを起動する。

「マナよ。万物の根源たるマナよ。我が手に集いて風となれ」

【風魔法】スキルを通じて風魔法が発動し、魔石に刻まれた魔法陣が強烈な風を吹き出す。

轟音と共に凄まじい突風がエンジンから吹き出され、俺の乗るグライダーが急加速を始める。

「う、吐きそうだ……」

あまりの強烈な負荷に体がバラバラになりそうな感覚に襲われた。それは不快なはずなのに少し懐かしい不思議な気分になる。

次の瞬間、グライダーはふわりと俺の体ごと機体を宙へと持ち上げた。

「よし！　成功だ！」

グライダーはみるみるうちに高度を上げていく。森の木々がどんどん小さくなっていき、あっという間に周りの山々と同じような高度にまで到達した。

最高に気分がいい。前世で大学生だった時以来の空だ。

俺は左手で魔力を込め、昇降舵が水平に戻るように【錬金】スキルを使った。するとグライダーは安定飛行へと移行する。

このフライトの行き先はもちろん、王都であるルールデンだ。計器類が一切ないので地面に引かれた線のように見える街道だけが頼りというのは少し不安ではあるが、これはこれで面白いものだ。

当然のことながら、やはりグライダーは馬車とは比べ物にならないほど速い。

それにだ。本当に、本当に気分がいい。

俺を乗せたグライダーは次々と街壁に囲まれた町の上を通過していく。

「お、あれは、ルールデンのお城じゃないかな？」

遠くに小さく見知ったお城が見えたのに喜び、思わずひとり呟く。馬車で何日もかけて移動した距離をほんの数時間で戻ってきてしまったのだ。

やはり技術チートというのは素晴らしい。

そろそろ着陸準備に入ろう、そう思った時に俺は肝心なことに気付いた。

「これ、どこに着陸すればいいんだ？」

ルールデンの近くには海や不時着できるような大きな川はない。街道も十分な横幅がないうえ、人の行き来があるから不時着も難しい。

そして、さらに大事なことに気が付いた。

そう、俺はパラシュートを装備していないのだ。

焦ってどこかに着陸できそうな場所はないかと飛び回っていると、遺跡のあった北東の森の奥に湖があるのを見つけた。

ゲームでは登場しなかった湖だが、北東の森なら魔物はホーンラビットか、滅多に見かけないがゴブリンくらいだろうから問題はないはずだ。

よし、あそこに不時着しよう。

俺は旋回しつつ徐々に高度を落としていく。風魔法エンジンは既に落としてあり、今は滑空している状態だ。

グライダーは速度を、そして高度をどんどん落としていく。

湖は楕円形をしているのでなるべく長く着水できる方向から進入できるように調整する。

「くそっ。不時着なんて学生の時にもやったことねぇよ」

俺は思わず悪態をつくが、自分のミスだ。運命《シナリオ》に負けないためにもこんなところで死ぬわけには行かない。

俺は全神経を集中してグライダーを操縦して着水軌道へと乗せた。

グライダーは木の上をかすめて湖面へと降りていく。

「これは……！」

想定していたよりも僅かに着水する時の角度が浅い！

俺は冷静にそこから昇降舵で角度を調整すると風魔法エンジンを逆噴射する。

こうして最初想定していた着水予定地点よりも大分岸に近い場所にグライダーは着水し、凄まじい水しぶきが巻き起こる。

そしてそのまま水の抵抗によって急激に減速した。

そのままつんのめるように尾翼が浮き上がり半回転したところでグライダーは停止した。

当然俺の体は水の中だ。

俺は慌ててシートベルトを外すと急いでグライダーの下から抜け出す。着水予定地点よりも大分岸に近い場所にズレてくれたからか、何とか足が湖底に着く程度の水深しかなかったのは幸いだった。

それにシートベルトをしっかり締めていたのもよかった。おかげで放り出されたりはせずに大けがはせずに済んだのだから。

だがもうこのグライダーは使えないだろう。翼は折れ、機体にもひびが入っている。

そう思っていると、グライダーがさらさらと砂のようになって消えていく。どうやら【錬金】スキルで作ったものは壊れるとこうなるらしい。

「ああ、失敗したなぁ」

そう呟くと、【隠密】スキルを使ってルールデンの町に向かって歩き出した。

俺はグライダーによる飛行には成功したものの、貴重なワイバーンの魔石二個、そして大腿骨と皮膜を一つずつ失ったのだった。

◇◆◇

「おいおい、アレン坊。お前びしょ濡れじゃないか。一体何したんだ?」

湖に不時着した俺は体を温めようとギルドにある温水シャワーにやってきたのだが、そこを師匠に見つかってしまった。

「いやあ、ちょっと失敗して水の中に落ちちゃいました。それで温水シャワーを借りようかと思いまして」

「おお、そうか。気をつけろよ。アレン坊みたいに慣れてきて調子に乗り始めた辺りが一番死にやすいんだからな。母ちゃん置いて先に逝くような真似したら駄目だぞ?」

「はい」

そう答えたのだが、今度はモニカさんが俺を見つけて師匠に文句を言い始めた。

「あら？　アレン君びしょ濡れじゃない。どうしたの？　まさか！　ちょっとルドルフさん！　いくら修行だからって気絶したアレン君に水を掛けて起こすなんて！　まだ子供なんですから、そんなことしちゃダメですからね！」

「え？　いや、ちょっと待て。こいつがびしょ濡れになって帰ってきただけだぞ？　今日は稽古をつけてねぇ」

それを聞いたモニカさんはジト目で師匠を見ると、俺を見てニッコリと笑った。

「そう、まあいいわ。アレン君、こんなところでびしょ濡れだと風邪ひいちゃうわよ？　さ、お姉さんが洗ってあげ――」

「ひ、一人で洗えるから大丈夫ですっ！」

怪しい雰囲気になったので俺は慌てて逃げ出した。

「ああん、もう。冗談じゃないの」

背後からモニカさんの声が聞こえるが、果たして冗談だったのかどうなのか。いずれにしてもあの爆乳お姉さんに迫られるとちょっとどうしたらいいのか対応に困る。

そして千セントを支払って温水シャワーを浴びて体を温めると、家から持ってきた服に着替えてギルドの受付へと戻ってきた。

「師匠、これを買い取ってほしいんですけど」

そう言って俺はフリッセンの青空市場で手に入れたお宝アイテムを差し出した。

名前：炎のナイフ
説明：切り付けると低確率で炎属性の追加ダメージを与える。
等級：希少《レア》
価格：450,000セント

「おお、相変わらずアレン坊は目利きがいいな。希望は？」

「四十万セントなら」

「まあ、妥当なところだろうな。いいぜ、引き取ろう」

こうして俺の貯金は四十万セント増えた。もちろん、まだまだ目標額には届かないのでもっと沢山稼ぐ必要がある。

だが、まだ慌てるような時間帯じゃない。

「アレン坊、無理すんなよ？」

「はい、師匠」

まずはゆっくりしてその後はＶＴＯＬ、つまり垂直離着陸型のグライダーを作るところからはじめよう。

◇◆◇

それから一か月ほどかけて色々と研究をしてみた。もちろんグライダーについても研究したのだが、まず最初に俺自身についても少し考えてみた。

というのも、フリッセンからルールデンに戻る時の一連の行動ははっきり言ってエンジニア失格だったからだ。いくら計画が上手くいったからといってパラシュートもつけず、ましてや森の中の湖に不時着するなどもってのほかだ。

あの時俺が取るべきだった行動はフリッセンの滑走路に引き返す事だし、そもそもの話をするならグライダーの件は王都に戻ってきてからやるべきだった。

少なくとも、前世でエンジニアをしていた頃なら絶対にあんな愚かなことはしなかったはずだ。

そうして色々と考えた結果として至った結論はシンプルで、俺は思考回路が子供に戻っているのではないかという事だ。

よくよく思い返してみると、前世の時の子供時代も似たような事をやっていた記憶がある。

これはきっと気を付けていてもまたやらかす可能性があるのだから、慎重な行動を取るように常に意識する必要がある。そうしていればいずれ意識しなくてもこうした愚かなミスを減らせるようになるはずだ。

さて、それではグライダーの話に移ろう。まずはグライダーの前に【錬金】スキルでモノづくりをするにあたって重要なことが二つわかった。

まず一つは設計図だ。作るものをどれだけ正確にイメージできているかで出来上がった物の精度と必要となる魔力が変わる。

ゲームではエイミーがふわっとしたイメージで高性能な馬車を作っていたが、それができたのはゲーム終盤の主人公として劇的に成長して桁違いの魔力を持っていた時だけだ。

つまり、今の俺には魔力が足りないため同じようことをするなど到底不可能なのだ。

そこで、できる限り正確な設計図を用意して頭の中にその構造をイメージしつくすことが肝となる。

そしてもう一つは材料をできるだけきっちりと用意することだ。これについてはゲームでもそれっぽい描写が多く出てきていたので追試をして確かめたという形だが、材料となる物質の有無で必要となる魔力量が天と地ほど変わる。

特に、何もないところから生み出すのは今の俺ではほぼ不可能に近い。

一方で嬉しい発見もあった。これは魔物素材で特に顕著に現れる傾向にあったのだが、材料が不足している場合でも部分的にであれば似たような性質を持つ素材で代用することができるということがわかった。

これの何が嬉しいかというと大幅なコストカットができるようになるのだ。例えば、ワイバーンの皮膜という高価な素材にジャイアントバットという割と手に入りやすい蝙蝠《こうもり》の魔物の皮膜を混ぜて使えるようになるのだ。このコストメリットは非常に大きい。

それから機体の制御についてもいくつかわかったことがある。

まずポジティブな発見としては、魔力を伝達するための素材がほぼ確定できたことだ。

方向舵や昇降舵を操作するために、俺は左手で【錬金】スキルを使って変形させるというやり方をしている。そして、それを伝達するいわば電線のような役目を担う素材として自分の髪の毛が最適だということがわかった。

これを発見したのはただの偶然だった。最初は魔物素材で魔物の種類や部位を変えて実験していたのだが、たまたま抜け毛が実験道具の上に落ちてしまった。それを睡眠不足で朦朧としたまま間違って使ってしまったところ、上手くいったのだ。

次にネガティブな発見だが、それは今の俺では複数の場所を同時に制御できないということだ。

これは俺の能力の問題なのだが、一か所で何らかの制御をすると別の場所の制御ができなくなる。

例えば、風魔法エンジンを動かしていると方向舵や昇降舵の操作ができなくなるのだ。

これはかなり致命的な問題で、垂直離着陸を実現するにあたってエンジンが一つというのはかなり難しい。前世の日本でも何かと話題になったオスプレイのように最低でも二つ、できればドローンのように四つのエンジンが欲しい。

このことが判明したところで、俺は研究を一旦やめることにした。

そう、複数の魔法を同時に使えないなら、使えるようになれば良いのだ。

俺は知っている。賢者の塔と呼ばれる場所の最上階には『多重詠唱のスクロール』というアイテムがあるということを。

ゲームでは、この塔は二年生の文化祭向けの自由研究として来ることができるのだが、別に来なくてもクリアはできるので必須というわけではなかった。二年生と言うことからも想像がついているかもしれないが、ここを攻略するには高い魔法力が必要となるため【隠密】スキルだけで忍び込んだとしても登ることができない。

だが、今の俺であれば別のやり方で攻略できることを確信している。

そうして俺は賢者の塔の攻略に必要な道具の設計と物資の調達を始めるのだった。

○魔法

完成した状態の指定と、それを実現するための過程をセットにして適切に魔力を使うことで発動する。

○詠唱

頭の中で想像した完成状態に対して、それを実現する過程を言葉として口に出したもの。この言葉と頭の中で想像した完成状態が魔力で結ばれることで魔法が発動される。

○魔法陣

完成した状態とそれを実現するための過程を書き記したもの。これに魔力を流すことで魔法が発動される。いわば魔法の設計図である。

○錬成

錬金術で何かものを生み出すことで魔法の一種。錬成は完成状態が非常に複雑で、それを実現する過程も複雑なため詠唱ではなく魔法陣を使うことが一般的となる。

第九話　町人Aは賢者の塔を攻略する

「進路クリアー、発進OK、テイクオフ」

俺は風魔法エンジンを起動して風魔法グライダーを滑走路から離陸させる。

滑走路がないなら作れば良いじゃない、ということでルールデン北東部の森の奥を勝手に切り開いて滑走路を作った。町の中からの移動はやや面倒ではあるが、どうせ町中で離着陸できるわけではない。ならば最初からこうしておけばよかったのだ。

俺を乗せたグライダーはぐんぐんと高度を上げていき、層雲の高さにも迫ろうかという勢いだ。

賢者の塔はルールデンから馬車を乗り継いで十日ほどの町に行き、さらにそこから森に分け入り徒歩四日というかなりアクセスの悪い場所にある。

この塔はいにしえの賢者が建てたと言われる塔で、なんと地上三百階というブルジュ・ハリファも真っ青の高層建築だ。三百階ともなると、もしかしたらその高さは千メートル、いや千五百メートルくらいはあるのかもしれない。

ここから賢者の塔まではかなり距離があるため、滑空飛行はせずに風魔法エンジンをガンガン噴射しながら飛んでいる。そのおかげもあって前回よりもかなりスピードが出ており、あと数時間もあれば到着するはずだ。

風魔法グライダーも前回と比べて改良が進んだうえ、賢者の塔攻略専用仕様となっている。

まず一番大きな改良点は、グライダーの動力源となる風魔法エンジンのコア部分を取り外しできるようにしたことだ。

前回はまとめて錬成してしまったせいで壊れたら一度でダメになってしまったが、今回は事故が起きてもこのコア部分さえ失わなければ新たにワイバーンの魔石が必要になることはない。

また、機体の素材をほぼ炭素繊維として、一番力のかかる部分、翼の付け根にだけワイバーンの骨を使うようにした。おかげでワイバーンの大腿骨は半分しか使っていない。

そして動力を伝えるのは俺の髪の毛だ。ぶちぶち抜くのは痛かったが背に腹は代えられない。

長いのは鬱陶《うっとう》しいので好みではないが、伸ばすことも検討した方がいいかもしれない。

ただ、こうやってコストダウンしたおかげで機体の錬成に必要な魔石がワイバーンの魔石でなくオークの魔石で済むようになった。

この差は実はかなり大きい。

オークの魔石であれば十万セントぐらいでギルドから買うことができる。色々な意味で嫌われている魔物ではあるがオークは食肉としても人気がある。そのため中級の冒険者たちのメインの稼ぎともなっているのでオークの魔石は流通在庫も豊富にある。

こうしてコストダウンと性能アップを両立した風魔法グライダーは快調に空の旅を続けていく。

◇◆◇

そうこうしながら空の上で作ってきたサンドイッチを頬張っていると、前方に凄まじい高さの塔が見えてきた。

間違いない、あれが賢者の塔だ。

それでは手筈通り、作戦行動を開始するとしよう。

俺は左手で昇降舵を動かし、旋回させつつ機体の高度を上昇させる。ぐんぐんと高度をあげ、グライダーは層雲を突っ切って雲の上に出た。層雲は上空二千メートルぐらいまでの高さで存在するので、今の高度はおそらくそのぐらいだと思う。

眼下にはまるで雲海のように白い雲が広がっており、その雲を突き抜けるかのように塔の上部が突き出している。そしてその塔の屋上も今や目視で確認できている。

俺はグライダーを操り接近していくが、何かに妨害されるといった様子はない。

やはり、想定通りだ。

グライダーを大きく振って一度塔から離れ、そして旋回。再び塔の方へと機首を向ける。

「方向良し、高度良し、目標、賢者の塔最上階。グライダーミサイル、突撃！」

俺は風魔法エンジンを最大出力で噴射する。

ガタガタと機体がきしむ音がした。そうしてぐんぐんとスピードをあげたグライダーは塔の最上部をめがけて突っ込んでいく。

「今だ！　離脱！」

俺は風魔法エンジンに使っているコアを取り外すと緊急脱出装置を起動させた。装置は正確に起動し、俺はポーンと上へと大きく射出される。

「マナよ。万物の根源たるマナよ。我が手に集いて風となれ」

まずは風を前方斜め下に向かって打ち込み減速しつつ、準備しておいたパラシュートを開いた。

そして用意していた小型風魔法エンジンを慎重に起動して空中での姿勢を整える。

これは推進力を得るというよりも落下場所を整えるという程度の簡単なものだ。

この装備ならパラシュートというよりもモーターパラグライダーの方が近いかもしれない。

一方、俺が離脱したグライダーはミサイルとなって賢者の塔の最上部に大きな音を立てて激突した。重量が軽いのでそこまでの衝撃はないだろうが、先端部分には鉄をくっつけておいたので多少は衝撃力があるはずだ。

俺はグライダーの後を追って賢者の塔に着陸するとすぐに塔の状態を確認する。グライダーをぶつけた部分は崩れて穴が開いているが、どうやらそれ以外の場所には特に影響はなさそうだ。

俺は急いでパラシュートを畳むと、用意してきたロープを使って最上階に進入した。

「計画通り！」

俺は賢者の塔のトラップ、魔物、ボス、その全てを回避して最上階へと辿りついたのだ。

そうこうしている間に、賢者の塔の自己修復機能が働いたのか、徐々に外壁が修復されていく。

そしてすぐに激突事故などなかったかのように元の状態へと戻ったのだった。

ちなみに、何で賢者の塔の外壁を外から破壊できることを知っているかというと、もちろんゲームでそういった描写があったからだ。

賢者の塔の最上階に辿りついて喜んでいるエイミーたちに対して、賢者の塔の外壁を破壊して手負いの黒いスカイドラゴンが襲撃してくるというイベントがあったのだ。キャラデザもかなりかっこよかったのだが、敵キャラで会話イベントもなくいきなり襲撃されたうえに滅茶苦茶強かったので、あの時はわけがわからずに運営を呪ったものだ。

さて、こうしてまんまと最上階に侵入した俺はこのフロアの中央に置かれた宝箱のもとへと向かう。

ギギ、ときしんだ音を立てて宝箱が開くと、中にはスクロールが入っている。

間違いない、『多重詠唱のスクロール』だ。

俺は急いでスクロールを使って【多重詠唱】のスキルを獲得する。

名前　：アレン
ランク：E
年齢　：12
加護　：【風神】
スキル：【隠密】【鑑定】【錬金】【風魔法】【多重詠唱】
居住地：ルールデン
所持金：3,308,751セント
レベル：1
体力　：E
魔力　：D

さあ、これで欲しいスキルはあと一つ。そのための準備を整えるとしよう。

第十話　町人Aは迷いの森へと向かう

「進路クリアー、発進OK、テイクオフ！」

俺はお手製のゴーグルをかけると風魔法エンジンを起動し、垂直離着陸型風魔法グライダー、ブイトールを発進させる。名前の由来はもちろん、VTOLをそのまま読んでブイトールだ。

俺を乗せたブイトールは滑走路を滑るように加速していき、スピードに乗ったところで一気に離陸する。

え？　垂直離着陸はどうしたのかって？

魔力の消費が大きすぎて疲れるので必要ない時はやらないのだ。

もちろんブイトールはちゃんと垂直離着陸する能力はある。それはこの二か月間の研究開発で実証してきた。

まず、このブイトールは以前の風魔法グライダーと似てはいるが格段の進歩を遂げている。

推進用のエンジンは今までのものと同様にお腹の下にあり、その上にうつぶせになって操縦するというスタイルは今までの風魔法グライダーと同じだ。

だがこの機体が実は二重構造となっていて、推進用の風魔法エンジンの下に二基の風魔法エンジンが備え付けられている。

それらのエンジンで前方から吸気し、機体の機首付近と尾翼付近から真下に排出することで垂直に離着陸するための浮力を得るのだ。

更に左右の主翼の先端にウィングレットを作り、離着陸の時はそのウィングレットが姿勢制御を補助する風魔法エンジンに変形する機構も組み込んだ。

あ、ウィングレットというのは飛行機の主翼の先っぽが上に折れ曲がって立っているあれのことだ。前世だと日本の大手自動車メーカーが作っていたプライベートジェットの翼にもウィングレットはついている。

ともあれ、ブイトールは物理で飛んでいる以上は物理的な制約には逆らえない。翼で揚力を得て離陸する方が風の力だけで重力に逆らって離陸するよりも遥かに少ないエネルギーで離陸できる。

垂直離着陸する戦闘機が普段は垂直離着陸しないのと同じ理由だ。

さて、今回の目的地は迷いの森で、その無限回廊に入る手前の場所に眠っている『無詠唱のスクロール』というアイテムを手に入れることが目的だ。

ゲームの設定だとこんな感じだ。

昔、呪文の詠唱をせずに多くの魔法を操り人々を助けて回る優しい賢者様がいた。ある時、その賢者様は迷いの森の中にあるエルフの里に薬の材料を分けて貰いに行ったが迷子になり命を落としてしまう。

しかし志半ばにして死んでしまったことで成仏できず、『無詠唱のスクロール』となって人々を助けるという自分の思いを継いでくれる人を待っていた、という話になっていた。

このスクロールについてはそれらしいボス戦もなく、迷いの森の中に残された亡骸を丁重に埋葬して終わりだった。

亡骸が無限回廊の手前にあったということは、きっと賢者様は一度無限回廊に捕らえられてしまったのだろうと推測されていた。そして、全ての力を使って何とか無限回廊から脱出したもののそこで力尽きてしまったのだろう、とゲーム中では語られていた。

ちなみに迷いの森を抜けるとこれまたテンプレ通りにエルフの里があるのだが、俺としては用がないのでそこへ行くつもりはない。

そもそもエルフに連れて行ってもらわないと入れないわけだし、よしんばエルフの里に入れたところで特に目ぼしいものは何も無い。

ゲームでエルフの里を訪れるのは二年生の夏に発生する強制イベントでのことになる。森に魔物が住み着き、襲われて生贄《いけにえ》を要求されて困っているので助けてほしいと町で偶然出会ったエルフにお願いされたのが切っ掛けだ。『無詠唱のスクロール』はその道中で偶然手に入れることになる。

そして魔物を倒してエルフの里を救い、エルフの女王から妖精の髪飾りというエルフの里への通行証のような装飾品を貰うのだが、今行ったところで魔物はいないだろうし何も起きないはずだ。

迷いの森へはルールデンから馬車を乗り継ぎ二週間ほど。北の山を越えた更に向こう側だ。

これだけ距離があると着くのは夕方ぐらいだろうから今は空の旅を楽しむことにしよう。

◇◆◇

山を越えた辺りで随分と日が傾いてきた。ギルドで買ったアバウトな地図によるとそろそろリンゼアの村に着くはずなのだが、それらしい場所は見当たらない。

リンゼアというのは目的地である迷いの森に一番近い村で、ゲームでも迷いの森に行くにはこの村からとなる。

しかし、今の状況はあまり芳しくない。深い森のせいで街道も見失ってしまい、現在地がわからなくなってしまっている。要するに迷子だ。

早くしなければ日が落ちてしまう。

そんな焦りから俺は目を皿のようにして必死に村を探すが中々見つからない。このまま村を見つけられずに夜になってから野営場所を探すなんて事態だけは避けたいのに！

この辺りは強い魔物も出現する。もちろん多少の武器を持ってきてはいるが、こんなところで余計なリスクを背負うべきではないだろう。俺が魔物を倒せるのは【隠密】からの不意打ちがあるからであって、断じて俺自身が強いわけではないのだ。

とりあえず適当に森の上空を飛び回っていると、日が山の向こうに沈み始める。

まずい！

焦って辺りを見回していると、森の一部にぽっかりと開けている場所がある。

「あれはもしや村では？」

そう独り言を呟いた俺は機首をそちらに向ける。もしかしたら日没に間に合うかもしれないし、自然に平地になった場所でも着陸さえできれば野営場所を探すこともできるだろう。

徐々に開けた場所が近づいてきた。

あれは村だ。木でできた家のような物が見えるし、人影も見える。

さらに都合の良いことに、この村から数十メートルほど離れたところにもぽっかりと木の生えていない場所があることに気づいた。

いきなり村の中に着陸すると大騒ぎになるだろうし、そちらへ着陸することにしよう。

俺は上空を旋回しつつ徐々に高度を落としていく。

速度と高度が大分落ちてきたので垂直離着陸用のエンジンを起動する。吸気口と排気口が開かれ、空気の噴射を開始する。

「垂直エンジン、起動」

ここからは細かい制御が大事だ。速度を殺しつつ機体の姿勢を制御しなければいけない。

「姿勢制御エンジン、起動」

両翼に取り付けられた補助エンジンも起動する。四つのエンジンに同時に魔力を送り込みながらメインエンジンも上手く使って速度を殺していく。

流石に魔力がゴリゴリと削られていくが、俺は練習したことを思い出して冷静に機体をコントロールしていく。

そして、俺のブイトールはついに無事着陸に成功した。安全のためのシートベルトを外して機体から降りた俺は両足で地面を踏みしめる。

「あー、疲れた～」

俺は思わずそう呟き、大きく伸びをする。そしてブイトールを隠して村に向かおうとしたその時だった。

「動くな！」

低く鋭い声がしたかと思うと森の中から数人の男が現れた。彼らは全員弓矢を構えて俺を狙っている。

驚いたことに、なんとその耳は長かった！

……どうしてこうなった？

リンゼアの村に着陸したと思ったらそこは迷いの森の中にあるはずのエルフの里だったのだ。

「あのー、エルフ、なんですよね？」

「ああ、そうだ。見ればわかるだろう」

俺は弓を向けてくる男の一人に尋ねるが、その態度はそっけない。好意的というよりは敵対的な様子だ。逆らうことはしない方が良いだろう。

そしてどこからどう見ても完全な不審者である俺は素直にエルフたちの指示に従うとそのまま村の中を通り、大きな家へと連れて行かれた。

その家の中はゲームで見たエルフの女王の家とそっくりで、玉座にはゲームで見た美人の女王様が座っている。

「あなたは人間ですね？」

「はい。アレンといいます」

「それでは、アレンさん。あなたはこの里に何をしに来たのですか？」

女王様の尋問が始まる。

「すみません。迷い込んでしまいました。本当は別の人間の村に行こうとしていたんです」

「嘘をつくな！」

「お静かに。ですが、私たちの里は精霊の力によって守られています。あなたたち人間や魔物はあの森を抜けることができないはずです。一体どうやって？」

「空から来ました」

「空、ですか？　ということはあなたはあの森の上空を超えてなお飛び続ける事ができる魔力を持っているというのですか？」

「ええと、はい。そういうことになりますね」

「なんと……」

何故かはわからないが、女王様は随分と驚いているようだ。

「女王陛下、そんなはずはありません。この者からはそのような魔力は感じられません」

先ほどからうるさいこの側近らしき男が女王様に俺を否定するような進言をしているが、こんなキャラはゲームに出てきていただろうか？

「確かに強い魔力は感じませんが……そうだ、アレンさん。あなたは何か加護をお持ちではないですか？」

これはばらしてしまって大丈夫だろうか？

まあ相手は人間じゃないし、ゲームでも人間嫌いということになっていたエルフなら問題ないか。

「一応、【風神】の加護を頂きました」

女王様が驚いた様子で立ち上がった。

「そ、それは本当ですか!?」

「一応、本当です」

俺は【隠密】で隠蔽していたステータス上の【風神】を解除して、ギルドカードのステータスを見せる。

「あああああ、神様は私たちをお見捨てにはならなかった」

何か大げさに感動しているが、一体どういうことだ？

「あのー、女王様。話が全く見えないんですけど……」

「ああ、そうでしたね。失礼しました。アレンさん、いえ、アレン様。どうか私たちの里をお救い下さい」

「はい？」

あれ？　どうしてイベントが始まったんだ？　まだ生贄を要求する魔物は現れていないはずでは？

「実は、迷いの森に悪霊が出て困っているのです。最初は迷いの森の中でしか活動していなかったのですが、だんだんこの里の近くにもやってくるようになってしまいました」

全くもって知らないイベントだ。魔物が出る前に悪霊も出ていたのか。なんとも災難続きなものだ。そんな他人事な感想を覚えつつも、一応話を合わせてみる。

「あの、何かされたんですか？」

「あの悪霊は私たちや精霊を追いかけまわしてくるのです。ただ、悪霊の動きがとても鈍いおかげで被害にあった者はまだおりません。ですが、このままだと被害が出てそのうち森と里を守ることができなくなるかもしれません」

「つまり、悪霊が襲って来るから、それを退治しろ、と？」

「はい。風の神様のご加護を受けたあなたでしたらきっとそれができると思うのです」

「そういうのは聖職者の領分なのでは？」

「この里に招き入れる人間はなるべく少なくしたいのです。人間とエルフの間には不幸な歴史がありますから」

なるほど。ゲームでは描かれていなかったけど、そういう事情もあるのか。

「お母さま！　そんな人間の男になど頼る必要はありません！　あたしが退治してやります！」

見たところ十五歳くらいのかわいい女の子が割り込んできた。

ああ、この子は知っているぞ。ゲームで魔物退治を依頼してきた女の子だ。確かこの里のお姫様で、見た目と反してもう二十代半ばくらいだったような記憶がある。

「シェリルラルラ！　今はお客様とお話をしています。下がりなさい」

「でも！」

「悪霊が出たぞー！」

そんな会話をしていると、ちょうど悪霊が出たらしい。

「あたしが退治してきます！」

「シェリー！　待ちなさい！　シェリー！」

シェリルラルラさんが駆けだしていった。そしてそれを何人かのエルフたちが追いかけていく。

「アレン様……？」

「ええと……行かなきゃダメですか？　はあ、ですよね……行ってみるだけですからね？　期待しないでくださいね？」

なんだかものすごく期待した表情で見つめられて居心地がすこぶる悪いので、とりあえず見に行ってみることにした。

◇◆◇

そうして俺たちは広場へとやってきたのだが、なんだかどうにもおかしなことになっている。

いかにも魔法使いといった格好の男が両手を斜め上前に掲げて動きの遅い何か、そう、例えば蝶とかそういった類の何かがそこにいてそれを追いかけている、といった感じの緩慢《かんまん》な動作をしているのだ。

しかもその男はやたらとげっそりしている。げっそりしているどころか土気色と言っても過言ではないかもしれない。魔法使いっぽいローブもボロボロだ。

ああ、これは間違いない。こいつは完全な不審者だ。

「くう、来たわね、悪霊。くらえ！」

シェリルラルラさんが矢を放った。だがしっかりと不審者を捕らえたはずの矢は直前でその軌道を変えて逸れていってしまう。

「女王様、あれが、悪霊ですか？」

「そうです。あの黒い禍々しい靄《もや》のようなものが精霊を追いかけまわしているではありませんか」

「精霊？　それに黒い靄ですか？　俺にはラリった不審者が一人で見えない何かを追いかけているようにしか見えないんですけど」

「アレン様にはあの靄の正体が見えるのですか？」

「ええと、見えないいんでしょうか？」

「……」

俺と女王様の間に沈黙が流れた。

ええと？　ああ、なるほど。つまり俺には見えていない精霊をあの不審者が追い回していて、エルフにはあの不審者が黒い靄に見えているということのようだ。

理解できたところで俺はシェリルラルラさんの方に視線を向けるた。彼女と里のエルフの皆さんはパニック状態に陥っている。

不審者が近づくとエルフたちは恐怖におののき、ある者は泣き出しては逃げまどい、そしてある者は半狂乱で矢を放ち、更には何かの魔法まで撃ち込み始めた。

しかし矢も魔法も不審者には全く届かない。

「アレン様、一時的に精霊が見えるようにお力をお貸ししますね」

女王様が俺の頭に手を当てると、何かが体の中に入ってきたような感じがした。

「いかがですか？」

再び不審者を見遣ると、その先には確かに小さな光のようなものが見える。しかもその光はよく見ると幼女のような姿をしていた。

「ああ、本当だ。ただでさえ不審者でしたが、より問題のある不審者に見えるようになりました」

「それでしたら……」

そんな祈るような目で見ないでくれ。

「と、とりあえず、説得してみますね？」

俺はそう言うと不審者の前に歩いていく。

「おーい、そこの魔法使いのおっさん？　流石にその格好で幼女を追い回すのは犯罪だと思うぜ？」

俺がそう声をかけるとその不審者はピクリと固まった。そしてあからさまに動揺した様子で言い訳を始めた。

「な、な、な！　ど、ど、ど、童貞ちゃうわ！」

一体どこから童貞という話が出てきたのかわからないが、不審者は勝手にボロを出した。

「おっさん、童貞だったのか」

「ど、ど、童貞じゃないんだお！　それにボクチンにはロリンガスという親からもらった立派な名前があるんだお」

名前からしてどう考えても犯罪臭がする。

「で、そのロリンガスさんは一体何をしているんだ？」

「よくぞ聞いてくれたんだお。ボクチンはエルフの里で精霊に会いたかったんだお！」

「で？」

「精霊は数千年も生きているのに幼女の姿をしているんだお！　つまり、合法ロリなんだお！」

「……」

どうしよう。どこをどう考えても完全な変態だ。俺は困って女王様の方に視線を向ける。

お願いだ。助けてくれ。そんな俺の視線にも気付かず、女王様は手を胸の前で組んではキラキラとした目でこちらを見つめている。

頼む、やめてくれ。俺はこんな変態をどうにかする術など持っていない。

「この変態ロリコン。とりあえずこの里には近づくな」

あ、しまった。つい本音が出てしまった。しかし、この変態男は明らかにショックを受けた顔をしている。

「へ、変態とは失礼だお！　ボクチンはただ触らずに愛でているんだお」

あ、どうやらロリコンは否定しないらしい。

「今思いっきり触ろうとしてたじゃねーか！」

「ご、誤解だお。あえてぎりぎりの距離で触らないようにしていたんだお」

「それであんだけ追い掛け回したら余計にタチが悪いわ！　あんなに怖がってるじゃねーか！」

「な、なんと！　ボクチンは怖がらせていたのかお？　ボクチンはなんてことを……」

「はあ、わかったらこの里と迷いの森から出てけ」

しゅんとなった変態に俺はぴしゃりと言い放つ。

「そ、それはできないお！　ボクチンは迷いの森を抜けてエルフの里に行く必要があるんだお！」

「え？　ここがエルフの里だぞ？」

「え？」

何か唖然とした表情で俺を見ている。

「なんと！　それはありがたいんだお！　これで秘薬を作れるんだお！　早くエルフの女王のところに行くお。ええと」

「アレンだ」

「アレン氏《うじ》、さっさとボクチンをエルフの女王のところへ案内するんだお！」

俺は女王様を指した。するとこの変態が走り出そうとしたのでその襟首を後ろから摑んで止める。

「どうやら、あんたは邪念が多すぎるのか何なのかは知らないがエルフたちから悪霊だと思われているぞ？」

「おっ？　そうなのかお？　じゃあアレン氏から頼んでほしいんだお。秘薬を作るには精霊樹の花びらとエルフの蜂蜜が必要なんだお」

「ふうん？　それをやったらこの里から出ていくか？」

「もちろんだお！」

「よし、わかった。女王様ー！　こいつ、精霊樹の花びらとエルフの蜂蜜をくれたら出ていくって言ってますけど、大丈夫ですか？」

すると、周囲から「おお」という安堵の声が聞こえてくる。

「もちろんです。誰か、精霊樹の花びらとエルフの蜂蜜を持ってきなさい」

女王様が命令してしばらくすると小袋と瓶が運ばれてきた。

「ありがたいんだお。アレン氏、この恩は一生忘れないんだお！」

変態はそう言い残して里から出ていったのだった。

「ええと、これでいいんでしょうか？」

俺は女王様に向き直る。

「アレン様、ありがとうございます！」

「アレン様！」

「さすが、風の神の寵愛を受けし神子！」

「ふ、ふん。やるわね」

何やらツンデレさんがいる気もするが、まあいいだろう。これで迷いの森の探索をエルフに手伝ってもらえばスムーズに進むのではないだろうか？

ともあれ、こうして俺は里を救った救世主として大歓迎を受けることとなったのだった。

◇◆◇

翌朝、エルフの里は大騒ぎとなっていた。

「女王様、どうしたんですか？」

「なんと光の精霊が誕生したのです」

あれ？　光の精霊ってエイミーが里を救うイベントを終わらせた翌日に誕生するんじゃなかったっけ？

だがゲームの話など言えるはずのない俺は適当に話を合わせて質問してみる。

「ええと？　すごいこと、なんですよね？」

「ええ、もう八百年ぶりです。これはもしかすると人間界で聖女が誕生しているのかもしれませんね」

女王様は何やらとても嬉しそうだ。聖女って言うとヒロインのエイミーなわけだが、こんなイベントはなかったはずだ。

一体どうなっているんだ？

「ほら、あそこにいるミリルレルラと遊んでいるのが光の精霊です。あ、ミリルレルラはシェリルラルラの隣にいる小さな女の子で、シェリルラルラの妹です」

確かに三、四歳くらいの小さな女の子の周りを淡く光る羽の生えた「いかにも妖精」といった感じの小さな女の子が飛び回っている。

その妖精はこちらに気付くと俺たちの方に飛んできた。

「アレン氏！　昨日は助かったんだお！　おかげで秘薬が作れて晴れて精霊になれたんだお！」

「は？」

「ロリを極めるならまずは自分がロリになるところから始めようと思っていたんだお！　おかげでロリの何たるかを悟ることができそうなんだお！」

「おい、ロリンガスっていったっけか？　お前――」

「アレン氏、ボクチンはもうロリンガスではないんだお！　ミリィたんと契約して名前はローちゃんになったんだお！」

「は？　あの、女王様。こいつ、ミリルレルラちゃんと勝手に契約したとか言っているんですけど……」

「まあ、本当ですか？　なんとめでたいことでしょう。ミリィちゃん、ちょっと――」

女王様はミリルレルラちゃんのところに走っていった。

あれ？　そういえば光の精霊が契約するのはヒロインのエイミーとじゃなかったっけ？　いや、祝福だったかも？

……ま、いっか。俺は考えることを放棄した。

細かいことはよく覚えていないし、それにこの辺りのイベントが発生するのは悪役令嬢断罪イベントの後だ。そんなイベントはどうせ俺には関係ない。

「アレン氏、ボクチンは本当に感謝しているんだお。ボクチンは人生をかけてロリの道を極めようと努力を重ねてきて、ようやくその境地に辿りつけるかもしれないんだお。だからこれはそのお礼なんだお！」

変態あらためローちゃんがそう言って俺にスクロールを渡してくる。

「これは？」

「ボクチンの作った『無詠唱のスクロール』なんだお。本当はロリっ娘にプレゼントしようと思っていたのに、プレゼントする機会がなかったんだお。それにもうボクチンには必要ないから、お世話になったアレン氏にあげるお！」

「お、おう……」

名前：無詠唱のスクロール
説明：【無詠唱】のスキルを習得できるスクロール。一度使うと消滅する。
等級：叙事詩《エピック》

鑑定してみたが確かに無詠唱のスクロールだった。

ええと、俺はこの複雑な気持ちをどうしたらいいのだろうか？

◇◆◇

「それじゃあ、お世話になりました」

俺は見送りに来てくれたエルフの里の皆さんと一応変態のローちゃんにお礼を言う。

「アレン様はこの里を救って下さった英雄です。いつでもこの里にいらしてください。これは私たちエルフ族の祈りを込めて作られた特別なお守りです。私たちのアレン様への感謝と友好の印ですから、どうぞ肌身離さずお持ちください」

女王様はそう言ってお守りを手渡してくれる。

「ありがとうございます。また遊びにきますね」

俺はそう言ってブイトールに乗り込むとエンジンを動かす。

「システムオールグリーン、垂直エンジン、姿勢制御エンジン、起動」

ブイトールが絶妙なバランスを保ちながら徐々に高度を上げていく。眼下では里の皆さんが手を振っている。

俺は小さくうなずき、推進用エンジンを起動する。するとブイトールは徐々にスピードを上げ、迷いの森の空を駆ける。

俺はルールデンを目指して一直線にブイトールを飛ばすのだった。

○多重詠唱
魔法を発動するために流す魔力のパスを並列化してくれる。そのため、頭の中で思考が分割されて複数の魔法を同時に詠唱できるわけではない。工夫すれば複数の魔法を同時に使えるようになるが、無詠唱と組み合わせることでその真価を発揮する。

○無詠唱
口に出して魔法の実現過程を表現するところをショートカットして発動できるようになる。

第十一話　町人Aはゴブリン退治を行う

コンコン。

俺はルールーストアのドアノッカーを叩いた。しばらく待っていると中から老婆の声が聞こえてきた。

「誰だい？」

「おすすめメニューの出前を頼みたい。届け先はブラックドラゴンの腹の中だ」

ガチャリと音を立ててドアの鍵が開けられたのでそのまま店内へと滑り込む。

「いらっしゃい。おや、あんたかい。久しぶりだね。今日は何をお探しだい？」

「売りに来た」

「うちに売れるだけの貴重品が手に入った、と？」

「ああ、これだ」

俺はエルフの蜂蜜の小瓶を三つ差し出す。

「これは……随分と品がいいね。もしかして新品かい？」

「とある伝手でたまたま手に入れた。いくらで買い取る？」

「ふふ。いいね。三つ合わせて二百万でどうだい？」

そう言って店主の老婆が指を二本立てる。

「そうか。それでいい」

想定よりも遥かに高く売れた。ちなみに俺の鑑定の結果だとこうだ。

名前：エルフの蜂蜜
説明：エルフの里でしか手に入らない貴重な蜂蜜。食べると栄養満点で美容、健康、長寿などの効果がある。様々な秘薬の原料としても使われる。
等級：希少《レア》
価格：300,000セント

手に入れたエルフの蜂蜜は全部で五つなのだが、残る二つのうち一つは美容健康長寿の効果があるそうなので母さんにプレゼントし、もう一つは俺が野営する時のための調味料として持ち歩く事にした。

「あんた、こいつをもっと手に入れることはできるのかい？」

「すぐには難しいが、また手に入ったら持ってこよう」

「ああ、頼むよ。ここ数十年、全く出回らなかったんだ。百本でも二百本でも、いくらでも買い取るよ」

「わかった。よろしく頼む。ところで、魔法のバッグは手に入らないか？」

魔法のバッグというのは、魔法の力で見た目よりも沢山の物を運ぶことができるというアイテムだ。

ゲームではインベントリがあったのでこのアイテムは登場していなかったのだが、冒険者ギルドで先輩冒険者が手に入れたそれを自慢されて初めてその存在を知った。

「ないねぇ。どのくらいの容量のものが欲しいんだい？」

「この部屋一つ分くらいのものがあるとうれしい」

「ははは、そんなもの出回らないし、出回ったとしても国が一つ買える値段だよ」

「そうなのか」

どうやら欲をかきすぎたらしい。

「まあ、鞄一つ分を小袋に収納する程度のものなら五百くらいから出回ることがあるよ。ちょくちょく見においで」

「わかった。そうさせてもらう」

俺はそんなやり取りをしてルールーストアを後にした。

◇◆◇

さて、『無詠唱のスクロール』を手に入れたことで俺の運命破壊計画《シナリオ》は第一段階を終えたので、作戦は第二段階へと移行した。

というのも、必要なスキルは全て取り終えたし入学するためのお金の目途もたった。となれば残るは決闘に勝利するための力をつけるのみだ。

というわけで、俺の次の作戦はレベル上げだ。レベルを上げるにはしっかりトレーニングをしたうえで、敵を倒す必要がある。

敵、というのは別に魔物でなくて人間でも良いらしいのだが、俺は犯罪者になるつもりはない。

そこで、久しぶりに冒険者として魔物退治を行うべくシュトレーゼンの村へ行ってこようと思う。

この村の近くにはゴブリン迷宮があるのだ。

乙女ゲームでここが登場するのは二回目のバトルパートで、初めての実戦という事でゴブリン迷宮に挑むという展開だった。ただ、ゴブリン迷宮に挑むといってもその攻略が目的ではない。散発的に村を襲うゴブリンを退治してレベルを上げるためのものなのでわざわざ迷宮を踏破する必要はないのだ。

かくいう俺もゲームでは迷宮を踏破しなくても良いと知らずに突撃して全滅したことがある。

ちなみに迷宮というのは、無限に魔物が湧き続けるという恐ろしく迷惑な存在だ。その魔物は数が増えると外に出てきては暴れまわるのでたまに間引く必要がある。

そんな迷宮の最深部には迷宮核が存在しており、それを守るようにボス部屋が存在している。迷宮核のところに行くにはボス部屋に出現するボスを倒す必要があり、迷宮核に触れると何故か一瞬で地上に戻ってくることができるのだ。

ゲームで語られた設定はこのぐらいだ。先輩冒険者に聞いた話の中には「迷宮で死んだ人の遺体がいつの間にか消えていた」などという恐ろしい話もあったが、魔物に食べられた結果かもしれないのでよくわからない。

ちなみに「迷宮核を壊せば迷宮を殺せる」という噂もあるが記録のある限りにおいて誰も壊せたことがないそうなのでその真偽は不明だ。壊せないというのは、殴ったり斬りつけたりしたら地上に転送されるし、魔法を撃ち込んでもその魔法が地上に転送されるらしい。

あと魔物は迷惑な存在であるのと同時に資源でもあるのでわざわざ破壊するようなことはしないようだ。

さて、俺はギルドでシュトレーゼンのゴブリン退治の依頼を受注した。

「おう、アレン坊。ついにお前もゴブリン退治デビューか。油断せずに行って来いよ」

「はい、師匠。行ってきます！」

俺が師匠にそう答えると今度は先輩冒険者から声を掛けられた。

「アレン坊、死ぬんじゃねぇぞ」

「わかってるよ。危なくなったら逃げるさ」

この人は、このところ毎日朝からギルドの酒場で酒を飲んでるダメな先輩冒険者だ。心配してくれるのはありがたいが、お前も働け、とは思う。

「アレン君もついにゴブリン退治にデビューして男の子から大人の男になるのね。頼もしいような、寂しいような、複雑な気分ね」

「モニカさうわっぷ」

モニカさんのハグ攻撃によって俺はその豊満な胸に顔を押し付けられる。以前はそのまま直接胸に押し付けられていたが、今は俺が少し腰を折って屈む格好になっている。

俺の背も随分伸びたものだ。

「絶対に無理しちゃダメだよ？　わかってる？　わかってる？」

わかっている。わかっているし無理をする気もないが、いい加減そろそろこのスキンシップは勘弁してほしい。

ほら、俺も一応男なわけでして……。

そして何とかモニカさんのハグ攻撃から解放された俺は、家に戻り母さんに依頼の事をきちんと伝えた。

しばらくシュトレーゼンの村に泊まり込みになることを知った母さんにはやっぱりというか、とにかくものすごい心配され、無理するなと優しく抱きしめられてしまった。

モニカさんのとは違い、とても優しい抱擁だった。

母さん、待っててね。俺が必ず運命《シナリオ》から守ってあげるから。

◇
◆
◇

「俺はアレン。ゴブリン退治の依頼を受けてきた」

俺はわざと敬語を使わずに挨拶をした。冒険者として生きていくなら依頼主に軽く見られないためにも敬語は使わないのがこの世界の常識なのだ。

「おお、来てくれたか。儂がここの村長じゃ。随分と若い少年じゃな。ま、よろしく頼むぞ。ここ半年ほど誰も来てくれなくて困っていたところなのじゃ」

俺は村長の爺さんに挨拶をすると、寝泊りするための小屋を借りた。依頼の契約上、宿泊場所の提供はこの村がすることになっているので家賃は無料だが、水や食事は自分で買う必要がある。

ゴブリンの討伐報酬は一匹千五百セント。しかも討伐の証明として差し出す魔石の値段込みで、だ。

ゴブリンは肉も食べられない、たまに武器を持っているがボロボロで使い物にならず売ったとしても二束三文の値段にしかならない、魔石も大きいレアものを除き大した値段がつかない、そのくせ集団で襲って来るので命の危険がある、と冒険者からしてみればあまり戦いたくない相手だ。

王都の遺跡の時のように巣を作って集まっているなら集めたお宝があったりもするが、そうでない時は本当に大した稼ぎにならない。赤字になる事だってしばしばだ。

とまあそんな事情もあり、ある程度の便宜を図らないと冒険者は来てくれない。

だからこの村も宿泊場所を無償で提供してくれてはいるのだが、この村の場合は水と食事がタダじゃないので滞在するだけでも一日二千から三千セントぐらいはかかる。

そりゃあ、半年ほど誰も来ないのも当たり前だろう。俺もレベル上げの用事が済んだらもう受けることはないだろうしな。

◇◆◇

明くる朝、俺はゴブリン迷宮のある森へと向かった。手には【錬金】スキルで生み出したAK－47風の自動小銃、カラシを抱えている。名前の由来はもちろん、カラシニコフだ。

ただ、この銃は火薬による爆発で弾を飛ばすのではなく風魔法による圧縮空気のバーストで弾を飛ばすのだ。

これの開発では特にリロードとマガジンの仕組みのところが難しく、随分と苦労した。ブイトールと並行して開発を進めていたのだが、今回ようやく実戦投入と相成ったわけだ。

え？　何故そんなに銃の仕組みに詳しいのかって？　そりゃ前世の俺が銃オタだったからに決まってるじゃないか。

前世では飛行機と銃が大好きで、子供の頃の夢は戦闘機のパイロットだった。それに大学生の頃は旧ソ連圏や東南アジアでの試射や整備解体体験ツアーに参加したことだってある。

そんな俺が前世で最終的に行きついた先は航空エンジニアだったわけだが、それが今この状況にいるのだから自重なんてするわけがない。

そんなことを考えながら歩いていると、遠くにゴブリンがいるのを見つけた。きっと迷宮から出てきて徘徊しているゴブリンなのだろう。

俺はカラシを構えると狙いを定め、引き金を三回引いた。

ダーン、ダーン、ダーン、と銃らしい発砲音が鳴り響く。この発砲音が鳴るという事は弾速が音速を超えている証拠だ。

ちなみに発砲音は火薬の爆発音でエアライフルでは鳴らないとよく思われがちだがそれは間違いだ。前世でも音速超えのエアライフルならちゃんと発砲音が鳴り響いていた。

俺が撃ったゴブリンはというとどうやら三発のうち一発だけがその右胸に命中し、残りは外れてしまったようだ。やはりそう簡単には命中してくれないらしい。

俺の能力的な部分を考えると剣の修行ばかりやっていないで射撃訓練も増やすべきかもしれない。剣の腕ではどうやっても加護持ちに勝てる可能性は無い。だが【隠密】から銃撃であれば格上の相手にだって勝てるはずだ。

そんなことを考えつつも俺は蹲《うずくま》ったゴブリンに近づき、とどめを刺す。そして魔石を取り出すと袋に入れた。

「は、はは。何とかなるな」

初めてゴブリンを殺したが、不思議と命を奪ったという事に対する忌避感や罪悪感を覚えるということは全くなかった。それは見た目が人間と違う上に俺たちを襲う悪い魔物だからなのか、それともギルドの仕事で散々解体を経験してきたおかげなのかはわからないが、こんなところで立ち止まらずに済むのはありがたい。

イケる。

そう確信した俺は次のゴブリンを狩りに行こうとするが、その前にやるべきことはきっちりとやっておくことにする。

俺は倒したゴブリンを急いで焼却処分した。こうやって死体を燃やして処分しなければ他の魔物を誘引してしまう可能性があるからだ。他人に迷惑をかけないためということもあるが、何よりも自分の身の安全を守るためにもとても重要なことだ。

◇◆◇

俺は【隠密】のスキルで姿を隠すと再びゴブリンを探して歩き出した。そうして森の中をしばらく探し回っていると、三匹のゴブリンがまとまって歩いているのを発見した。

先ほどの事でも明らかになったが、残念ながら今の俺には遠距離から急所を撃ち抜く腕はない。であれば、やることは一つだ。

俺はそのまま近づいて後ろに回り込み、五メートルほどの至近距離から連射した。けたたましい発砲音と共に銃弾がまき散らされ、ゴブリンたちの体に次々と穴が開いていく。さすがにこれだけの至近距離であればいくら俺の腕が悪くてもそれなりの位置に命中させることができるのだ。

そして全てのゴブリンが地面に倒れたのを確認した俺はこいつらに近づき、まだ息のある一匹のゴブリンの頭を撃ち抜いて絶命させる。

「は、はは。なんだ。楽勝じゃないか」

八歳の時は恐怖でしかなかったあのゴブリンが、複数いたにもかかわらず簡単に倒せてしまった事実に興奮してしまう。

銃さえあればどんな敵とも戦えるのではないか？

そんな風に錯覚してしまいそうになるが、もちろんそんなことはない。一つ油断すれば俺の命などあっという間に消えてしまうだろう。やはり油断せず慎重に立ち回らねば。

◇◆◇

その後、森の中にいた十五匹のゴブリンを退治した俺は今日の狩りを終わりにして村へと戻った。

「今日の納品は十二匹分のゴブリンの魔石だ。村長、確認してくれ」

俺は手持ちの中から十二個の採れたての魔石を村長に渡す。

「うむ。確かに。ではギルドカードを」

俺はギルドカードを差し出す。村長は俺のものとは色の違うギルドカードを出して俺のギルドカードにタッチする。

『依頼番号：ＲＲ１ＳＴＬ１５４、常設依頼、内容：ゴブリンの討伐。討伐数十二。依頼主より承認されました』

これで依頼の達成が承認されたことになる。この世界は一部においてやたらと都合がいいが、もともとは設定ゆるゆるの乙女ゲームの世界だ。この辺りは気にしたら負けだろう。

◇◆◇

そして翌日、俺は再びゴブリン退治に繰り出した。

ちなみに、昨日討伐数として報告しなかった七匹分の魔石のうち一つは撃ち抜いた時に壊れてしまっており、残る六つは【錬金】で弾を作るのに消費した。

俺は昨日と同様に【隠密】スキルを使ってゴブリンの背後から近づいては蜂の巣にし、生き残りにとどめを刺しては魔石を取り出すと残った死体は燃やして処分した。

もはや害虫駆除作業だ。

これを一週間ほど続けたところで、村の周囲の森ではゴブリンを見かけなくなった。

そろそろ頃合いだろう。

そう考えた俺はゴブリン迷宮の中に入ることを決意し、ついにその中へと足を踏み入れた。

腰にはこの日のためにギルドで買った三十万セントもするマジッククランタンをぶら下げている。

これは魔法の力で点灯できるマジックアイテムだ。松明も念のために持ってきてはいるが、使い勝手が良くないので奮発してこれを買ったのだ。

【錬金】で頑張れば作れるのかもしれないが、俺は炎魔法を使えないので火に関する部分は魔法では作れない。いや、かなり頑張って研究して物理的な機構を組み込んだりすればできるかもしれないがそれはそれで大変そうだ。

なので、この程度の事はお金で何とかなるなら何とかしてしまう方が良いと思うのだ。

さて、俺はゴブリン迷宮の中をランタンの灯りを頼りにゆっくりと進む。迷宮の中といってもゴブリンがうじゃうじゃいるというわけではなさそうだ。とはいえ少なくとも五分に一回くらいの頻度では襲われており、その数は一匹の時もあれば五匹くらいまとめてやってくることもある。

ちなみに、【隠密】スキルは常時使っているのだが迷宮の外でやっていたような奇襲は上手くできなかった。というのも、どうやら俺の姿には気付いていないようなのだがランタンの光には気付いているらしく、不思議そうな顔をしてこちらに近づいてくるのだ。

まあ、無防備に近づいてきたところをカラシでズドンとやるわけなのである意味奇襲ではあるが。

なんというか、まるでチョウチンアンコウにでもなった気分だ。

そんなわけで、俺はこれといって危ない目に遭うことなく進んでいく。

ゲームで嫌というほど攻略したのでどこに何があるかを覚えているし、ここには碌《ろく》な宝がないということも覚えている。

ゴブリン迷宮は全部で五層あり、最下層のボスはゴブリンロード、そしてホブゴブリンとゴブリンメイジが二匹ずつという構成だ。

俺はあっという間に最下層のボス部屋の前に辿りついた。ここまでに手に入れた魔石の数は百をゆうに超えている。

俺は一呼吸を置くと気合を入れ、ボス部屋の大きな扉をぐっと押す。するとぎぎぎ、と少しきしんだ音と共にボス部屋の扉が開いた。

扉をくぐって中に入ると、そこには想定した通りの五匹がボスとして俺を待ち構えていた。

俺はカラシを構えるとまずはゴブリンメイジたちに向けて適当に乱射する。

こういう時は先手必勝だ。けたたましい発砲音と共に銃弾がまき散らされ、マガジンの中の弾を全て撃ち尽くしたところで確認すると、ゴブリンメイジたちは血まみれになって倒れていた。

ホブゴブリンとゴブリンロードは余りの出来事に何が起こっているのか把握ができておらず、戸惑っている様子だ。

そんな隙を突いて俺は風魔法を使って風を起こすと錬成で作った砂をボスたちの方へ飛ばした。

あの変態にもらった【無詠唱】スキル様様だ。誰に貰おうとスキルはスキルだ。スキルに罪はない。

俺は視界を奪った隙に弾がなくなったマガジンを交換する。

そして【隠密】スキルを発動して俺を探しているホブゴブリンたちに近づき、後ろから頭に狙いをつけてカラシを連射する。

およそ五メートルほどの距離から頭を中心にありったけの弾をぶち込むと再び煙幕を使って隠れた。

再びマガジンを交換するとゴブリンロードの後ろに【隠密】スキルで近づき、またもや五メートルの距離から頭を中心に弾を撃ち込む。

「ガァァァァ」

弾をくらったはずのゴブリンロードは血まみれになりながらも雄たけびを上げ、俺の方へと突っ込んできた。

流石はロード種だ。ゲームでも硬くて火力が通らずに苦労させられたものだと懐かしく思う。だが、いやだからこそこの事態は当然、想定内だ。

俺はこれまでに回収したゴブリンの魔石を手に取り錬成を行い、水風船を作り出すと顔面に向かって投げつけた。

それはゴブリンロードの顔面に着弾し、透明な液体が顔に付着する。

「ギャァァァァァァァァ」

ゴブリンロードが目を押さえて蹲《うずくま》った。中身は簡単、トウガラシ成分の溶け込んだ目潰し液、つまり目に入ると痛い成分を濃縮した液体だ。

目を押さえて蹲るゴブリンロードに俺は容赦なく弾を撃ち込んでいく。

そしてカチッと乾いた音が鳴り、カラシがマガジン一本分の弾を全て撃ち尽くしたことを伝えてきた。

ゴブリンロードはというと地面に突っ伏してはいるもののピクピクとまだ動いている。あれだけ蜂の巣にしてやったのにまだ生きているとは呆れた生命力だ。

俺は首に狙いをつけ、【風魔法】スキルでウィンドカッターを発動した。風の刃がゴブリンロードを襲い、首の皮膚にほんのわずかな傷が入る。

魔法が通った事が確認できたので、俺は次々とウィンドカッターを発動しては同じ位置に当て続ける。風の刃は次第にゴブリンロードの首の傷を深くしていき、そして遂にはその頭と胴体は別れを告げることになった。

それにしても、ゴブリンロードの硬さは想像以上だった。ゲームでトウガラシの粉を投げつけると苦しんでしばらく行動不能になる、という演出があったので保険として用意しておいたのだが、正解だった。

何もなかったら一発もらってこっちがやられていた可能性もあっただろう。どうやら一度、装備を見直す必要がありそうだ。

俺は倒したゴブリンロードたちを急いで解体して魔石を取り出した。このうちゴブリンロードの魔石はギルドに提出するつもりだ。というのも、この魔石を持っていけば迷宮踏破者の認定をしてもらえ、それを実績としてギルドカードに記録してもらえるからだ。

なお、このゴブリン迷宮だが、残念なことにクリア後のお宝はない。昔、既に踏破された迷宮なので当時の一番乗りがお宝を持ち去ってしまっている。

この迷宮がここまで不人気なのはゴブリンという魔物が金にならないだけでなく、お宝が期待できないことも影響しているかもしれない。

ボス部屋の奥へと進むと、黒光りする丸い球が宙に浮かんでいる。

そう、これが迷宮核だ。

その迷宮核に右手を伸ばして触ると俺の体は淡い光に包まれ、そして次の瞬間迷宮の入口に立っていた。

俺は迷宮攻略の達成感を覚えつつ、ゆったりとした足取りでシュトレーゼンの村へと戻ったのだった。

第十二話　町人Aは親孝行をする

「アレン坊、お前すげぇじゃねぇか」

「ありがとうございます！」

師匠にゴブリンロードの魔石を提出して買い取ってもらった。これで俺のギルドカードにゴブリン迷宮の踏破という実績が付与される。

俺は今、馬車でシュトレーゼンからルールデンへと戻ってきてギルドに顔を出しているのだ。

「それにゴブリンを合計で百三十八匹討伐か。これなら当面はシュトレーゼンのゴブリンは大丈夫そうだ。よくやったぞ、アレン坊！」

師匠はそう言って俺の頭をワシワシと乱暴に撫《な》でてきた。あまりこういうのは好きではないが、師匠にこうやって手放しで褒《ほ》められるのは何となく嬉しいしこそばゆい。

ともあれ、こうしてシュトレーゼンのゴブリン退治の常設依頼は取り下げられることになったのだった。

こうして全ての手続きを終えた今の俺のギルドカードはこうなっている。

名前　：アレン
ランク：E
年齢　：12
加護　：【風神】
スキル：【隠密】【鑑定】【錬金】【風魔法】【多重詠唱】【無詠唱】
居住地：ルールデン
所持金：5,519,416セント
レベル：6
体力　：E
魔力　：D
実績　：ゴブリン迷宮踏破

レベルも６に上がり、討伐報酬やゴブリンロードの魔石の売却益も入りお金も随分と増えた。

そんな俺の次なる作戦はゴブリン迷宮での高速周回によるレベル上げだ。そうしてレベルを上げて次の迷宮に挑めるようにしたい。

だが、高速周回するとなるとゴブリンロードを一発で倒せる武器が欲しい。そうでなければ次に計画しているオークの大迷宮を突破することは難しいだろう。

というわけでしばらくは新しい銃の研究開発をするつもりなのだが、その前に引っ越しをしたい。いつまでもあのワンルームの狭い家で母さんと同じ部屋で寝るというのはどうかと思うし、それに物資を保管するための倉庫も欲しい。

それに何より、２ＬＤＫか３ＤＫくらいの部屋に引っ越して、母さんにももう少しいい暮らしをさせてあげたいと思うのだ。

よし。帰ったら母さんに提案してみよう。

俺はギルドを出ると母さんの笑顔を思い浮かべながら家路を急ぐのだった。

◇◆◇

「母さん、ただいま。あのさ」

俺は帰宅すると真っ先に母さんに声をかけた。

「ああ、アレン。おかえり。怪我はなかった？」

「大丈夫だよ。ゴブリン迷宮を踏破してきたよ。母さんこそ、元気だった？」

「もちろん、母さんはいつでも元気よ。それにね、隣のマルチナさんたらね……」

何でもないけれど大切な親子の会話。それが何よりも俺を温かい気持ちにさせてくれる。やはり運命《シナリオ》なんかに大事な母さんを奪わせるわけにはいかない。

「ところでさ、母さん。俺もお金を大分稼げるようになってきたし、一緒に広い部屋に引っ越さない？」

俺は本題を切り出す。

「アレン、まだこのお家で暮らせるでしょ？　それに、あなたが稼いだお金は自分で使いなさい。子供の世話になることなんか、期待していませんよ？」

まあ、そう言うと思ったけどさ。

「そうじゃないんだよ。ちょっと冒険者やっているとさ、荷物が増えて困るんだ。でもほら、ここじゃあまりものを置けないじゃん。だからって家族が別れて住んでも家賃が無駄にかかってもったいないと思うんだ。だから、さ。俺が引っ越したいんだ。そこに母さんも一緒に来てくれると嬉しいなって」

母さんが俺を見てじっくり考えている。

「そ、それにほら。俺よく家を空けるからさ。母さんに住んで家事してもらった方が嬉しいっていうか……」

言いよどんだところで柔らかい感触が俺を包む。母さんにぎゅっと、それでいて優しく抱きしめてもらっているのだ。

「馬鹿ね。そんなに言わなくても、母さんはアレンが幸せでいてくれるのが一番なんだよ？」

いつぶりだろうか。こうしてもらったのは。

温かいものが心を満たしていく。

「じゃあ、明日はお休みだし一緒に新しい家を探そうか？」

「うん！」

俺は母さんの言葉に素直に頷くのだった。

◇◆◇

「はあ、それで母ちゃんを連れてギルドまで来たってわけか」

師匠が呆れ顔で俺を見てそう言った。

「いつも息子がお世話になってます。あの、息子はしっかりやれていますか？　皆さんにご迷惑をお掛けしていませんか？」

「お、おう。アレン坊は頑張ってるよ。えーと……」

「申し遅れました。カテリナといいます。よろしくお願いします」

「俺は受付でアレン坊に剣術を教えているルドルフだ。よろしく頼む。で、アレン坊はウチのギルドの期待の新人だ。実績も申し分ないし、なにより四年もの間ほぼ毎日欠かさずどぶさらいを続ける根性もある。気にしている連中も多いから、Dランクに上がったらすぐにでもパーティーに誘いたいってやつも多い」

「それはそれは。いつも本当にありがとうございます」

「お、おう」

しかし、そうか。パーティーなんて話も出るのか。Eランクをパーティーに入れると受けられる依頼に制限が掛かるから嫌がられるけど、Dなら制限がなくなるもんな。

良くしてもらっているという自覚はあるが俺には運命破壊計画《シナリオ》があるし、どうしようかな。

あ、でもまあ、ランクが上がってから考えればいいか。

今考えても仕方ないと思い直した俺は本題に戻る。

「それで師匠。丁度いい物件を紹介してほしいんです」

「だからな、アレン坊。ギルドは不動産屋じゃないぞ？　それに多少は紹介できるが冒険者向けだからな。あまり治安の良くない場所にあるし一般人のカテリナさんが住むには向かないと思うぞ」

「じゃあ、不動産屋さんを紹介してください！」

「お、おう。今日のアレン坊はいつもより食い気味だな。そういうことなら……」

「あら？　アレン君、お引っ越しするの？」

横からモニカさんが口を挟んできた。私服姿だからまだ勤務時間ではなさそうだが、何故か今日はいきなり抱きついて来ない。

一体どうしたんだろうか？　ああ、母さんがいるからか。

「そうなんです、モニカさん。俺も少しは稼げるようになってきたので、母さんと少し広い部屋に引っ越そうかと思って」

「そう。偉いわ。それなら、うちに来ない？」

「は？」

「ちょっと、アレン君？　何想像したのかな？」

そう言うとモニカさんはペロリと妖艶に唇を舐めた。普通の人だとその仕草でドキッとするだろうが、俺は蛇が舌を出しているかのように錯覚してしまう。

「え、あ、いや」

俺が返答に窮《きゅう》しているとモニカさんが話を切り替えてくれた。

「うちのお父さんがアパート経営しているの。だから、アレン君が家族で住むのに丁度いい家を紹介できるよ？　あ、アレン君のお母さん、あたしはここでウェイトレスをしているモニカっていいます。よろしくお願いします」

「カテリナです。息子のアレンがいつもお世話になっております」

遅ればせながら二人が挨拶を交わす。

「なるほど。モニカんとこなら安全だな。だが、ちょっと高いんじゃないか？」

「アレン君たちなら月に十でいいよ？　まあ、見てから決めなよ」

十万はちょっと高いか？　いやでもあのボロのワンルームでも多分六～七万くらいはかかってるだろうし、そう考えるとお買い得かもしれない。

「はい。じゃあ見に行きたいです」

「じゃあ、決まりね！」

こうしてモニカさんのお父さんのアパートを見に行くことになった。

冒険者ギルドを後にした俺たちはモニカさんに案内されて町を歩き出した。それから町の中心部に向かって五分ほど歩いたところでモニカさんが足を止める。

そこには立派な石造りの建物が建っていた。

「ここよ。空いているのは四階、最上階のお部屋だけよ。昇り降りが大変だからあまり人気がないのよねぇ」

モニカさんはそう言いながら合鍵で共同の出入口の鍵を開けると階段を登っていく。ただ、俺たちが今住んでいる部屋は五階なので四階なら楽になるとも言える。

「さ、この部屋よ」

ドアを開けて中に入ったその物件は３ＬＤＫで、トイレにバススペースまで完備されている立派な部屋だった。水をくみ上げるのは大変そうだが、何故か蛇口がある。これはどういうことだろうか？

「井戸は中庭に共有の井戸があるわ。あと、見てわかる通り水の魔道具を使うための設備がついているわよ。ほら、そこのキッチンの横にある窪みに水の魔法石を置いて蛇口をひねれば水が出るようになっているの」

すごい。そんな設備もあるのか！

「あ、こっちは明かりの魔道具ね。これは魔力の込められた魔法石をここに置けば光るわ」

そう言ってモニカさんが何かの魔法石を置くと天井が白く光った。まるで学校の天井についている蛍光灯のようだ。

「あの、モニカさん。こんな良い部屋をたった十万だなんて……」

「カテリナさん、いいんですよ。アレン君は将来有望な冒険者ですからね。あたしとしては投資する価値があると思ってるんですよ」

窓の外は目抜き通り程ではないがそれなりに人通りがあり清潔に保たれている。これなら治安面も問題なさそうだ。

「モニカさん。ありがとうございます。ここに決めました！」

「アレン！　そんなお世話になっている人に――」

「カテリナさん。いいんですよ。アレン君がもっともっと立派になった時に、ちゃんと返してもらいますからね！」

「モニカさん……」

こうして俺たちの新居選びは一軒目で終了したのだった。

◇◆◇

「おう、決めたのか？」

「はい、師匠。モニカさんのお世話になることにしました」

「そうか。良かったな」

隣にいるモニカさんは俺にパチンとウィンクをした。

すると師匠の言葉に反応した冒険者ギルドの酒場で昼間から酒を飲んでるダメな先輩の一人が声をかけてくる。

「おいおい、何が良かったんだ？　アレン坊？」

ダメな先輩は人数が多すぎてもう第何号だかわからないが、名前はちゃんと覚えている。

「はい。ジェレイド先輩。母を連れて引っ越しをすることになりました」

「かー、あのちっこかったアレン坊がついにそんなに立派になったかぁ」

「今でもちっこいがな」

師匠、その一言は余計だと思います。

「で、いつ引っ越すんだ？」

「ええと、もう部屋には入れるそうなので時間をみて少しずつ」

「なんだ、じゃあさっさとやっちまおうぜ。おい、てめえら、俺たちのアレン坊が母ちゃん連れて引っ越しだってよ。俺らで手伝ってやろうじゃねぇか！」

「ええ、悪いですよ。それに、依頼だって」

「はっ。アレン坊のくせしていっちょ前に俺様の心配だ？　百年はえぇ。お前は俺らに黙って手伝われとけばいいんだ」

ダメな先輩のくせにかっこいい。ありがたくて、温かくて、涙が出てしまいそうだ。

「アレン、素敵な先輩方に恵まれたのね。いい？　こういう人たちはちゃんと大事にするのよ？冒険者の先輩の方、私はアレンの母でカテリナといいます。いつもアレンのことを見て下さってありがとうございます」

「お、おう。ジェレイドだ。まあ、気にすんな。アレン坊はもうこのギルド連中全員の息子みてぇなもんだからな」

「ありがとうございます。あまりお礼はできませんが、お手伝いをお願いしてもよろしいですか？」

「おう、礼なんざいらねぇよ。そんな無粋な奴はこのギルドにゃいねえからな。ようし、お前ら、アレン坊の母ちゃんの許可はもらったぞ。祭りの時間だ！」

　こうして何故かギルドでたむろしているダメな先輩方が総出で手伝ってくれることとなり、総勢三十名ほどの荒くれ者がボロアパートへとやってきた。彼らは家具やら道具やらを次々と運び出すと新居へと担いでいく。

　さすがは冒険者といったところか。俺は荷車を引いて荷物を運んでいくが先輩方はなんのそのだ。

　ちなみに母さんは新居で運び込まれた物の整理をしている。

　やがて元の家から全ての物を運び出し、滞りなく引っ越しを終えた俺たちは全員でギルドの酒場へとやってきた。

「冒険者の皆様、今日はお世話になりました。そして、いつも息子のアレンの面倒を見ていただきありがとうございます。今日は皆様のおかげで無事に新居へと引っ越すことができました。これからもアレンがご迷惑をお掛けすることが多々あるとは思いますが、どうぞ寛大な心でご指導いただけますようよろしくお願い致します。それでは、皆様のご武運とご多幸をお祈りして、乾杯！」

　母さんの乾杯の音頭で宴会が始まった。

　何だかんだでここの先輩方は頼もしいしすごく目を掛けてくれている。おかげで少しいい家に引っ越せたのだから本当に頭が上がらない。

　だからこそ、少しでもあの家で長く暮らせるように、それに少しでもいい暮らしができるように頑張らなくちゃ。

　そう、母さんだけじゃない。師匠、モニカさん、それにここにいる冒険者の先輩たち、みんなが笑って暮らしているこの未来を守りたいんだ。

そのためにも運命《シナリオ》を何とかする、俺はそう決意を新たにしたのだった。

「おい、アレン坊。お前の母ちゃん美人だな。ちょっと――」

「師匠！　弟子の母親を口説かないでください」

前言撤回！　師匠は除く！

第十三話　町人Aはゴブリンスレイヤーになる

「やっぱり口径を落として貫通性能を上げるべきか、いやそれとも弾丸の改造をするべきか」

俺は今、勝手に作ったルールデン空港に併設した実験施設で試行錯誤を繰り返している。目標はゴブリンロードを一撃で倒すことだ。

ゴブリンロードにはカラシの弾がしっかりと通らなかった。そもそも、銃というのは基本的に人間を殺傷するために作られている。そして銃の威力は弾が人間に命中し、その弾が変形して体内に残る時に最も高くなるのだ。

大口径、つまり弾の直径が大きくなると貫通しづらくなるので表皮を貫ければ殺傷能力が高くなる、つまり威力が高くなるというわけだ。

逆に口径を小さくすると貫通しやすくなるので殺傷能力は低くなり、貫通してしまえば一撃で倒すにはきちんと急所に当てなければならない。

そこで問題となってくるのは俺が今相手にしているのは人間ではなく様々な種類のモンスターであるということだ。

この問題に対応するために、まずはカラシの口径を小さく改造したライフル銃――ニコフと名付けた――を作ってみた。複数の口径の銃を用意することで対応できるモンスターの種類を増やそうというわけだ。

それともう一つの改良点は弾丸だ。前世だと鉛玉が有名だが、あれも人間を殺すための仕組みであって硬い物を撃ち抜くには硬い弾の方が良い。

そこで真っ先に思いつくのは弾頭を硬い金属で覆ってしまうフルメタルジャケット弾だが、それを再現するには真鍮《しんちゅう》という合金が必要になる。

この世界で真鍮を見た記憶はないが、どこかで手に入るだろうか？

いや、いっそ別の金属にした方が……。

◇◆◇

そんなこんなで試行錯誤を繰り返して二週間が経った。

最終的に、カラシとニコフの弾は銃腔や銃口に鉛カスが残って暴発するのを避けたいという理由からどちらも鉄芯で真鍮被覆のフルメタルジャケット弾となった。その結果、厚さ5ミリ程の鉄板を軽く貫通できるほどの威力を持つ強力なライフル銃が完成した。

ちなみに懸念材料となっていた真鍮は結局見つけることはできなかったため、【錬金】スキルで頑張って錬成することで解決した。

よし。早速試し撃ちをしに行くことにしよう。

そう思い立った俺はブイトールに乗るとゴブリン迷宮を目指して飛び立ったのだった。

◇◆◇

俺は一時間とかからずにシュトレーゼン空港に到着した。ここももちろん、俺が勝手に切り開いた滑走路だ。

シュトレーゼンの村とはゴブリン迷宮を挟んで反対側に建設したのでそうそうバレることはないだろう。

今回はわざわざシュトレーゼンの村に行く必要もないため、そのままゴブリン迷宮へ入った。

俺は背中にカラシを背負ってニコフを構え、腰には前回と同様にランタンを下げるという格好で、【隠密】スキルを発動しながらゆっくりと迷宮内を歩いている。

前回よりはゴブリンの数が遥かに少ないが、それでもそれなりの数のゴブリンがいるようだ。

俺はその全てを倒しながら最下層のボス部屋を目指し、最終的にゴブリンの魔石を四十個ほど手に入れた。

ボス部屋で再び相まみえるはゴブリンロード、ホブゴブリン二匹、ゴブリンメイジ二匹のボス軍団だ。

俺はゴブリンメイジ、ホブゴブリンを射殺すると前回と同様に煙幕を使って姿を隠してゴブリンロードの背後を取った。

俺がニコフのマガジンに残っていた六発の弾を全てゴブリンロードに撃ち込むと、ゴブリンロードは血を流して苦悶の表情を浮かべている。

よし。どうやら前回苦戦したあの硬い皮膚をニコフの弾はきちんと貫通はしてくれているようだ。

だがどうやらきちんと急所に命中しなかったせいか、致命傷にはならなかったらしい。血を流しているゴブリンロードが咆哮を上げながらこちらへと向かってきた。

俺は横に飛びのいて避けるとカラシに持ち替え、ゴブリンロードに至近距離からの一発をお見舞いしてやる。

轟音と共に放たれた弾のうちの一発がゴブリンロードの眉間に直撃した。

頭蓋骨をぶち抜いたようでゴブリンロードの動きが止まり、そのまま倒れ込む。もはやピクリとも動かない。

よし、今回は余裕で勝てた。

俺は魔石を回収すると迷宮核を触って入口に転移し、すぐに二周目へと向かった。

油断さえしなければゴブリンはもはや俺の敵ではない。何の問題もなくボス部屋まで到達し、それまでに手に入れたゴブリンの魔石は二十個ほどだ。

先ほど俺が倒したため、二周目はボス部屋にボスが出現しない。

そして俺は再び迷宮核を触って入口に転移するとすぐさま三周目へと向かう。三周目でもゴブリンの魔石を二十個ほど回収できた。

またまたボス部屋に入ると、三度相まみえるはゴブリンロードに二匹のホブゴブリンと二匹のゴブリンメイジだ。

攻略法がわかっているのでニコフでホブゴブリンとゴブリンメイジたちを、カラシでゴブリンロードを蜂の巣にすると魔石をさっさと回収して次の周回へと進む。

と、このように迷宮を周回すると二周に一回、倒したはずのボスが復活する。自然に復活するのには一週間かかるのだが、連続で周回するとこのようにその期間を大幅に短縮できるのだ。

ゲームでは二年目の夏に風の山の迷宮という場所でひたすらこれをやり続けると無課金でもそれなりに楽にメインルートをクリアできた。

もちろん、これは俺が自分で発見したんではなくてウィキで調べたら書いてあったことだ。

今後の俺の目標は入学前にそれをやりまくってレベルを上げることだ。

◇◆◇

こうして一週間ほど毎日ゴブリン迷宮を周回し、合計で百周ほどした。ゴブリンの魔石は途中からギルドに流すことにしたのだが、師匠に呆れられてしまった。

「おい、アレン坊。なんでゴブリンスレイヤーの実績がついてんだ？」

「師匠、何ですか、それ？」

「ゴブリンを一年に千匹以上狩った奴に与えられる二つ名だよ。お前、ゴブリンに何か恨みでもあんのか？」

「……」

名前　：アレン
ランク：E
年齢　：12
加護　：【風神】
スキル：【隠密】【鑑定】【錬金】【風魔法】【多重詠唱】【無詠唱】
居住地：ルールデン
所持金：7,014,587セント
レベル：9
体力　：E
魔力　：C
実績　：ゴブリン迷宮踏破、ゴブリンスレイヤー

第十四話　町人Aはオークの大迷宮に挑む

俺は今、オークの大迷宮の最寄りの町であるアルトムントにやってきている。

ただ、現時点ではオークの大迷宮は発見されていないため、ここアルトムントはオークの森と呼ばれるやたらとオークが沢山出現する森に近い町として知られている。

オークがそれほどまでに沢山いる理由は迷宮から溢れて出てきているからなわけだが、実は町としては困っていない。というのも、オークは食肉として非常に重宝されているからだ。

もちろんオークは魔物なので人間を見れば襲ってくる。だが長年オークの森と共生してきたこの町は里山を作って上手く対処することで人間への被害を最低限に抑えているのだそうだ。

さて、今回の作戦目標はもちろんオークの大迷宮の周回でのレベルアップをすることだが、そのついでにギルドの実績を稼ぐことも含まれている。

というのもオークを狩ればギルドの実績稼ぎにもなるのだ。そこでアルトムントのギルドに立ち寄りオーク討伐の常設依頼を受注しておいた。

こうして準備万端整えた俺はオークの森へとやってきた。

この森の遥か向こうには見える富士山のような綺麗な形をした山が見える。その麓にオークの大迷宮はあるのだが、今日はそこまでは行く予定はない。

まずはオークに対して手持ちの火器がどの程度有効なのかを調べておきたいからだ。

ゲームでは、オークはホブゴブリンよりもダメージが通るが恐ろしくタフという印象だった。つまりHPが高くて防御力が低い、ということだ。

俺はいつものように【隠密】スキルを発動すると森の中に足を踏み入れ、一時間ほど森の中を歩き回ったところで一匹のオークを発見した。

まずはニコフを撃ち込んでみる。背中からこっそり近づいて四発の銃弾を浴びせると、オークはあっさりと倒れた。

よし、新開発の弾の威力はどうやら十分なようだ。

というのも、あれから色々考えてニコフの弾はホローポイント弾という種類の弾に変えてある。

ホローポイント弾というのは、弾が標的にぶつかると変形して炸裂するという物だ。弾が通るならこの方が殺傷能力が高いし、前世でもこのタイプの弾は主に狩猟用に使われていた。

大口径のカラシでは硬い魔物には通らない可能性があるので、小口径のニコフの方の弾を変更してみたというわけだ。

俺は念のために頭にもう一発撃ち込んでトドメを刺すと解体を始める。

オークは体長二メートル以上ある大型の魔物なため、その全てを持ち運ぶことはできない。

そのため魔石と食肉の中でも希少な部位だけを剝ぎ取ると、残りはもったいないが全て燃やしておいた。

◇
◆
◇

それからまた一時間ほど森の中を歩き回っているとようやくもう一頭のオークに出会った。

今度はカラシを試してみることにする。

同じように背後からこっそり近づくと四発撃ち込んでみる。少なくとも一発は当たったように見受けられるが、どうやら当たりどころが良かったようで動けるようだ。

傷つけられたオークは鬼のような形相でこちらに向かってくる。それに対して俺は落ち着いてカラシを構えるとオークに対して連射してやった。

どうやらそのうちの一発が頭に当たったらしい。オークはそのまま前に向かってつんのめるように倒れると動かなくなった。

どうやら危険はないと判断して近づいてみると、俺の撃った弾は確かにその頭を貫通していた。

よし。想定していた通りの結果になった。

そのうちまた変えるかもしれないが、今のところ普段の狩りはニコフ、そしてニコフの弾が通らない硬い敵に対してはカラシを使うのがバランスが良さそうだ。

俺は地面に倒れたオークを解体すると魔石を取り出し、そして今度は持てるだけの食用の部位と毛皮を回収して町へと戻ったのだった。

◇◆◇

その翌日、俺はオークの大迷宮の入口へとやってきた。この迷宮は全部で百層からなる巨大迷宮で、その特徴は全てのフロアにフロアボスの部屋があることだ。

ここに出現するのはオークとその進化先の魔物だけで、大した罠はないが碌なお宝もない。

俺の記憶によると、道中のお宝は良くても非凡級《アンコモン》で、最下層のボスを倒すと叙事詩級《エピック》のアイテムが手に入る。

その叙事詩級《エピック》のアイテムも確か単なるイベントアイテムで、攻略対象の好感度が上がる以外には何の価値もない装飾品だったはずだ。俺もイベントスチルを回収してからはスルーしていた記憶がある。

というわけで、今回は最下層を目指して最短経路で一気に進んでいく。今回も【隠密】スキルとニコフが大活躍だ。

ちなみに倒したオークの肉は余裕がないので回収していないが、魔石だけは回収しておいた。魔石は【錬金】に必要になるのでなるべく数を集めておきたいのだ。

俺はすぐに第一層のボス部屋に辿りついた。ここのボスはオークが五匹なのだが、ニコフで余裕の瞬殺だった。

と、このようにゴブリン迷宮と違ってボスがその階層に出現する魔物よりもやたらと強いということはない。

俺は倒したオークの魔石を回収すると次の階層へと進む。当然のことながら階層を進むごとに出現するオークは強くなっていく。オークの次にハイオーク、オークメイジ、オークプリースト、オークジェネラル、そして最下層のボスにはオークキングのはずだ。

特に厄介なのはジェネラルとキングで、まずジェネラルは身体能力に優れているうえに魔法まで使う万能戦士だ。そしてキングはジェネラルを更に強くしたうえに高い知能を有し、部下を統率し組織立った行動を行わせるまさにオークの王だ。

俺は、そんなオークキングの待つ最下層のボス部屋へとやってきた。ここのボスは、オークキングが一匹とジェネラルが二匹。あとはハイ、メイジ、プリーストがランダムに合計十匹出現する。

今回はハイが四匹、メイジが二匹、プリーストが四匹だ。

「グオォォォォォ」

ボス部屋の扉を開けた俺に気付いてキングが雄たけびを上げた。しかし俺は冷静にニコフ構えるとをプリーストに向けて連射し、弾切れになるとすぐに煙幕を焚いて姿を隠して【隠密】を発動する。

そして移動してからのニコフ連射といういつもの要領でメイジとプリーストを先に始末し、続いてハイも始末した。

これで残るは面倒な三匹だけだ。

するとジェネラルの一匹が俺に炎の矢を撃ち込んできたので俺はそれを横っ飛びで避ける。だが今度はもう一匹のジェネラルが避けた先に炎の矢を撃ち込んできた。

それを【風魔法】スキルを使って風を吹かせてそれを吹き飛ばすと、ニコフを連射する。

轟音と共に放たれた銃弾のうちの一発が一匹のジェネラルの左肩に命中した。ジェネラルが苦しそうなうめき声をあげる。

するとキングがそのジェネラルに触れ、治癒魔法を施した。そうしている間にもう一匹のジェネラルが炎の矢を俺に撃ち込んでくる。

やはりキングがいるとこういう行動を取ってくるのが面倒だ。

俺は再び煙幕を使って【隠密】スキルを発動させると姿を隠す。

キングは俺が姿を消したのを確認するとジェネラルと背中を預け合うような陣形を取った。

どうやら俺が背後に現れて撃ち込んでくるのを理解しての行動のようだ。

だが今度の狙いはそこじゃない。ゴブリンロードの目潰しをしたあの水風船をキングの顔面に投げつける。

「グギャァァァァァ」

キングが目を押さえて蹲り、ジェネラルたちに動揺が走った。俺はその隙を見逃さずにニコフが弾切れになるまで二頭のジェネラルに向けて弾を撃ち込み続ける。

そして気が付くとジェネラルはもう動かなくなっていた。

ジェネラルをやられたキングは憎悪の炎を目に灯しながら俺を睨みつけている。

どうやら目潰しも既に治癒したようでキングは無傷だ。

先ほどからキングにもニコフの弾は何発も命中しているはずなのだが、どうやら致命傷を与えられていないようだ。

これは貫通力が足りていないのではないか？

そう考えた俺はカラシに持ちかえる。その瞬間、キングが俺に向かって突進を仕掛けてきた。

これまでの状況から自分はダメージを受けないと判断したのだろう。

魔物のくせに大した知能だ。

だが、カラシの弾は貫通力に特化したフルメタルジャケット弾だ。

俺はカラシを構えるとキングの頭に狙いをつけ、そして引き金を引いた。

轟音と共に銃弾が放たれ、それは確実にキングの眉間を捉える！

ドサッ。

こうしてキングはモノ言わぬ屍となった。

「よし、これで踏破だ」

俺は魔石を回収して迷宮核のある部屋へと進んだ。迷宮核の前には宝箱が置いてある。

その宝箱をゆっくりと開けると、そこには腕輪が入っていた。

名前：豊穣の腕輪
説明：子孫繁栄の祈りが込められた腕輪。この腕輪を装備した女性は子宝を授かりやすくなる。
等級：叙事詩《エピック》
価格：10,000,000,000セント

ああ、そうだ。思い出した。これがイベントアイテムだ。

オークでそれってそういう事か！

そんなツッコミを思い切り入れた前世の記憶が甦る。

ただ、いくらなんでも価値が高すぎるのではないだろうか？

これではそう簡単には換金できそうにない。だが、最悪の場合の資金源として一応貰っていくことにしよう。

俺は豊穣の腕輪を手に取ると迷宮核に触り、外へと転移したのだった。

第十五話　町人Aは風の山の迷宮に挑む

俺もついに十三歳になった。

オークの大迷宮周回で半年ほどレベリングを行った結果、レベルは23に到達した。それと同時にオーク狩りの実績も貯まり、ランクがDに上がるとともにオークスレイヤーの実績まで貰えてしまった。この先ランクをCに上げるには護衛依頼や盗賊の討伐をこなさなければいけないそうなのだが、今のところはまだやるつもりはない。

それと先輩方からのパーティーへのお誘いは、しばらく一人で修行したいと言って断っている。

ちなみに、最近アルトムントではオークが出なくなったと大騒ぎになっているらしい。

ええと、まあ、俺のせいではないと思いたい。

ああ。そうそう。最近は定期的にエルフの里で蜂蜜の買い付けをしているおかげでお金も貯まってきた。最低目標金額まであと五百万だ。

名前　：アレン
ランク：D
年齢　：13
加護　：【風神】
スキル：【隠密】【鑑定】【錬金】【風魔法】【多重詠唱】【無詠唱】
居住地：ルールデン
所持金：15,457,109セント
レベル：23
体力　：D
魔力　：B
実績　：ゴブリン迷宮踏破、ゴブリンスレイヤー、オークスレイヤー

あれからエルフの里の皆さんには良くしてもらっていて、なんと空港の整備までしてもらえたのだ。

あまり森を切り開きたくないということで滑走路は三百メートルほどしかないのだが、ブイトールのブレーキ機能を強化したことと、離陸時に風の精霊が適度な向かい風を吹かせるサービスをしてくれるおかげで不安なく離着陸できている。

ちなみに普段は里の子供たちの遊び場になったり、弓の練習場所にしたりと空港以外の活用をされているらしく、里でも文句を言う人はいないそうだ。

さて、俺もオークの大迷宮ではレベルが上がらなくなってきたのでそろそろ高難易度の迷宮に挑もうと思う。

次に挑戦するのは風の山の迷宮だ。ゲームでの想定攻略レベルは三十。オークの大迷宮が十五、飛竜の谷が二十五なのでいかに難易度が高いかがわかるだろう。

この風の山の迷宮は既に知られている有名な迷宮で、名うての冒険者たちによって攻略レースが繰り広げられている。

今現在、到達できた階層の最深記録はわずかに八階層だ。多くの有名冒険者たちが飲み込まれてきた歴史を持つ。

ゲームでは全三十階層で、地下なのに空がある不思議な場所だった。出てくる魔物は空を飛ぶ魔物たちばかりで、風魔法が使えなければ解除できない罠があちこちにある。

ここはマルクスルートを進んでいるか、もしくは飛竜の谷で風神の書を手に入れてからでないと攻略できないのだがそうとは知らずに突撃してゲームオーバーになった前世の記憶が懐かしい。

それほどの難易度を誇るこの迷宮で手に入る目ぼしいお宝は二種類だ。まず一つは身代わりの指輪が二つ、そしてもう一つは最下層のボス討伐のお宝である空騎士の剣だ。

身代わりの指輪はその名の通り、死んだとしてもその指輪が身代わりとなって一度だけ復活できるアイテムだ。

そして空騎士の剣というのは、【騎士】の加護を持っている者が装備するとその加護を【空騎士】へと進化させてくれる剣だ。【空騎士】になると【風魔法の才能】と同様に【風魔法】のスキルへの適性が手に入る。

ゲームでは近衛騎士団長の息子のレオナルドが装備して覚醒するアイテムなのだが、こいつの魔力が低いせいもありあまり【風魔法】は活躍しなかった記憶がある。

ちなみにこの迷宮の最下層のボスはブリザードフェニックスだ。普通に戦えば今の俺ではほとんど勝ち目のない強敵だ。

ブリザードフェニックスは遥か上空から強烈な吹雪を吹かせて視界と体力を奪い、こちらの射程外から一方的に氷の矢を雨あられのごとく撃ち込んでくるという恐ろしい魔物だ。

だが、迷宮のボス部屋では広さに制限があるためそこまで一方的な展開にはならない。

ゲームではカールハインツ王太子殿下の強力な炎魔法で弱点をついて倒すというのが王道パターンだった。また、それほど防御力は高くない魔物なので、近づくことさえできれば物理攻撃でも倒せる。

物理攻撃が通るなら俺の銃でもどうにかなるだろう。

そう考えた俺は風の山の迷宮へと挑むことにしたのだった。

◇◆◇

俺は風の迷宮への入場登録をするため、風の山の迷宮に一番近い町ゼーベンのギルドへとやってきた。風の山の迷宮はギルドによって管理されており、Dランク以上でないと入ることはできない。

勝手に入ることもできるが、管理下にある迷宮で手に入れたアイテムを入場登録していない者が迷宮外に持ち出せば窃盗犯として扱われることになるので登録は必須だ。

「入場登録をお願いします」

俺はそう言ってギルドの受付にギルドカードを提出する。それを受け取った受付の男はじろりと俺のことを無遠慮にじろじろと見てきた。

「Dランク冒険者、アレンか。ソロというのはまた命知らずだが、その年齢ならそんなものか。まあいいだろう。入っていいぞ。ただ、死にたくなければ一層目だけにしておけよ」

そうぶっきらぼうに言うと、ギルドカードをポンと投げ返してきた。

「はい。ありがとうございます。気をつけます」

俺はギルドカードをキャッチするとそうお礼を言った。

この迷宮は通常AランクやBランクの冒険者がパーティーを組んで挑む場所だ。そこに俺のような十三歳でDランクの子供が来たのだから、冷やかしか命知らずの無謀な奴かと思われて当然だろう。

だが、俺は攻略するつもりだし周回するつもりだ。というか、入学までは基本的にこの迷宮を周回し続けるつもりだ。

もちろん、これ以上目立つと予想外の事態を招きかねないので攻略したことを吹聴するつもりはないがな。

◇◆◇

俺はそれから町を出て迷宮へとやってきた。一層目は普通の迷宮と変わらない。通常の洞窟になっていて出てくるのは吸血大蝙蝠だ。こいつは体長一メートル程の巨大な吸血蝙蝠で、噛みつかれると体の血を全て吸われて殺されてしまうという恐ろしい魔物だ。

【隠密】スキルを駆使して進んでいくと、五匹ほどの吸血大蝙蝠が天井からぶら下がっている。

よし、ここは新兵器の出番だろう。新兵器はカラシの知見を活かして作ったショットガンで、俺はこいつをサイガと命名した。由来はもちろん有名なロシア製ショットガン、イズマッシュ・サイガ12だ。

その仕組みはサイガとは全く異なる魔法銃なわけだが、見た目だけはかなりそれっぽく作れたように思う。

サイガをきちんとショットガンとして機能させるまでにはかなりの苦労があったのだが、今回晴れて実戦投入と相成った。

吸血大蝙蝠に向けてサイガの銃口を向け、俺は引き金を二回引いた。

ドォン、ドォォン、と大きな発砲音と共に散弾が放たれ、吸血大蝙蝠たちはあっさりと地面に落ちる。

いささかオーバーキルのような気もするが、やはりショットガンは素晴らしい。

吸血大蝙蝠の魔石を回収した俺は足早に次の階を目指す。二層目からは地下だというのに明るいうえに空まである。本当に不思議な場所だ。

ここからは鳥の魔物が多く出てくる風の山の迷宮らしいエリアが続く。

俺はこの手にサイガを携え、迷宮の奥へと歩を進めるのだった。

◇◆◇

もう、サイガさえあれば他に何もいらない。

今日実戦デビューしたサイガはそう思えるほどの大活躍を見せてくれている。

射程は短いが、やはり狙いが多少外れても命中するショットガンは狩りに最適だ。

おかげでサクサクと進むことができ、今俺は第二十八層に到着した。この迷宮は八のつく階層がギミック層となっていて、突破には風魔法が必ず必要になる。

この階層は十の浮遊小島を渡っていくのだが、次の浮遊小島に渡るにはその浮遊小島の上にあるリンゴほどの小さな的に風魔法を当てる必要がある。

そうするとその小島に転移させてもらえるのだ。

これらの浮遊小島を正しい順番で全て回ることで次の階層に行きつくことができるのだが、順番を間違えてしまうと大変なことになる。運が良ければこの階層の入口に飛ばされるだけで済むが、そうでなければ真っ逆さまに落下してそのままゲームオーバーだ。ゲームであればセーブ地点からやり直せば良いが、もし俺が落下したら人生がゲームオーバーになってしまうだろう。

ゲームでもクソ迷宮として有名だったし、実際問題としてウィキ無しでここを突破するのは相当難しいだろう。

そんなわけで俺は慎重に小島を渡っていく。襲ってくる魔物は全てサイガで撃ち落としているのだが、倒した魔物がそのまま落下していってしまうところが実に悲しい。

そんな感傷を覚えつつも、俺は順調に五つ目の浮島に到達した。

ここでちょっと寄り道をしようと思う。というのも、実はこの小島の北側の側面にはお宝が隠された部屋への入口があるのだ。

この入口は全ての小島を渡り終わって振り返るとギリギリ小さく見える場所にあるという中々の意地悪っぷりで、制作チームの悪意をひしひしと感じたものだと前世を懐かしく思う。

ゲームで正攻法とされていた攻略方法はフック付きロープを用意して崖を伝って浮島の側面を降りるというものなのだが、俺には課金チートスキルの【錬金】がある。

【錬金】スキルを使って下り階段を錬成すれば危険は一切ない。もちろん、課金すればゲーム内でも可能なやり方だ。

俺はこうして楽々と島の内部に侵入することに成功した。内部はまっすぐな通路になっており、奥へと歩いて行くと小さな祭壇のようなものがある場所に出てきた。その祭壇には一対の身代わりの指輪が安置されているのが見て取れる。

ゲームだと、ヒロインのエイミーに攻略対象者が身代わりの指輪を装備させて、今度は本物を贈ってやりたいな、なんてことを言い出すシーンがあってそれぞれの攻略対象者ごとにイベントスチルが用意されていた。

ここは悪役令嬢断罪イベント後に来る場所だし、俺にはそのイベントがどうなろうと関係ない。

自分の身の安全が第一な俺は身代わりの指輪を二つとも有り難く頂いておくことにしよう。

そしてそのうちの一つを左手の中指に嵌めると来た道を引き返す。

こうして俺は最悪の事態に対する保険を手に入れたのだった。

◇◆◇

ついにボス部屋の前へとやってきた。中で待ち受けるはブリザードフェニックス、屋外では決して戦いたくない危険な魔物だ。

銃の状態を確認し、サイガの弾丸をスラッグ弾に変更する。スラッグ弾というのは熊撃ちとも呼ばれているもので、射程はイマイチだが近距離で命中すればその威力は絶大だ。

更に今回は攻撃をくらうことを想定しているためポリカーボネート製の盾も錬成しておいた。

さあ、準備は万端だ！

こうして俺はボス部屋の中へと飛び込んだ。ボス部屋は半径百メートルくらいのドーム状の広大な部屋で、氷を身に纏う神々しい姿をしたブリザードフェニックスが待ち構えている。

「キュイエエエエエエエ！」

俺が扉を開いた瞬間にブリザードフェニックスは鳴き声を上げ、問答無用で強烈な吹雪を俺、というか俺が侵入してきた扉付近を目掛けて撃ち込んできた。

俺は【隠密】スキルでいつものように隠れているのだが、とりあえず扉が開いたら攻撃してくる。

それがブリザードフェニックスのやり方のようだ。

俺は盾で吹雪をやり過ごしながら吹雪の射線から急いで外れる。

その直後、俺のいた場所にブリザードフェニックスが氷の矢を雨あられと撃ち込んできた。

その間にこっそりとブリザードフェニックスに近づき、サイガの引き金を四度引いた。ドォォンという発砲音と共にスラッグ弾がブリザードフェニックスを襲うが、一発が命中した時点で気付かれてしまい、すぐに距離を取られてしまった。

だが手ごたえはあった。

ブリザードフェニックスの体からは青い血がしたたり落ちている。しかも驚いたことに、その床に零れ落ちた血痕は既に凍り付いていた。

俺は煙幕から【隠密】スキルのゴールデンコンボを再び発動するが、ブリザードフェニックスはすぐさま吹雪を俺に叩き込んできた。

俺はすかさず盾で直撃を防ぐと急いで射線から外れる。

そんな俺にブリザードフェニックスは氷の矢を次々と撃ち込んできた。どうやら【隠密】の効果が吹雪を受けてしまったことで解除されてしまったらしい。

横に走って避けようとするが、これはちょっと避けきれそうにない。そう考えた俺はとっさに盾を前に出して氷の矢を受け止めた。

盾に氷の矢が激突してはガガガと大きな音を立てている。盾は氷の矢による衝撃には耐えているが、みるみるうちに冷たくなっていった。

このまま行くと持てなくなるだろう。

ジリ貧の状況となった俺は新しい手を打つ。

「錬成」

俺は盾の隣に隠れられるサイズの岩を錬成し、凍結した盾を放棄してその陰に隠れる。そして新しく盾を錬成して装備すると【隠密】スキルを発動し、そして移動を開始する。

ブリザードフェニックスは俺がいなくなったことを察知し、俺の居場所を探して飛び回っている。

ぎりぎりまで引き付けてヘッドショットを狙いたい。

そう思って隙を窺《うかが》っていると、ブリザードフェニックスは俺を見つけられないことに業を煮やしたのか適当に吹雪を撃ち始めた。

その吹雪をまともに受けそうになった俺は慌てて目の前に岩を作り出す。

「くそっ」

そしてそんな俺に気づいたブリザードフェニックスが氷の矢を飛ばしてくる。圧倒的なアウトレンジからの火力だ。

だが、射程は俺だって負けてはいない。

俺はサイガからニコフへと持ち替えると反撃を開始した。

数発撃ってはすぐに岩陰に隠れる。そしてまた少しだけ岩陰から顔を出し、銃口をブリザードフェニックスに向けて銃撃する。

これをひたすら繰り返していく。

唐突に撃ち込まれる氷の矢が止まった。【隠密】スキルを発動して岩陰から飛び出すと、そこには地面に横たわってピクピクと痙攣するブリザードフェニックスの姿があった。

どうやら急所に命中したらしい。

俺は急いで近づくとニコフでブリザードフェニックスの頭を撃ち抜いた。

「よし、ぎりぎりだったが何とか倒したぞ」

俺は解体を始める。こうして見てみるとブリザードフェニックスはとても美しい。

だが、アイスブルーの美しい羽だと思っていたものの大部分は氷でできているようだ。試しに氷の羽を剝がしてみたが、剝がした羽はすでに溶け始めている。

残念だがこれでは素材として使うのは無理そうだ。

仕方がないので鶏、にしては随分と巨大だが、それを捌く要領でブリザードフェニックスの恐ろしく冷たい体を捌いていく。

心臓の辺りから魔石を見つけたのでそれは貰っておくことにする。

そして徐々に溶けていく氷の羽を見ているとあることに気付いた。

おや？　尾羽の中に氷ではないものが交《ま》ざっている？　それに翼にもだ！

そうして溶け残ったブリザードフェニックスからアイスブルーの美しい尾羽が一本、風切り羽が二本回収できた。

肉は……なんだかとてもまずそうな色をしているしやめておこう。ゲームでも食べられるという説明はなかったしな。

翼の骨も回収した俺はボス部屋の先へと進む。するとそこには見慣れた迷宮核、そして宝箱と台座が鎮座していた。

この宝箱には空騎士の剣が入っているはずだ。

俺はゆっくりと宝箱を開けた。中には鳥の翼を模したような鍔《つば》のデザインが特徴的な剣が入っていた。

なるほどゲームで見た空騎士の剣とそっくりだ。

念のため手に持って【鑑定】スキルで調べてみたがどうやら、伝説《レジェンダリー》級の武器である空騎士の剣で間違いないようだ。

そしてもう一つの台座なのだが、これは実は魔石の合成装置だ。そしてこの装置の存在こそが、俺がここを周回したい本当の理由だったりする。

何せこれはこの世界の常識をぶっ壊すチート装置だ。

この装置で何ができるかというと、同じ種類の魔石を合成して魔石の大きさをアップさせることができるのだ。ゲームでは、同じサイズの魔石を二個で一つ上のサイズにできた。つまり、極小を小にするのに二個、中にするのに四個、大にするのに八個、巨大にするのに十六個の極小の魔石が必要だった。

例えば、普通のゴブリンを倒すと極小サイズの魔石が手に入る。これは大体千五百～二千セントほどで売られている。だが、大のサイズだと三万セントで取引されている。

つまり、この装置を使えば一万二千から一万六千セントで三万セントの価値のあるものが作りだせるのだ。

そう、これまで溜めに溜めたゴブリンとオークの魔石はここで合成した後に売り捌く予定なのだ。

こうして俺はここに来るまでに手に入れた魔石を台座に置いて合成すると、入口へと転移したのだった。

第十六話　町人Aは盗賊退治をする

十四歳になってすぐのある日、俺は師匠に呼び出されて冒険者ギルドにやってきた。

「護衛依頼？　師匠、またその話ですか？」

もう何度目かわからないが、ランクアップのために必要な既定の依頼をこなせという話だ。オークスレイヤーの実績をギルドに認定された辺りから師匠からのプレッシャーが強くなってきており、今日もこうして熱心に勧められている。

「ああ。そうイヤそうな顔をするな。アレン坊は来年、あの高等学園に入学するんだろ？　それならお貴族様に少しでも舐められないようにランクをCに上げておいた方が良い。護衛依頼をできるCとそうじゃないDじゃあ信用がまるで違う」

「そう、ですかね？」

師匠には悪気は一切なく、俺の将来のために言ってくれているというのはよくわかるのだが、やはり悩ましいところだ。

俺はそもそもCランクになるつもりはなかった。俺の戦いは銃と【隠密】に頼った極めて特殊な戦い方なのでパーティープレーには向かないというのもある。

それに俺の目的は冒険者として成功を収めることではなく、運命《シナリオ》を破壊するために悪役令嬢の断罪イベントをひっくり返すことなのだ。

どこから情報が漏《も》れるかわからないので少なくともそのイベントが終わるまではなるべく手の内を明かしたくない。

「それにな。アレン坊は今なら最年少記録が更新できる。こういった記録はついて回るからな。アレン坊はこれまでの実績は十分にあるから一度護衛依頼を成功させて盗賊の討伐をすればランクアップできるはずだ」

「うーん、ですが……」

「お前が何か色々と隠したいのは知っているがな。師匠としてアドバイスする。絶対にやっておけ。確実にプラスにしかならねぇぞ」

しかし師匠がそこまで言うというのも珍しい。ここはやはりやっておくべきなのだろうか？

いや、だが決闘イベントを前にして手の内を明かさなければならなくなるというのはこまるな。

「ああ、もう。何を迷ってやがる。それなら師匠命令だ。あそこのジェレイドたちと一緒に明日からの護衛依頼に行ってこい。いいな？」

「ええっ？　ジェレイド先輩たちと？」

俺は思わず声に出してしまった。

「おーう。アレン坊。いっちょ前な口をきくようになってきたなぁ。確かに今のアレン坊は飛ぶ鳥を落とす勢いだがな。そうやって順調な時にこそ落とし穴があるんだぞ？」

「それは……」

「それに師匠命令なら来ねぇわけにはいかねぇだろ？　明日の七時にギルド前に集合だ」

「え？　え？」

「じゃあ、アレン坊。遅れんなよ？　受注手続きはしておいたからな」

そう言ってしれっと師匠が俺にギルドカードを返してきた。

「え？　ええっ？　まだ受けるなんて――」

「おいおい、アレン坊。師匠命令には逆らわねぇよなぁ？」

「ジェ、ジェレイド先輩……酒臭いですよ……」

「あ？　そりゃあ今飲んでるんだから酒くせぇに決まってるじゃねぇか」

そう言ってジェレイド先輩はガハハと大声で笑った。

「はぁ。全く。一応聞きますけど、朝七時ですね？」

「あ？　ああ、そうだな。朝七時だ」

こうして俺はなし崩し的に護衛依頼を受けることになったのだった。

◇◆◇

翌朝七時、俺は冒険者ギルドの入口に集合した。ジェレイド先輩の他にボッツ先輩、アンガス先輩、それからベンジャミン先輩という見事にいつも昼間からお酒を飲んでる先輩たちだ。ベンジャミン先輩だけが弓士で後は全員剣士というパーティーで、なんと驚いたことに全員Cランクなのだそうだ。

「それでは先輩方、よろしくお願いします」

「おう、アレン坊。任せておけ。きっちりと教えてやるよ」

お酒の入っていないジェレイド先輩がそう言ってニカッと笑うと依頼主のもとへと歩き出す。それにしても、お酒の入っていないジェレイド先輩たちというのは何とも新鮮だ。この人たちはどうやってお金を稼いでいるのか不思議だったのだが、どうやらちゃんと働いていたらしい。

「おい、アレン坊。お前、今何か失礼なことを考えていなかったか？」

「え？　い、いや、そんなことありませんよ」

「本当かぁ？　……まあ、いいか」

どうしてわかったのだろうか？　顔には出していないつもりだったのだが……。

そんなどうでもいい会話をしながら歩くこと十五分ほどで一軒の小さな宿屋に到着した。宿屋の前には既に馬車が止まっており忙《せわ》しなく荷物が積み込まれていっている。

「お、依頼人様が準備中だな。おーい！　ディルクの坊ちゃん」

ジェレイド先輩が大きな声で馬車に向かって声を掛けると荷物を積み込んでいる人が振り返った。

「あ、ジェレイドさん。今回もよろしくお願いします」

「おう、任しとけ。今日はうちのギルドの期待のルーキーのアレン坊を連れてきたぜ」

「はじめまして、アレンさん。僕はイェルシュドルフのディルクといいます。道中、よろしくお願

いします」

「Dランク冒険者のアレンだ。ディルクさん、よろしく」

俺は冒険者モードの口調でそう挨拶をするとディルクさんと握手をする。すると馬車の中から女の子の声が聞こえてきた。

「あ、知らないお兄ちゃんがいる。あたしはカーリンです。よろしく！」

この子は十歳くらいだろうか？　くりくりとした瞳が中々に愛らしい。

「Dランク冒険者のアレンだ。よろしく、カーリンちゃん」

「はいっ！」

カーリンちゃんは元気に答えるとにぱっと笑ったのだった。

◇◆◇

こうして顔合わせを済ませた俺たちは荷物の積み込みを手伝うとイェルシュドルフという村に向かって出発した。

イェルシュドルフはセントラーレン王国の北東の山間部にある農業と牧畜以外にはこれといった産業もないとても小さな村だ。

王都からの道のりは片道二週間の距離で、途中に宿場町もない凄まじい僻地《へきち》だ。

その道中で二人に聞いたのだが、ディルクさんとカーリンちゃんはどちらもイェルシュドルフの村長さんの子供で、ディルクさんが十八歳、カーリンちゃんは俺の見立て通り十歳なのだそうだ。

ディルクさんは物資に乏しいその村の必需品の買出しを任されており、こうして二か月に一回の頻度で王都とイェルシュドルフを往復している。王都に来る時は炭や木材、干し肉、小麦などを運んでは王都で売り、そのお金で生活必需品を買って帰るというのがディルクさんの仕事だ。もしこの物資が届かなければ村人の生活が大変な事になってしまうため、それを護衛する俺たちの責任は重大だ。

だが、この片道二週間の道のりは森や山間部を通るため、盗賊の襲撃がそれなりの頻度で起こるらしい。

ジェレイド先輩によると、三往復すれば一回くらいの割合で襲撃されるらしい。

要するに、盗賊を討伐しても半年ほど経てばまた別の盗賊がやってくる、という事なのだろう。そして前に盗賊を討伐したのが半年前なので、周期で言えばそろそろ盗賊が襲ってきてもおかしくない、とのことだ。

なるほど。という事はこの依頼を達成すれば護衛依頼と同時に盗賊の討伐も達成できる可能性が高いということだ。だから師匠はこの依頼を俺に受けさせたというわけか。

「ねぇねぇ、アレンお兄ちゃん。アレンお兄ちゃんは何で戦うの？　やっぱり剣？」

「俺は剣と魔法だな。風魔法が使えるからな」

年下の女の子相手にこの口調はどうかと自分でも思うが、これは冒険者として活動していくうえで俺なりに線引きをしているのだ。

それと何故かはわからないがカーリンちゃんが俺に懐いてきている。

「すごーい。魔法使いなんだ！」

「まあな」

「見せて見せて！」

「村に着いたらな」

「えー、今見たーい」

魔法が使えるような人間が珍しいので見たいという気持ちはわかるが、護衛の最中に余計な魔力を使うことは避けたい。

「こら、カーリン。魔法はアレンさんの武器なんだから、今使って盗賊や魔物に襲われた時に使えなくなったら困るだろ？　村に帰ったら見せてもらえるんだから、それまで我慢しなさい」

「ぶー」

常識人のディルクさんがカーリンちゃんを窘《たしな》め、カーリンちゃんがそれにふくれっ面で返事をした。随分と仲の良い兄妹のようだ。

ちなみに俺は今回、カラシもニコフもサイガも持ってきていない。その代わり、自動拳銃を用意してきた。もちろんこの自動拳銃も風魔法を使って弾を飛ばすわけだが、その弾速は音速を超えないため発砲音が非常に小さい。まだサプレッサーの開発が終わっていないため無音とまではいかないが、使いどころを間違えなければ銃撃がバレることはないだろう。

それと、念のためいつもの三丁と弾を錬成するために必要な素材と魔法陣は持ってきているので、最悪の事態になれば敵は殲滅するつもりだ。

ただ、人間に対して実弾を撃つ可能性があるという点には少し不安がある。ゴブリンやオークに対してであればもはや何とも思わないが、果たして動いている人間に、ましてや命乞いをしてくる人間に対して俺は本当に撃つことができるのだろうか？

やや不安を残しつつ、俺たちはイェルシュドルフへと向かうのだった。

◇◆◇

王都を出発しておよそ一週間が経過し、俺たちはついに山間部へと突入した。

距離で言えばもう七割以上の道のりを踏破しているのだが、日程的にはまだ折り返し地点だ。

もちろんこれまでの道のりも決して楽ではなかった。ほとんど馬車も通らないせいか道は荒れ放題となっており、倒木の撤去をしながら何とか馬車を通して進んできたのだ。

だがこれからはそれに加えて崖崩れや路面の崩落、さらに運が悪ければ積雪や凍結なども障害として立ちはだかることになるそうだ。

ただ、今は冬で草が生い茂っていないのがせめてもの救いではある。これがもし夏だったならば草が生い茂って更に大変な道のりだったことだろう。

「おい、アレン坊。こっから先は盗賊が出るかもしれねぇからな。しっかり注意しておけよ」

「はい。ジェレイド先輩」

リーダーであるジェレイド先輩が警戒を促す。やはり、こういった馬車が動きづらい場所で襲うのが盗賊としてもやりやすいという事なのだろう。

俺たちは厳戒態勢で馬車には少々厳しい登り坂をゆっくりと進んで行くのだった。

◇◆◇

数時間ほど登ったところで俺たちは一つ目の峠へと到着した。峠の鞍部《あんぶ》は自然の状態よりもさらに掘り下げられた切通しとなっており、馬車を通すために人の手が加えられている事が見て取れる。

ここを馬車が通れなければ何人もの村人たちが駄獣を引いて往復する必要があっただろう事を考えると、この道が村人にとってどれだけ大切なのかがよくわかるというものだ。

そんな感慨にふけっていると、ジェレイド先輩が突然大声をあげた。

「来るぞ！」

そしてその声と同時にいくつもの大きな岩が左右の崖から落ちてきた。それらの岩は俺たちの進路と退路を塞ぐ。

「へへへ。運搬ご苦労さん。荷物は俺たちが頂くぜ」

いかにも荒くれ者といった感じの不潔で無精ひげを生やした男たちがぞろぞろとやってきた。前に五人、後ろに六人といったところか。崖の上にも少なくとも二人はいるはずだ。

「チッ。ディルクの坊ちゃん、馬車中に避難しな。お前ら！　やるぞ！」

「「おう！」」

ジェレイド先輩の声に他の先輩が阿吽の呼吸で応じる。まずは後ろにいたベンジャミン先輩が後ろの盗賊たちに対して次々と矢を放つ。そして怯んだ隙にボッツ先輩とアンガス先輩が斬りかかっていく。

「おい！　アレン坊。前をやるぞ。お前のオークスレイヤーの腕前を見せてみろ！」

「う……はい！」

人間に向けて攻撃魔法を放つという事に俺は一瞬ためらったが、意を決して小さな風の刃を無数に放つ。その刃は俺たちの進路を塞《ふさ》いだ五人の盗賊たちに襲い掛かり、体中に小さな切り傷を作っていく。

「なっ！　魔法が使える奴がいるなんて聞いてねぇぞ！」

全身から血を流した盗賊の一人がそう吐き捨てると一目散に逃げ出し、それに釣られて他の盗賊たちも逃げ出した。

「おい！　アレン坊！　そんなんじゃオークは殺せねぇだろ！　真面目にやれ！」

「で、でも……」

ジェレイド先輩は舌打ちをすると逃げ遅れた盗賊に後ろから思い切り剣を突き立てた。

「がっ、はっ」

刺された盗賊の男はうめき声をあげると地面に倒れ、そのまま血の海に沈んだ。

「こっちは片付いたぜ」

そう言われて振り返るとベンジャミン先輩たちは後ろにいた六人の盗賊を全て倒していた。

「おう。さすがだな。アジトはわかったか？」

「いや。だがいつもの場所のどっかだろ。それにしても今回は人数が多そうだな」

「ああ、そうだな」

ベンジャミン先輩がジェレイド先輩とそんな会話をしている。

「あ、あの、先輩……」

俺が恐る恐る声を掛けるとジェレイド先輩は俺をいきなり怒鳴りつけてきた。

「おい！　アレン坊！　何で手加減しやがった！」

「え？　あ、いえ、人を殺してしまうのはまずいかと……」

俺がそう返事をするとジェレイド先輩は大きくため息をついた。

「オイオイ。何を甘ちゃんな事を言ってるんだ？　前にいた四人に逃げられたんだ。上にいた連中は仕方ねぇが、あの四人を殺しておけば俺たちがあいつらのアジトを叩く時に危険が減るんだぞ？」

「で、ですが、何も殺さなくても……」

「アレン坊。お前は自分が死んでも盗賊を殺さない方が良いってのか？　それに奴らを生かしておいたらまた別の誰かを襲う。女ならマワされて売り飛ばされる。男なら殺されるか奴隷だ。それでも奴らを生かしておくのか？　もしかしたらあいつらにマワされて売られるのはそこの馬車の中にいるカーリンちゃんかもしれねぇんだぞ？　お前はそれでも良いのか？」

「……」

甘い、というのはわかる。だが、そんなに簡単に他人を殺すという選択肢を取って良いんだろうか？

「はー、全く。いいか？　アレン坊。盗賊や誘拐犯のような連中は見つけたら即殺す。これがルールだ。冒険者として続けてぇなら覚えておけ。いいな？　これが徹底できねぇなら、もしかすると将来お前に女ができた時にそいつがマワされて売られるかもしれねぇぞ？」

「……はい」

ジェレイド先輩の言っていることは正論だ。前世のように社会が発達し、警察と法の支配が行き届いているなら殺すことは悪だが、俺が今生きているこの世界はそうではない。

盗賊が当然のように存在し、こうして村へと運ぶ大事な物資を狙って襲い掛かってくる。しかも町の外では警察などほとんど機能しておらず、こういった場所は完全な無法地帯だ。

だからそう、ジェレイド先輩の言うように襲い掛かってきた盗賊は殺してしまうのが正しいのだ。

いや、でもだからといっても……。

「おい、アレン坊。さっさと岩を退《ど》けて出発するぞ。ほうけてねぇで手伝え」

「……はい」

俺はループに陥《おちい》りそうな思考を頭を振ってストップするとジェレイド先輩の手伝いに向かったのだった。

◇◆◇

その後は盗賊に襲われることもなくイェルシュドルフに到着した。道中ではたまにホーンラビットやビッグボアに襲われたが、この程度であればむしろ獲物が増えてありがたいともいえる。

村人たちは俺たちを大歓迎してくれ、物資を手にして喜ぶ彼らの姿を見ると自分の仕事がこうして直接役に立っている事が実感できて達成感が湧いてくる。

「おう、アレン坊。どうだ？　初めての護衛依頼をやり遂げた感想は」

「はい。喜んで貰えてよかったです」

俺はジェレイド先輩の問いに素直に答えた。

「そうか。だが、お前がリーダーだったら今回の護衛依頼は失敗していたぞ。理由はわかるな？」

「……はい。殺さなかったから、ですよね？」

「そうだ。盗賊なんざ魔物と一緒だ。いや、人間のフリをしているからもっとタチがわりぃな」

「そうですよね。頭ではわかってるんです」

「ま、最初はそんなもんかもな。あんだけゴブリンとオークを虐殺したんだからもうちょいやれると思ってたんだが期待外れだったぞ。ま、次はちゃんと殺せ」

「……はい」

俺はそう答えると唇を噛んだ。

「ねー、アレンお兄ちゃん。魔法を見せてー！」

「兄ちゃん、魔法使えるんだって？」

「見せて見せてー」

気が付くと俺の周りに村の子供たちが集まってきている。そんな様子を見てジェレイド先輩は俺をからかう。

「おう。アレンお兄ちゃんはすっかりチビたちに人気だな。子守りも頑張れよ」

「え？　ちょっと？　ジェレイド先輩!?」

「ねーねー」

「わ、わかったからちょっと離れろ」

「はやくはやくー」

こうして子供たちに囲まれて逃げ場が無くなった俺はそのまま夕暮れ時まで風魔法を披露することになったのだった。

◇◆◇

その夜は村をあげての歓迎会を開いてもらい、俺は村長さんの家に泊めてもらう事になった。このまま三泊したら王都へと戻る予定だ。

ちなみに先輩たちはそれぞれ思い思いの村の女性のところに泊まるそうだ。こういった村では血が濃くなりすぎるのを防ぐため、こうして村に来た男に種を分けてもらうのが習慣なのだそうだ。

たしか前世でも人口密度の低い特殊な地域ではまだそういった風習が残っていると聞いたことがあるが、きっと同じような話なのだろう。

あ、俺もお誘いはあったが遠慮した。いや、何となく好きでもない人とそういう事をするのは抵抗があるというか。まあ、そんなところだ。

そして翌日も子供たちの相手をしながら何となくのんびり過ごし、日が傾き始めた頃に村長さんの家へと戻ってきた。

すると、村長さんとディルクさんが何やら深刻そうな顔をしてジェレイド先輩たちと何か話し合っている。

「村長さん、ディルクさん、先輩、何かあったんですか？」

「あ、アレンさん！　実はカーリンが！」

「え？　カーリンちゃんに何かあったんですか？」

「盗賊に誘拐されたようだ。俺らから物資を奪えなかったから腹いせに誘拐したんだろうよ」

「誘拐!?　あいつら！　すぐに助けに行かないと！」

「おい！　アレン坊。落ち着け。俺らは冒険者だ。冒険者は依頼が無きゃ動かねぇんだよ。それに、全員で救出にでも向かってみろ。今度はこの村が襲撃されるぞ」

そう言ってジェレイド先輩は一枚の木片を見せてきた。そこには、カーリンちゃんと他二名の子供たちを預かっていること、若い女性と食料と金を差し出して盗賊の支配を受け入れれば子供たちを無事に返すとのこと、そして奪還に来た場合は大勢の盗賊が村を襲撃するという脅しが書かれていた。

「先輩、もしかして俺があの時にあいつらをちゃんと殺さなかったから……」

「あの四人を殺せていたらこんなに早く行動は起こさなかったかもな」

「そんな……」

その言葉を聞いた瞬間後悔が波のように押し寄せてくる。

「だが、こいつらは盗賊のくせに頭が回るみてぇだからな。いずれは来ていたはずだ。それに村を守りながら盗賊どものアジトを襲撃してチビたちを助け出すんだ。こいつはかなり困難な依頼になるぞ」

「……俺が、俺が行ってカーリンちゃんたちを救出します」

「はっ！　人を殺せねぇ甘ちゃんに何ができる！　チビたちを人質に取られて終わるのが目に見えている」

「ぐっ……ですが、俺の失敗のせいです。俺にやらせてください」

食い下がる俺にジェレイド先輩は舌打ちをする。

「チッ。次に殺すことをためらえばお前もチビたちも村人も死ぬんだぞ。本当に覚悟はあるんだろうな？」

「はい。やります！」

「わかった。じゃあ、俺とアレン坊の二人で乗り込む。村長さん、依頼を受けるぜ」

「よろしくお願いします」

こうして俺たちは急遽《きゅうきょ》、盗賊退治と誘拐されたカーリンちゃんたちの救出作戦を行う事になったのだった。

◇◆◇

「じゃあ、今から行くぞ。場所は大体見当がついているからな」

「はい」

俺はジェレイド先輩に連れられて裏口から村を出ると険しい森の中へと分け入った。案内に従って村からかなり離れた場所までやってくると今度はそこから急な斜面をしばらく登っていく。すると少し開けた小高い場所に到着した。

ここまで来るのに大体一時間くらいかかっただろうか？

すでに日は山の向こうに沈み夕日がわずかに山の稜線を赤く染めている。この赤もいずれは消えて闇に包まれ、やがて月明かりのみが道しるべとなることだろう。

眼下に見えるイェルシュドルフも表門に灯《あか》りがともっている他は数軒分しか光は見えない。そのうちの一軒は恐らくベンジャミン先輩たちが詰めている村長さんの家のはずだ。

「ジェレイド先輩。これからどうやって盗賊のアジトを見つけるんですか？」

「この辺りで盗賊団がアジトにできる場所はほとんどねぇ。チビたちが捕まって日が沈む前に脅迫状が来たことを考えると、イェルシュドルフからは徒歩で数時間の距離だ。ここなら盗賊団のアジトになりそうな場所は全て見える。そんで、ほら、あそこだ」

ジェレイド先輩が指さした方向を見ると、確かに山の中腹に灯りが見える。

「あそこは去年も盗賊団が居着いた洞窟がある。余り広くねぇから盗賊の数は三十人くらいだろうな」

「わかりました。じゃあ、俺、こっそり潜入して救出してきます」

「なっ!? 馬鹿を言うな。お前一人でどうにかなる話じゃねぇ」

「大丈夫です。気付かれずに行動するのは得意なんです。それに、奴らは要求を呑まなければ村を襲撃すると予告してるんですから、少なくとも十五人くらいは村に行っているはずです。いえ、もっと多いかもしれません。であれば、俺が三人を救出したら洞窟の中で思い切り風魔法をぶっぱなしてやります。それを合図に外から攻撃してもらえれば後は俺が子供たちを連れて脱出してきます」

「いや、だからどうやって中に入るんだよ。見張りがいるだろ！」

「大丈夫です。俺を信じてください。絶対にバレずに侵入して見せます」

俺が余りにも食い下がるのでジェレイド先輩はじっくりと考える。そしてゆっくりと口を開いた。

「わかった。じゃあ、それで行こう。だが、失敗したらチビたちの命はねぇぞ？」

「わかっています。絶対に上手くやって見せます」

こうして俺たちは山の中腹に見える盗賊の拠点へと移動したのだった。

「それじゃあ、後は頼みます。大きな魔法を使いますので、巻き添えにならないように必ず物陰から見ていて下さい」

「おう」

俺はジェレイド先輩にそう言い残すと一人で茂みの中に入り【隠密】を発動した。

どうやらこの盗賊はかなり警戒心が強いらしく、森の中にはいくつもの鳴子が仕掛けられている。

俺は気取られないように罠に警戒しつつ慎重に歩を進め、何とか盗賊のアジトとなっている洞窟の前に辿りついた。

洞窟の入口は高さ二メートル、幅一メートルほどあり、木でしっかりと補強がされている。その左右には松明が掲げられており、一人の盗賊が見張りとして立っていた。

全身に真新しい切り傷がついているところを見るに、きっと俺が逃がしてしまったやつなのだろう。

俺はその横を堂々と通ると洞窟の中へと潜入した。洞窟の中もしっかりと補強がされており、明らかに人の手が加わっている。

ジェレイド先輩は大して広くないと言っていたが内部はかなり広いように見える。部屋数もかなり多く、いかにも盗賊といった風体の連中からしっかりとした装備と身なりの奴までかなりの人数がいるようだ。

まず入口から入ってすぐの部屋に五人、そしてそこを通り過ぎた先にある広間のような場所に八人、その広間から連なる四つの部屋が掘られている。

部屋の中には右から順に三人、五人、二人、三人の合計十三人がいた。

更に奥に続く通路があり、その通路を進んでいくと二股に分岐している。右の通路の先は鉄格子で塞がれていて、その前にはしっかりした身なりの男が立っていた。

そのまま鉄格子の前まで来るとやはり予想通り牢屋となっており、その中にはカーリンちゃんではない二人の子供が身を寄せ合うようにして隅に蹲《うずくま》っている。

イヤな予感のした俺は慌てて戻るともう一方の左の通路へと進んでいく。するとその先は盗賊どもの寝室となっているらしく、いくつかの小部屋が掘られていてその中には粗末なベッドが置かれていた。

すると不意に一番奥の部屋の方からくぐもったような声が聞こえてきたので、俺はそちらへと足を向ける。

その部屋の中を覗《のぞ》くと一人の大男がカーリンちゃんを押し倒している様子が目に飛び込んできた。

俺は急いで駆け寄るとのしかかっているそいつの左右の膝裏にそれぞれ一発ずつ銃弾をお見舞いしてやった。

プシュっという小さな音と共に放たれた弾丸は確実に膝を破壊し、そいつはあまりの苦痛にうめき声をあげる。

俺は思いっきりこのクソ野郎の顔面を横から蹴り飛ばした。

「ぐ、あ……」

うめき声をあげてごろりとベッドの上から転げ落ち、地面に仰向けになったこいつの顔面を俺は怒りに任せて思いっきり、何度も何度も踏みつける。

よくも！　こんなに小さなカーリンちゃんを！

そして動かなくなったのを確認した俺はベッドの上に目を向ける。

そこには放心状態のカーリンちゃんが横たわっているものの、彼女の服はまだきちんとしている。

どうやら最悪の事態だけはギリギリ免れたようだ。

だが、幼いその心に深い傷を負ってしまったことは間違いないだろう。

俺がもっと早く来ていれば。いや、俺があの時躊躇せずに殺していたら。

そんな感情を押し殺して俺はカーリンちゃんに声をかける。

「カーリンちゃん、助けに来たぞ」

それからなるべく優しく彼女の頭を撫でてやった。

「え？　あ……アレン、お兄ちゃん？」

「ああ、もう大丈夫だからな」

「う、う、ううう っ」

その目にみるみる涙が溜まり、大きな声をあげて泣きそうになったので慌てて口を塞いだ。

「カーリンちゃん、ごめん。まだ大きな声をあげちゃダメだ。いいな？」

「……ごめん、なさい」

カーリンちゃんはそう言って不安であろうに何とか涙を堪えてくれた。

「後の二人を救出したら脱出する。それまで、そこの誰もいない部屋で大人しく待っていられるか?」

「……うん」

俺は頷いたカーリンちゃんを別の部屋へと移動させ、その入口を【錬金】スキルを使って錬成した岩で塞いだ。

こうしておけばしばらくの間はカーリンちゃんの身の安全は守られるはずだ。

俺は急いで【隠密】を発動すると再び牢屋の前へと戻ってきた。そして今回は俺も覚悟を決める。

やるしかないんだ。こいつは子供たちを誘拐した悪党だ。魔物と一緒なんだ。しかも子供にあんなことをしようとしていたケダモノだ。生きていていい存在じゃない!

俺はそう自分に何度も言い聞かせると見張りの男のこめかみに自動拳銃を当て、そして引き金を引いた。

プシュっという発砲音とともにそいつは地面に崩れ落ちた。

そう。俺は、俺自身の意思で人の命を奪ったのだ。

だが、今は振り返っている余裕などない。

子供たちを急いで助けなければ!

もたもたしていて他の盗賊どもがやってきてしまえばより面倒な事になるのは間違いない。

錬成して鉄格子を破壊した俺は牢屋の中で蹲《うずくま》っている子供たちへと駆け寄った。

「大丈夫か？　助けに来たぞ」

「え？」

「あ、アレン、お兄ちゃん？」

「そうだ。だが静かにな。カーリンちゃんも助けたから合流するぞ」

「え、あ、うん」

俺は急いで二人の手を引いてカーリンちゃんのところへと戻ると、彼女も連れて分岐点に戻ってきた。寝室と牢屋の見張りの盗賊は倒したので、これで残る盗賊はここと入口の間にしかいないはずだ。

そこで俺はまず錬成して入口への通路を塞いだ。この壁は少し分厚く作ってある。

それから次に魔力を錬成で作った壁に流し込んでいく。

実はこの壁の裏側には魔法陣がしっかりと刻み込まれてあるのだ。今からこれを使って強烈な魔法を発動して盗賊どもを殺しつつ外のジェレイド先輩に合図をし、更に同時に子供たちを守るつもりだ。

それから数分間にわたってたっぷり魔力を注ぎ込んだ俺は魔法陣を発動させる。

ドォンと大きな衝撃音と共に壁越しのこちらにまで振動が伝わってきた。

発動した魔法は単に圧縮した空気を一気に解放するというだけの単純なものだが、この魔法陣に込められた魔力の大きさゆえに衝撃波を伴って洞窟の内部を破壊していく。

きっとこれで外にいるジェレイド先輩にも伝わったはずだ。

そしてしばらくの間震えるカーリンちゃんたちの頭をそっと撫でて落ち着けてやる。

「よし、そろそろかな？」

俺は錬成して壁に覗《のぞ》き穴を作り、入口の様子を確認したのだが、もしかすると少しやりすぎたかもしれない。

洞窟を補強していた木材が跡形もなく吹き飛ばされており、広間の方にも動いている者がいる気配がない。

「よし、脱出するぞ。絶対に前に出るなよ」

俺は再び錬成して壁を取り払うと慎重に入口へと歩を進め、広間に戻ってきた。そこには衝撃波と爆風で物言わぬ死体となった盗賊どもの遺体が散乱している。

自分の魔法でこれだけの人を殺してしまったという事実に思わず吐きそうになるが、子供たちを安全に帰してやれるのは俺だけだと自分を鼓舞して勇気を振り絞る。

このまま通り抜けるか？　いや、だがここには四つの部屋があったはずだ。

「ここにいろ。安全を確認してくる」

カーリンちゃんがこくりと頷《うなず》いたのを確認した俺は【隠密】を発動して各部屋を見て回る。

やはり衝撃波の影響はあれども爆風の影響が少なかったせいか、部屋の中の盗賊はまだ息がある。

だが、衝撃波のせいで目や耳などをやられているらしく、戦う能力があるようには見えない。

ここで殺しておくべきか？

一瞬そう考えたがやめておいた。

戦闘能力がもうないなら子供たちを避難させる方が先だろう。

俺は頭を振って恐ろしい考えを振り払い、入口からすぐの部屋も確認した。ここも衝撃波と爆風が通り抜けた影響で先ほどの広間と同じような惨状が広がっている。

さらに外でジェレイド先輩が入口の安全を確保しているのが見えたので俺は急いでカーリンちゃんたちのところへと戻り、【隠密】を解くとなるべく優しい声色で声をかけた。

「大丈夫だ。急いで出るぞ」

「うん」

やや青ざめた表情のカーリンちゃんたちはそう言って俺の後を歩いてくる。

こんな惨状を子供たちに見せるべきじゃない。

もちろんそんなことはわかっている。だが他に方法がないのだ。

俺は罪悪感に苛まれながらも洞窟を脱出し、ジェレイド先輩と合流する。

「よし、アレン坊。よくやった。村に戻るぞ」

「はい」

そんなジェレイド先輩と俺の会話を聞いたカーリンちゃんたちはようやく安心できたのか、ポロポロと涙を流し、そしてそのままワンワンと泣き出したのだった。

◇◆◇

それから夜の山道を歩いて村に戻って来た俺たちはこちらにも盗賊の襲撃があったことを聞かされた。襲ってきたのは合計で十三名だったが無事に撃退できたそうだ。

十三名分の首が村の門の前に晒《さら》されているのを見た時は衝撃を受けたが、俺がやったこともそれに負けず劣らずだろう。

いくらカーリンちゃんたちを助けるためとはいえ、あれだけの大怪我をしたやつらを放置してきたんだからな。

「アレンお兄ちゃん、ジェレイドおじちゃん、ありがとう」

せめてもの救いはカーリンちゃんたちがこうして笑ってくれていることだろうか。俺の心には重たいモヤモヤした気持ちが残っているが、子供たちのこの笑顔が守れただけでも良かったのかもしれない。

明くる朝、俺たちは再びあの洞窟へと戻ると生き残っていた盗賊たちにトドメを刺して回った。ここまでやる必要があるのか、と聞いた俺にジェレイド先輩はこう言った。

「アレン坊。前にも言ったが、盗賊にしろ誘拐犯にしろ、そいつらの扱いは魔物と同じだ。そんな甘ちゃんなきれいごとは通用しねぇ。それにな。こういう仕事をしてりゃどうやったって恨みを買うもんだ。将来お前に女ができたなら、確実にその女が狙われることになるぞ。自分の女やあの美人の母ちゃんがマワされて売られてから後悔したって遅せぇんだ」

「……はい。そうですよね」

「そうだ。盗賊や誘拐犯は見つけ次第その場ですぐに殺す。これがルールだ」

「……はい」

今回の依頼は俺の価値観に大きな衝撃を与えた。運命《シナリオ》を破壊するという事以前にこの世界に生きる者としての、そしてこの世界で大人になるという事に対する認識の甘さを痛感させられたのだ。

依頼を受ける前は色々と理由をつけて逃げ回っていたが、師匠の言う通りこの経験をしておいて良かったと思う。

次に同じ状況になった時に迷わないかと言われると自信はないが、大事なことを見失わないように今回の出来事は深く自分の心に刻み込んでおこうと思う。

こうして盗賊退治と護衛依頼の両方を一度に達成した俺は、最年少記録を更新する形でCランク冒険者へと昇格したのだった。

第十七話　町人Aは高等学園へ入学する

俺はついに十五歳となった。今の状況はこんな感じだ。

名前	：アレン
ランク	：C
年齢	：15
加護	：【風神】
スキル	：【隠密】【鑑定】【錬金】【風魔法】【多重詠唱】【無詠唱】
居住地	：ルールデン
所持金	：34,519,728セント
レベル	：37
体力	：C
魔力	：A
実績	：ゴブリン迷宮踏破、ゴブリンスレイヤー、オークスレイヤー、最年少Cランク

最年少でCランク冒険者となり、貯金も入学金やら授業料やらで二千万セントほどを支払っても
なおたっぷりと残っている。これだけぼろ儲けできたのはあの台座のおかげでもある。もはや冒険

者としては成功を収めたと言っていいだろう。

それにレベルも37だ。ゲームでいえば闇堕ちアナスタシアとの最終決戦で勝てるレベルだ。だから と言って無敵というわけではなく、レベルが下の相手にも刺されれば大けがをするし下手をすれば死ぬので油断は禁物だ。

今のところ戦闘での出番はないが、師匠にお願いしている剣の鍛錬も欠かしてはいない。そのおかげで入学試験の剣術も試験官には勝てなかったが何とか合格できた。

魔法の試験は言うまでもなく合格したし、どちらかというと目立ちすぎないように手加減する方が大変だったほどだ。

ちなみに、俺は【隠密】のスキルを使って【風魔法】以外の全てのスキルと加護を隠蔽している。学園にここまで色々なものを持っている学生がいると何かと面倒ごとに巻き込まれそうだからな。

なんにせよ、悪役令嬢断罪イベントまでは目立たないことが第一だ。そのイベントまでの運命《シナリオ》に関わる内容で捻じ曲げたのは『鑑定のスクロール』、そして俺という異分子が学園に紛れ込むというこの二点だけだ。

あとはなるべくゲームの通りに進行させ、断罪イベントを止めることで悪役令嬢アナスタシアの闇堕ちを止める。それが俺と母さん、師匠、モニカさんや先輩方、ひいては王都に住む人々を助けることに繋がるはずなのだ。

やってやる！

◇◆◇

桜の舞う季節となり、俺はついに乙女ゲームの舞台である全寮制の王立高等学園に入学する事となった。

俺は真新しいブレザーの制服に身を包み、王立高等学園の門をくぐると入学式の会場となる講堂へと向かう。

講堂の入口には入試の成績が上から順に貼り出され、クラス分けが書かれている。

1位　アナスタシア・クライネル・フォン・ラムズレット（貴）
2位　アレン（特）
3位　エイミー・フォン・ブレイエス（貴）
4位　マルクス・フォン・バインツ（貴）
5位　クロード・ジャスティネ・ドゥ・ウェスタデール（貴）
6位　オスカー・フォン・ウィムレット（貴）
7位　マーガレット・フォン・アルトムント（貴）

⋮

11位　カールハインツ・バルティーユ・フォン・セントラーレン（貴）

⋮

21位　レオナルド・フォン・ジュークス（貴）

── 以下、Bクラス ──

22位　ヴァンダレン・フォン・ゼーベン（貴）
23位　ハイデマリー・アスムス（般）
24位　イザベラ・フォン・リュインベルグ（貴）

⋮

39位　グレン・ワイトバーグ（般）

どうやら今年は総勢三十九名の学生を受け入れているようだ。名前の後ろについているカッコ内が受験種別をあらわしているのだろう。

（貴）が貴族、（特）は特待生、（般）は一般だろう。ちなみに特待生といっても筆記試験が免除になっただけで、学費が免除になったりという支援があるわけではない。

見ての通り、俺は何故かAクラスになってしまった。イベントに関わる気はないのでBクラスで良かったのだが……。

まあ、なってしまったものは仕方ない。だが、当然のごとくAクラスは俺以外全員貴族だ。それにBクラスにも平民枠の生徒は三人しかいない。

講堂の中に入った俺は目立たないようにAクラス用の席の一番後ろの隅に着席する。

どうせ、俺からクラスメイトに話しかけることは許されないのだから友達を作ろうなどと考える必要はない。というのも、入学前のマナー講習で習ったところによると平民の身分でお貴族様に自分から話しかけるのは不敬に当たるのだそうだ。

つまり、向こうから話しかけてくるまで話をするのは禁止、しかも一度話しかけられても向こうが許可していなければ自分から話しかけるのも禁止、ということらしい。もちろん、授業の連絡などで必要なことはその限りではないらしいが……。

俺は最初から目立ちたくないのでこれでも構わないが、普通に期待して入学したらボッチ確定だったとか精神を病みそうだ。

着席したまましばらく待っていると、ぞろぞろと他の学生たちが入ってくる。

まずはアナスタシアが取り巻き令嬢を二人引き連れて入室してきた。アナスタシアはやはりとんでもない美人だ。俺みたいな一般人とはオーラが違う。気品があるし、近寄りがたいというか何というか、こう、そんな感じだ。ものすごい美人なのに無表情なのも相まってまるで彫像のようでもある。

アナスタシアは俺のことを一瞥したようにも見えたが、その表情を一切変えることなく前列に腰かけた。

続いてカールハインツ王太子殿下たちが入って来た。残りの攻略対象者四人も勢揃いしており、全員凄まじいイケメンオーラをバシバシ放っている。しかも彼らはゲームの通りに各々ベストの色やネクタイの色をアレンジしており、それがまたイケメンオーラを増強するのに一役買っているようだ。

というか、王太子のそれはネクタイですらないよな？　そのひらひらしたのは一体なんだ？

まあ、俺だったらどうしたらいいかさっぱりわからないそれがめちゃくちゃ似合っているあたりはさすが乙女ゲームの攻略対象者といったところか。

これがゲームをプレイしてた女子だったらキュンキュンするところなのだろうが、俺はこいつらを見るとげんなりする。ゲームとはいえこいつらに口説かれたわけで、そっちの趣味がない俺としては結構精神的ダメージを受けたものだ。

こいつらは俺のことを見下したような目で一瞥するとアナスタシアの隣に腰かけた。

続いて特徴的なピンク色の髪のヒロイン、エイミーが入ってきた。確か彼女は男爵家の庶子で、つい数か月前までは平民として育てられていたはずだ。

エイミーはこちらをちらりと見ると、なんと俺の方へと近寄ってきた。そしてまるで砂糖のように甘ったるい声で俺に話しかけてきた。

「こんにちはぁ。あたし、エイミー・フォン・ブレイエスですぅ。特待生のアレンさんですよね？　よろしくお願いしますぅ」

馬鹿な？　この入学式でヒロインは王太子を見てドキドキしているというイベントだったはずなのに！

「はじめまして、エイミー様。俺はアレン、平民のアレンです。よろしくお願いします」

俺は平静を装って答えた。

「アレンさん、十一歳の時に全教科満点で飛び級卒業したんですよね？　あたし、その時は平民で同じ学校に通っててぇ、それで話題になっていたのを覚えているんですぅ」

顔を少し赤らめ、キラキラした目でエイミーは俺のことを上目遣いに見つめてくる。

か、かわいい。

さすがは乙女ゲーのヒロインだ。この可愛らしさに攻略対象たちが落ちるのも無理はないのかもしれない。

しかし、こんな甘ったるくて馬鹿っぽい喋り方をするキャラだっけか？

ともあれ、こうして俺の学園生活は、早くも波乱の予感を覚えつつもスタートしたのであった。

◇◆◇

俺が高等学園に入学してから一週間が経過した。

案の定というか、なんというか、俺は孤立しており、誰一人俺に話しかけてくる人はいない。

完全なるボッチというやつだ。

ちなみに入学の日に唯一話しかけてくれたエイミーは無事に王太子との出会いイベントをこなしたようで、俺には興味がなくなったようだ。

王太子はエイミーに「元々平民だったエイミー嬢は色々とわからないことが多くて大変だろう」などと言ってはあれこれと世話を焼いているが、本物の平民の俺には用が無いらしく、教室では無視されている。

廊下ですれ違ったら俺は頭を下げなければいけないので話す機会など皆無だ。ちなみに寮では個室が与えられているのだが、お貴族様と平民では建物がそもそも別なので会うことすらない。

いやはや、周りから無視されることは想定していたが、エイミーのように一度話しかけられてから無視されるというのは思ったよりも精神的にきついものだ。

さて、オリエンテーションも一段落し、今日からは本格的な授業が始まる。そして、【癒し】の加護を持っているはずのエイミーが治癒魔法を使うイベントの日でもあるはずだ。

そのイベントは魔法演習の授業中に発生する。クラスのお貴族様たちの後を追って演習場へと移動し待っているとすぐに先生がやってきて授業が始まった。

「はい。それでは授業を始めます。既に魔法を使える人には退屈かもしれませんが、まずは制御をしっかり覚えてください」

先生がそう説明すると生徒に呼びかける。

「既に魔法が使える人は挙手してください」

先生の呼び掛けに応えてパラパラと手が上がった。もちろん俺も挙手する。

あれ？　でもそもそも魔法の入試があったんだから入学した時点で全員使えるんじゃ？　それとも実は魔法を使えなくても入学できたりしたのか？

ぐぬぬ。努力が無駄になったわけではないがそれはそれで何だか悔しい。

「はい。それでは、カールハインツ王太子殿下。簡単なもので構いませんので少し見せて頂けますか？」

「ああ。任せておけ」

王太子は自信たっぷりな様子でそう言うと前に出て詠唱を始める。遠いので詠唱内容までは聞き取れないが人の頭ほどの火球を生み出すとそれを飛ばし、遠くの的に命中させた。

パチパチパチパチ、とクラス中から拍手がわき起こったので俺も長いものに巻かれて拍手をした。

ちなみに、王太子は【炎】と【英雄】というまさに物語の主人公のような加護を持っている。ゲームだと【英雄】の加護は仲間を率いる時に自分と仲間にバフが乗る感じだ。

「このように、正しい制御を行えばあれほど遠い的にもしっかりと命中させることができるようになります。逆に、制御ができていないと的に当たらなかったり、酷い時は手元で暴走することもあります」

先生は魔法を使う上での注意事項を説明していく。

「それでは次に、アナスタシア様。よろしくお願いします」

「はい」

アナスタシアが先生に指名されて前に出る。

この時アナスタシアと王太子は言葉を交わさないどころか視線すら合わせなかった。いや、アナスタシアは王太子に礼をしたのだが、王太子が無視したのだ。

どうやらこの二人の関係は現時点でも相当にこじれているようだ。

続いてアナスタシアが氷の矢を作り出すと的に向かって放った。放たれた氷の矢は的に命中するとそれを破壊し、後ろの土壁に着弾してようやく止まった。

クラス中からは感嘆の声とともに大きな拍手がわき起こる。どうやら現時点で王太子よりもアナスタシアの方が魔法の能力は上なのかもしれない。なんとも見事な腕前だ。

ちなみに、アナスタシアの加護は【氷】と【騎士】だ。二つの加護を持っている登場人物は王太子とアナスタシアしかいない。

しかし王太子は婚約者に面子を潰されたと思ったのか、顔を真っ赤にしてやり直しを要求してきた。

「アナスタシア、俺が手加減したというのに的を破壊するとは。俺の顔を潰したいのか？」

「いえ、そのようなことは……失礼いたしました」

アナスタシアはそう言って黙って頭を下げる。

「まあいい。俺のフルパワーを見せてやろう」

そう言うと王太子は詠唱を始める。

「殿下、いけません！」

アナスタシアが王太子を止めようとするが時すでに遅く、王太子は手元に巨大な火球を作りだす。

「く、ぅぅぅ」

「殿下！」

王太子がうめき声を上げ、そしてアナスタシアの悲鳴にも似た声が響く。

次の瞬間、王太子の火球は暴走した。

王太子の手元で火球は爆発し、辺り一面を包み込むように炎が広がっていく。しかしすぐさまアナスタシアが周囲を凍り付かせ、王太子が暴走させた炎をあっという間に鎮火した。

「殿下！」

「カール様ぁ！」

エイミーが心配そうな表情を浮かべながらも甘い声で王太子の下へと駆け寄ると、治癒魔法を発動して火傷を負った王太子を治療し始めた。

「なっ!?」

アナスタシアはその様子を驚いた表情で見つめており、周りにいる先生も治療を止めない。そうして十分ほどで王太子の火傷はすっかり綺麗に治ったのだった。

あれ？　こんなに時間かかってたっけ？　いや、そもそもゲームではそういった描写がされてなかっただけか？

「エイミー、これは……」

だが王太子は驚いた様子でエイミーを見つめている。

「殿下！　大丈夫ですか？」

アナスタシアはハンカチを王太子に手渡そうとするが、王太子はそれを拒否して立ち上がるとエイミーの両肩に正面から手を置いて礼を言う。

あー、あったな。そんなイベントスチル。

「エイミー、ありがとう。素晴らしい力だな」

「そ、そんな。あたしはただカール様のためを思って……」

その様子を見たアナスタシアの眉がピクリと動くが、そのまま何も言わずに背を向けて下がっていった。

その様子をエイミーがちらりと見て、僅かに口元がニヤリと笑ったように見えたのは俺の気のせいだろうか？

「きょ、今日の授業はこれで終わりとします。魔法がどのようなものかがわかったと思いますので、皆さん今日からしっかりと訓練していきましょう。それでは解散です」

先生はそう言うとそそくさと演習場から出て行ってしまった。

というわけで、これがイベントだ。

きちんと止めない先生も先生だし、子供じみた対抗心で余計な恥をかいた上に授業を滅茶苦茶に

した王太子が、暴走を止めてくれた本来の立役者である婚約者の悪役令嬢を邪険に扱いエイミーだけに感謝をする。

ゆるゆるでご都合主義の乙女ゲームのイベントとはいえ、こんなおかしな茶番を目の前で見せられるのは気分が良くない。

そう思いつつも俺が今何かできるわけでもない。俺は素直に演習場を後にしたのだった。

◇◆◇

魔法を暴走させて怪我をした王太子をエイミーが治療してからというもの、当然の帰結なのかもしれないがエイミーに対して大なり小なりの嫌がらせが行われるようになった。

例えば、エイミーが教室に入ってくるとひそひそと、しかし聞こえるような大きさの声で元平民、マナーがなっていない、娼婦の子供、臭いなどと噂をしたり、わざと無視をしたりしている。

他にも女子寮でたまに持ち物が無くなったりしているという噂も聞いたが、これについては良く知らない。

ゲームにおいてこの教室での嫌がらせを主導していたのはアナスタシアのいわゆる取り巻き令嬢たちと思われる。

なぜ「思われる」なのかというと、彼女たちが内乱騒ぎの後に学園から姿を消したことからの推測だからだ。明確な描写があったわけではないが、いくつかの貴族家が取り潰しになって学園をやめた生徒がいると書いてあったので多分そういう事なんだと思う。

ちなみに、アナスタシアはそういった現場を目撃した場合は下らないイジメはやめるように注意していたのを俺は何度も目撃している。

俺は普段、【隠密】を使って情報収集をしているのだが、俺が見たその時のアナスタシアは割と厳しめに注意していたので、本当に止めようとしているのだろう。

一方のエイミーはというとそのイジメを受けているのをダシにして王太子たち攻略対象者に猫なで声ですり寄っている。

何やらゲームのエイミーと随分性格が違うような気もするが、ゲームではイベント以外の場面は描かれていなかったのだし、本当はこうだったのかもしれない。

それに平民として生きてきた女の子がいきなり男爵家に引き取られ、貴族ばかりの学園に入学してイジメられる。それを王太子様や有力貴族の息子たちが庇ってくれるというなら依存して媚びを売るのも仕方ないのかもしれない。

とはいえ、こんな状態なので早くもクラスの雰囲気は最悪だ。

クラス内の女子はアナスタシア派と王太子派に分かれている。

アナスタシア派はさっき説明した通りでエイミーを排除したがっているのだろうが、アナスタシア自身が止めているのと人数が圧倒的に少ないことからそれほど勢いがあるわけではないようだ。

一方の王太子派も一枚岩ではないが、アナスタシアを追い落とすためにエイミーを利用しているという点では一致しているようだ。ただ、王太子派もエイミーの事を良くは思っておらず、陰口を叩いたり嫌がらせをしたりしているのはとてもよく見かける。

また、王太子は王太子でその行動に随分と問題がある。婚約者であるアナスタシアがいるにもかかわらずエイミーばかりを構っており、アナスタシアとは必要な時以外は会話すらしていないからだ。

そのせいでアナスタシアを蹴落とせると考えた周りがあれやこれやと画策しているようなのだが、正直いい加減にしてほしい。

王族にしろ貴族にしろ、俺たち平民から税金を巻き上げて贅沢な暮らしをしてやがるんだから、せめて責任くらいは果たしてほしい。

特に王太子は未来の王様として国をまとめなきゃいけないのにクソすぎるだろ。

アナスタシアはこの国最大の小麦の生産高を誇る南部の穀倉地帯を支配するラムズレット公爵家のご令嬢だ。この政略結婚の意味くらいわかるだろうに！

一方でエイミーのブレイエス男爵家はいわゆる普通の貴族家だ。とりわけ貧乏なわけでも金持ちなわけでもないし、これといって強力なコネがあるわけでもない。だからブレイエス家としてはたとえ庶子でも王妃を排出できればその利は大きいのだろうが、国としては混乱は避けられない。

俺が習ってきたこの国の歴史を振り返っても、実家の後ろ盾が弱い正妃が上位貴族の娘に取って代わられたなんて話は山ほどある。例えば実家が没落して相応しくないと無理矢理離婚させられたとか、酷い時は暗殺なんてのもあったそうだ。

だから、王太子はアナスタシアを正妃としてエイミーを寵姫、つまり愛人として囲うというのがこの国では正しいやり方だ。

一応、この国は一夫一婦制なので側室を持つことはできないが、金持ちは公然と愛人を囲っているし、それを非難するような声を俺は聞いたことがない。

要するに、結局この世界はあの腹立たしい乙女ゲームの世界であり、運命《シナリオ》通りに王都は、そして俺も母さんも師匠もモニカさんも冒険者の先輩方も皆で破滅への道をひた走っているという事なのだろう。

憂鬱《ゆううつ》な気分になった俺は一つ大きくため息をつくと歩いて教室へと向かう。

こうして今日も空気として教室の隅に座るだけの一日が幕を開けたのだった。

あ、ちなみに俺は順調に置き物ポジションを確立したぞ。誰も話しかけてこないし、俺は平民だから授業で必要な時以外はお貴族様に話しかけることもできない。

多分影は薄いしいつもどこにいるのかわからないが一応勉強だけはできる平民、という扱いになっているのではないだろうか？

第十八話　町人Aは悪役令嬢に目をつけられる

早いものでもう夏休みが明日に迫ってきた。

ルートの確定しないこの期間にできることは何もないため、これまで俺は情報収集に努めてきた。

一方のエイミーはというと順調にイベントをこなしたようで、王太子だけでなく他の攻略対象者にも囲まれてすっかりお姫様状態だ。

もちろん、王太子以外の攻略対象者もお貴族様なわけで、留学生で隣国のクロード第三王子以外は全員しっかりと婚約者がいる。彼女たちが学園外にいるおかげで問題は表出していないが、やはり波紋は広がっていることだろう。

個人的には婚約者のいないクロード王子とエイミーがくっついてくれれば諸々と平和で良いのに、とは思うのだが。

さて、そんなエイミーだがどうも逆ハールートに入っているように見えるのだ。もちろん確信はまだない。

ただエイミーたちの様子を観察していると、エイミーとの距離が一番近いのは王太子のように見える。だがそれと同時に他の攻略対象との距離もかなり近いように見えるのだ。

そしてこの時期にクロード王子とこれだけ親密なのはクロードルートと逆ハールートしかない。

更にクロードルートの場合は騎士団長の息子のレオナルドとのフラグが既に折れており、レオナルドはエイミーとは少し距離を置いているはずだ。

もし逆ハールートだとするならば、王太子ルートとほぼ同じ流れになるので、読みやすいという利点はある。

だが、目の前でこんなものを見せられるのは正直良い気分ではない。

そんなことはさておき、俺は終業式に参加するために講堂へと向かった。すると講堂の壁に人だかりができている。

どうやら期末試験のテスト結果が貼り出されているようだ。

1位　アレン（500）
2位　アナスタシア・クライネル・フォン・ラムズレット（497）
3位　エイミー・フォン・ブレイエス（479）
4位　マルクス・フォン・パインツ（458）
5位　クロード・ジャスティネ・ドゥ・ウェスタデール（438）
6位　マーガレット・フォン・アルトムント（423）

⋮

12位　オスカー・フォン・ウィムレット（413）
13位　ハイデマリー・アスムス（412）
14位　カールハインツ・バルティーユ・フォン・セントラーレン（411）

⋮

28位　ヴァンダレン・フォン・ゼーベン（386）
29位　イザベラ・フォン・リュインベルグ（385）

⋮

38位　グレン・ワイトバーグ（375）
39位　レオナルド・フォン・ジュークス（321）

お、よかった。どうやらちゃんと満点を取れていたらしい。

一応断っておくと、試験の内容は想像しているよりもかなり易しい。それこそ日本の中学生の方がよほど高度な内容を勉強しているのではないか、というレベルなので満点を取って当たり前ではあるのだ。

ただ、それでも俺はテスト勉強や宿題をするのはもちろんのこと、予習復習だってきっちりとやっている。

なにしろ俺は平民だ。成績不振の場合は退学処分になる可能性だってあるのだし、飛び級での卒業をして特待生として入っていながらいきなり成績を落としたのでは後輩たちにも先生方にも迷惑をかけてしまう可能性がある。

だから、できる限り良い成績を取っておきたいのだ。

ちなみに、夏休み後のクラス分けはこの成績に魔法と剣術の成績、夏休みの自由研究の成果、そして身分を総合的に判断して決定されるそうだ。

はぁ、身分ね。全く。

そういえば、騎士団長の息子の成績がぶっちぎりの最下位なんだがこれは大丈夫なのか？

確か、ゲームでも成績が思わしくないという描写はあったはずだし、エイミーが親身になって勉強を教えて好感度が上がるというイベントもあったはずなのだが、一体どうなっているんだろうか？

もしかして三位のエイミーに親身に教えてもらったおかげでこの成績で踏み留まっているとか

……いや、さすがにそんなことは？

さて、話が脱線してしまったので元に戻そう。

俺の場合、身分はないがテストは満点だし、魔法の試験は宮廷魔術師長の息子よりも少し下くらいになるように調整している。剣術は加護やスキルを持っている相手には到底敵《かな》わないが、それでもおそらく及第点は貰えていると思う。多分、真ん中より少し上といった感じだろうか。

なので学園の先生方の俺の評価は、平民にしては中々の風魔法使いといった感じになっているのではないかと思う。

と、まあそんなわけでこの結果なら俺が退学になることはないだろう。

俺は踵《きびす》を返して講堂の中へと入った。しばらく待っていると退屈な終業式が始まり、お偉いさんの長話を聞いてクラスへと戻るとホームルームが始まる。

それから一人一人の名前を呼ばれて答案が返却された。

「アレン君、君は一人だけ満点でした。我が国の学校制度が始まって以来の天才と聞いていましたが、その才能をいかんなく発揮してくれましたね。皆さん、アレン君に拍手を送ってください」

俺が呼ばれて教室の前に出ると先生がそんなことを言ってくれた。嬉しいは嬉しいのだがそんなに目立ちたくなかったので少し困るという気持ちも無いわけではない。

それに、どうせお貴族様は平民に拍手などしないだろう。

そう思っていたが、一人だけ拍手を送ってくれている人がいる。

なんと一位を掻《か》っ攫《さら》われた形のはずのアナスタシアだ。

そしてそれに釣られるように取り巻き令嬢や比較的アナスタシアと関係が近いと思われるご令息ご令嬢たちが俺に拍手を送ってくれる。

拍手をくれたアナスタシアと他の皆に深く一礼すると俺は席に戻った。

全員分の答案が返却されると夏休みの自由研究の内容が説明されたが、何をやっても良く、評価基準もないそうだ。

ああ、なるほど。つまりそういうことか。

ここは身分制のしっかりある学園で、クラス分けの評価基準にこの自由研究は使われる。そして偉いお貴族様を下のクラスに入れておくわけにはいかない。

はぁ。全く。

とはいえ、俺には関係ない。エルフの伝承を聞いてレポートにまとめるか、オークの迷宮を発見したことにするか、そんな感じの業績を挙げれば問題ないだろう。

夏休みの間にエイミーと攻略対象の遺跡探索イベントはあるが、俺が介入できる要素は特にないはずだ。

それにそもそも俺がやるべきことは、アナスタシアが怒っていわゆる乙女ゲームのテンプレイベントを起こしてしまうことを止めることだけだ。

そうすればエイミーへのいじめを止めていたアナスタシアは完全に無罪になるはずで、断罪する根拠は全て失われる。

いくらなんでも無実の公爵令嬢を一方的に断罪するようなことはできないはずだと信じたい。

身分と権力が物を言うこの国でそれがどこまで有効かはわからないが、やれるだけのことはやっておこうと思う。

そんなことを考えているうちにホームルームが終わったので寮に戻ろうと席を立つと、なんとアナスタシアが俺に声を掛けてきた。

「おい、アレンといったな」

俺は慌てて右手を左胸に当て左手を腰の後ろへと回しては跪き、臣下の礼を取る。

とても公爵令嬢とは思えない口調だが、ゲームでも身分が下の者に話す時アナスタシアはいつもこの口調で話していた。最初は驚いて、いかにも悪役令嬢っぽい高慢なキャラに違いないと先入観を持たされたものだと懐かしく思う。

だが俺はそんなことはおくびにも出さずに下の者として分をわきまえた態度でへりくだる。

「はい。アナスタシア様に名前を覚えて頂き光栄でございます」

「いい。ここは学園だ。そこまでの礼を取る必要はない。立て」

「はっ」

俺は許しを得て立ち上がる。

「お前は冒険者の資格を持っているそうだな？」

「はい。Ｃランクの冒険者です」

「では迷宮に立ち入ったことはあるか？」

「ゴブリン迷宮であれば踏破しております」

「なるほど。わかった。追って使いの者をやろう。呼び止めて悪かったな」

「いえ。かしこまりました」

アナスタシアはそれだけ言うと取り巻き令嬢と共に踵《きびす》を返して歩いていった。

使いの者が来る？

という事は俺、もしかして目をつけられたのか？

◇◆◇

学園での置き物生活も一段落したので風の山の迷宮を周回して金を稼ごうと思っていたのだが、何やら想定外の事態になった。

夏休みの三日目、俺は例の鑑定のスクロールを手に入れた遺跡のある北東の森の入口にやってきている。

同行者はアナスタシア、王太子とその他の攻略対象者たち、そしてエイミーだ。

「殿下、そして皆様、本日はどうぞよろしくお願いいたします」

俺は跪いて臣下の礼を取る。

「ああ」

王太子はそうぶっきらぼうに言った。どうやら俺には全く興味がないらしくエイミーに熱い視線を向けており、そんな王太子をアナスタシアは冷たい目で見ている。

さて、何故このメンバーでこんな場所に来ているのかというと、アナスタシアにお願いされて王太子たちの自由研究の手伝いをすることになったからだ。

ただ、お願いといえども公爵令嬢のお願いは平民である俺には実質的に命令だ。そのため、断るという選択肢は俺にはない。ここで楯突《たて》いたところで学園から追い出されるというオチになるのは目に見えている。

まあ一応、俺も連名で提出させて貰えるそうなのでありがたいと言えばありがたい。だが、レポートの原稿執筆から校正まで全て下々の者である俺がやることになるのは目に見えているので複雑な気分ではある。

色々と愚痴を言ってしまったが要するにこれはゲームでヒロインのエイミーが鑑定のスクロールを手に入れるイベントだ。

それによくよく思い出してみると、ゲームでも王太子ルートと逆ハールートで王太子がメンバーに入っている時はアナスタシアが一緒についてきていた。そして安全のためと言って外部の冒険者を雇って道案内をさせていたのだ。

しかしどうやら俺という異物が学園に混入しているせいでイベントに少し変化が生じたらしい。

おそらく、アナスタシアは外部の知らない冒険者を雇うよりもクラスにいる便利な冒険者を無料で使う方が諸々とコスパが良いと考えたのだろう。

一方で、ここに攻略対象が全員揃っているという事はやはりエイミーは逆ハールートに向かって進んでいるということで間違いないだろう。

はっきり言って逆ハールートはかなり攻略難易度が高い。あちこちに顔を出して回って徹底的にフラグを立てまくらないといけないのだが、どうやらエイミーは上手くやっているらしい。

俺としては自分の好きな女の子が自分の男友達と次々に仲良くなっていくのは精神的にかなりキツイんじゃないかと思うのだが、ここの皆さんはどうやらそうでもないらしい。

ただ、エイミーはクラスの女子たちには相当に嫌われているようで、徐々にいじめがエスカレートしつつあるようだ。

ま、アナスタシアはそこに加担していないようだし、俺には関係のない話だがな。

「さて、皆様ご準備はよろしいでしょうか？　よろしければ遺跡までご案内いたします」

「ああ。問題ない」

「それでは出発いたします。道中はホーンラビットという角の生えた兎の魔物が生息しています。油断をすると角で刺されて怪我をする場合がありますのでどうかご注意ください」

「ハッ。誰に言っているんだ。オレがホーンラビットごときにやられるわけねぇだろ？」

クロード王子が俺を小馬鹿にしたような感じでそう言った。

「俺も将来は騎士団長になる者としてしっかりと修行をしてきている」

「ホーンラビットごとき、僕が弓で仕留めてあげるよ」

「ふ。ホーンラビットなど私がバーベキューにしてやりますよ」

「おい、お前がホーンラビットを焼いたら炭しか残らないだろう」

他の人たちも口々に俺の言葉に反発する。順にレオナルド、オスカー、マルクス、そして最後に突っ込みを入れたのがカールハインツ王太子だ。

　ちなみにホーンラビットをきちんと血抜きをせずに丸焼きにしても臭くて食えたものではないと思うのだが敢えてツッコミは入れないことにした。

「あ、あのぉ。きっとアレンさんもぉ、心配してそう言ってくれたんですよぉ」

　エイミーが妙に甘ったるい声で攻略対象者たちを窘《たしな》める。

「ああ、そうだな。エイミーは平民にも気遣いができるとはさすがだな」

「さすがはオレのエイミーだ」

「おい、エイミーはクロードのものではないぞ？」

「そうだよ。僕のものだよ？」

「いいや、私のものです」

「そ、そんなぁ……あたし……」

　目の前で何とも吐き気のするやり取りが繰り広げられている。ちらりとアナスタシアを見遣ると、アナスタシアは凍り付いた表情でそのやり取りを眺めていた。

　アナスタシアは俺の視線に気付いたのか、少し困ったような表情を浮かべると再び凍り付いた表情で冷たく六人に言い放った。

「殿下、あまり遅くなりますと陛下がご心配なさいます。出発しましょう」

　やり取りに水を差されたことに腹を立てたのか少しむっとした表情を浮かべた王太子は小さく舌打ちした。

「わかった。出発しよう。ほら、行け」

もはや呆れて物も言えないが、こんなのでも王太子なのだ。無礼はできない。

俺は無表情で「はい」と小さく返事をすると遺跡へと案内を開始したのだった。

◇◆◇

「この遺跡にはアカリゴケというコケが生えていまして、内部をそこそこの明るさで照らしてくれています。ですのでこの遺跡では松明やランタンなどといった明かりは必要ありませんが、他の迷宮ではそうはいきませんのでご注意ください」

遺跡に着いた俺はゲーム内で王太子たちを案内した冒険者の台詞をそのまま喋る。やはりコントロール不能な事態を避けるためにもなるべくゲームの通りに進めるべきだろう。

そんな俺の台詞を聞いたエイミーが何かをブツブツと呟きながら俺を見ている。それに気付いた俺は思わず聞き返してしまった。

「エイミー様？　どうかなさいましたか？」

「え？　あ、ええっとぉ、やっぱり冒険者の人は物知りなんだなぁって」

「？　そうでしょうか？　ありがとうございます。何か気になることがありましたら遠慮なくお声がけください」

妙に甘ったるい声で放たれたその台詞に俺は小さな違和感を覚える。だがその違和感が何なのかはわからないままに俺は遺跡の奥へと進んでいく。

「うわぁー、すごいですね。壁がこんなに光るなんて。キレイ……」

「そうだな。だが、エイミーの方が美しいぞ？」

エイミーが大げさに感動し、それを受けて王太子がエイミーを褒める。完全にゲームの中でのやり取りと同じだ。

そんな二人をアナスタシアが冷たい目で見ている。

やがて壁に突き当たるとエイミーがフラフラと左に進もうとしたので俺は慌てて呼び止める。

「エイミー様、そちらは小部屋があるだけで何もありません」

「え？　そうなんですかぁ？」

エイミーが甘ったるい声で俺にそう聞き返してくる。

「エイミーが見てみたいと言うのだ。少しくらいは良いだろう」

「かしこまりました」

そんなエイミーを王太子がやはり庇うので、俺は渋々左の小部屋へと足を踏み入れる。そして俺に続いて中に入ってきたエイミーはそのまま小部屋の右奥の隅へと吸い寄せられるかのように歩いていった。

なるほど。そういうことか。

「アレンの言う通り、何も無い部屋だな」

アナスタシアがポロリとそう感想を漏らした。そこで、エイミーの行動に思い当たる節のあった俺はアナスタシアの独り言に乗っかってジャブを打つ。

「はい。この遺跡は今からおよそ七年前にゴブリンどもが巣を作っていたそうです。その時俺はまだ子供だったので討伐には参加できませんでしたが、冒険者ギルドの先輩方の話によりますとこの部屋にはゴブリンどもの集めた宝が保管されていたそうです。ただ、討伐の際に冒険者たちが全て持ち帰りましたので今は何も残っておりません」

もちろん、俺がこっそり鑑定のスクロールを盗み出したことも銀貨を拾ったことも伏せておく。

「なるほど。そんなことがあったのか」

俺の説明にアナスタシアは感心したように頷いた。その表情は先ほどのように凍り付いたものではなく、年相応の少女らしいものがちらりと顔を覗かせている。

そんな俺たちの会話を聞いていたエイミーは反対側の隅に移動して地面を確認し、そして小声で何かを呟いた。

あの行動はやはり思い当たる節があるということなのだろう。

「ん？　エイミー、どうした？」

「え？　あ、えっとぉ、何でもありません」

エイミーの不審な行動に王太子が心配そうに声をかけるとエイミーは慌てたように取り繕《つくろ》った。

もちろんまだ確証が得られたわけではないが、エイミーは俺と同じようにこの世界の事を、つまりあの乙女ゲームの事を知っているのではないだろうか？

この小部屋に入りたがる点、部屋の右奥に吸い込まれるように歩いていった点、そしてその反対側の隅を調べた点などを考えると、鑑定のスクロールが欲しくて、かつゲームモードが何なのかを確認したように見えるのだ。

　ただ、鑑定のスクロールはイージー、ノーマル、ハードのいずれのゲームモードでも落ちていたはずだし、それ以外のゲームモードは存在していないはずだ。

　これをエイミーはどう考えたのだろうか？

「おい、先へ進むぞ。案内しろ」

「はい」

　俺は王太子にそう命令されて思考を中断すると、遺跡の案内を再開する。

　そして一通り案内し、薬草の採取やブルースライムの観察を行い、最深部の昔この遺跡が迷宮だった頃に迷宮核があったとされている場所へとやってきた。

「ここはかつて迷宮だった時に迷宮核があったと言われている場所です。ですが、いつから迷宮では無くなったのか、そして何故迷宮では無くなったのかはわかっておりませんし、本当にここが迷宮だったのかすらもわかっていません」

　俺がそう説明するとアナスタシアが興味深く壁を調べて回っている。一方のエイミーはもう興味がないのか、退屈そうに自分の髪の毛を弄っている。

「チッ、やはりこんなところじゃ大した魔物は出なかったな」

「クロード殿下、私たちはエイミーを連れているのですよ？　危険が少なかったことを喜ぶべきではありませんか？」

「いや、マルクス。俺がいるのだからエイミーに危険が及ぶことなどあり得ない」

「レオ、大切な女性を守る最善の策は危険に近づかないことですよ？」

「あれ？　マルクスはエイミーを危険から守る自信がないのかな？　僕ならもっとスマートに守れるけどね？」

こいつらは一体何をしにここにきたのやら。いくらエイミーに攻略されているからって将来の重鎮がこのザマとは、この国の将来は危ういんじゃないだろうか？

こうして自由研究のための遺跡調査、という名目の逆ハー遺跡探検デートのお守《も》りは俺に多大なる精神的ダメージを与えて終了したのだった。

あれ？　でもゲームだとアナスタシアが王太子の隣に陣取るエイミーにぶちぶちと嫌みを言っていたはずだけど、何も無かったような？

◇◆◇

長いようで短い夏休みがあっという間に終わってしまった。あの後俺はレポート作りに東奔西走したおかげでものすごい時間を取られてしまい、結局エルフの里にも風の山の迷宮にも行くことができなかった。

というのも、アナスタシアの情熱が半端なかったのだ。

ええと、そうだな。どこから話そうか。やはりまずは調査を終えた翌日からだろうな。

調査を終えた翌日、俺はアナスタシアに呼び出されて校門の前に行き、そのままラムズレット家の家紋の入った豪華な馬車に乗り込んだ。

「よく来てくれたな。それと昨日は案内をしてくれてありがとう。助かったよ」

「いえ」

「さて、レポート作りの件なのだがな」

「はい」

「まずは迷宮の専門家、歴史の専門家、そして最後にあの遺跡を研究している専門家にアポを取っておいた。これから話を聞いて回るぞ」

「え？　自由研究でそこまでするんですか？」

俺は思わず聞き返してしまった。だって、これは要するに中学や高校の夏休みの自由研究なわけで、そのレポートを書くために大学教授のところへ取材に行くみたいなものだ。

さすがにやりすぎではないか？

ついそう思ってしまったのだが、アナスタシアにとってはそうではなかったらしい。

「そうか、アレンは平民だからこういったことには疎《うと》いんだったな。いいか。このレポートは王太子殿下、クロード王子、そして将来を嘱望《しょくぼう》される我が国の上位貴族の嫡男のレポートとなるのだ」

うーん、将来を嘱望されているのは単に親の七光りであって実力とは思えないんだがなぁ。

「中途半端な内容や間違った内容を提出してはいつ何時足元をすくわれるかわかったものではない」

「はぁ」

「だから、きちんと専門家の意見を聞き、しっかりと理解し、それを踏まえてレポートにまとめ上げるべきだ」

「わ、わかりました」

どうやって学園のレポートぐらいで足元をすくわれるのかはよくわからないが、多分恥をかかされるとかそういった話なのだろう。

正直王太子も攻略対象者たちもどうでもいいが、アナスタシアのこの真摯な想いにはグッとくるものがある。

それならやれるところまでしっかりやろうではないか！

これでも前世では某有名国立大学の大学院を卒業した身だ。しっかりとやり遂げてやる。

というわけで、まんまとアナスタシアに乗せられた俺は各方面の専門家の先生方の話を聞いて回ることとなった。

そうして各専門家の先生のレクチャーを受け、王宮図書館にもこもって文献調査をした。さらにその内容をアナスタシアと二人で議論してまとめ、それをきちんとした学術論文の形式でまとめ上げた。そして専門家の先生に指導を依頼してフィードバックをもらい、最終的なレポートとして仕上げたのだ。

ちなみに、腹立たしいことに王太子たちは誰一人としてこのレポート作成の作業を手伝わなかった。集まる日を決めて何度も招待状を出すのだが、毎回王太子の名前で全員分の欠席の返事がまとめて届くのだ。

　こうなるといかに公爵令嬢といえども強制することはできない。

　そうして出来上がったレポートを俺たちは夏休みの終わる前日に王太子たちに見せることとなった。ちなみに主筆は王太子ということになっている。

　まあ、身分があるのでそこは仕方ないだろう。

　だが、俺たちがこれだけやったにもかかわらず王太子の言葉は随分と心無いものだった。

「長い。俺がすぐにわかるように三分で説明しろ。俺は忙しい」

　ああ、うん。お前が俺の上司ならわかるよ。論文を一編読めって言っているようなものなんだから。

　でもさ。お前、俺と同じ立場の学生だよね？　この年齢からこんなこと言ってて大丈夫か？

　そう言って怒鳴り散らしたくなったが、ここでそんなことを言っては不敬罪で牢屋に放り込まれてしまうだろう。

　俺は怒りをぐっと堪えると、なるべくわかりやすいように説明した。

　要点を説明し終えると、王太子は「ご苦労」と言い残してそのまま立ち去ってしまった。

　その後ろ姿を怒鳴りつけなかった俺はすごく偉いと思う。

「殿下はああいう方だ。悪いが我慢してくれ」

　アナスタシアが諦めたような表情でそう言ったのが妙に印象的だった。

　その表情にはゲームで見たような王太子への愛情や執着は微塵も感じられない。ただ単に政略結婚の駒として、その運命を諦めて受け入れた少女。俺にはそう見えた。

こうして出来上がったレポートは当然高い評価を受けることになった。さすが王太子殿下、さすがクロード王子、といった具合だ。一応アナスタシアも賞賛の対象にはなっているが俺は金魚の糞扱いだ。

どういう風に噂が回ったのかはよくわからないが、王太子の尻馬に乗って名前だけ入れてもらったクズという扱いをされている。

そんな状態でも俺は反論の機会すら与えられない。何故なら俺は平民で相手はお貴族様だから。

この学園、一体何のためにあるのか疑問に思えてきた。少なくとも人間形成とか、そういった教育機関らしいことが一切その理念に入っていない事だけは確かだろう。

一応アナスタシアだけは俺が主役として議論に参加したと言ってくれているのだが、王太子に取り入ろうとする連中の声の方が遥かに大きいのが現状だ。

まあ、でもそんな生活もあと少しだ。このまま冬まで我慢して決闘で王太子たちをボコボコにしてやれば俺は退学になるだろう。

そのまま処刑される可能性がかなり高いことは理解している。だが、アナスタシアとはそれなりにいい関係を築けているとは思うので、最悪の場合でも俺と母さんを逃がすくらいはしてもらえるんじゃないだろうか。

そう自分を納得させて、俺はこのクソみたいな学園生活を耐える決意を新たにしたのだった。

第十九話　町人Aは悪役令嬢を止める

秋になった。秋といえば文化祭のシーズンだ。こんな世界に何故文化祭があるのか不思議に思うかもしれないが、そこは日本の乙女ゲームだ。この学園にも文化祭というものがちゃんと存在する。ゲームではエイミーが攻略対象とキャッキャウフフしながら協力して展示を作るというイベントだった。今回は逆ハールートっぽいので攻略対象全員とエイミーと悪役令嬢で何かの展示をすることになるのだろう。

ちなみにこの文化祭の出し物は常識の範囲内であれば何をやっても良いそうで、その内容や出来栄えは成績には一切関係ないらしいのだが、ただ一つだけ許されていないことがある。

それは、何もやらないということだ。

文化祭は華麗にスルーを決め込もうと思っていたのだが、残念ながら当てが外れてしまった。

そこでどうしようかと考えた結果、俺は一人で串焼きの屋台をやることにした。

自由研究でがっつりと精神を削られたので、お高く留まった他の生徒たちとはあまり関わり合いになりたくない。

また、この文化祭絡みで止めたいイベントは廊下で起きるので、エイミーたちのグループに内部から関わる必要性もない。

それにあんなことがあった後だ。アナスタシアもさすがに俺に何かを頼んでくることもないだろう。

そう考えた俺は屋台の届け出を済ませた。俺は冒険者だし、オークを一匹狩ってきて解体ショーでもやれば面白がられるのではないだろうか。

ちなみに、前世の感覚でいえばかなり残酷という事になりそうだが、俺たちからすればオークは二足歩行をすることもある豚で単なる食料に過ぎない。

王都でオークを見ることはまずないが豚や鶏は市場で生きたまま平然と売られており、その場で解体してもらうなんてこともしばしばだ。

そうだな。ある意味、マグロの解体ショーで喜ぶのと似たような感覚なのではないだろうか。

そんなことを考えていると、アナスタシアに声を掛けられた。

「おい、アレン」

「はい、なんでしょうか?」

「お前は文化祭の出し物は決まっているのか？　決まっていないならまた殿下を手伝わないか？」

うわ、マジか。あれ以来ほとんど話もしていなかったからもう頼まれないと思っていたのだが、これは意外だった。

「すみません。実はもうオーク肉の串焼きの屋台で申請を出してしまいました」

「……そうだったか。では期待しているよ。がんばってくれ」

「ありがとうございます」

俺はそう言って頭を下げるが、いつもは凍り付いているその表情が少しだけしょんぼりしているように見えて、何だか罪悪感が半端ない。

「あ、でもどうしてもってことでしたら」

「いや、大丈夫だ。せっかくだから食べに行かせてもらうよ」

「はい、ありがとうございます」

アナスタシアはそうして踵を返して去って行ったのだった。

……どうしようか？

元々の計画では廊下でのイベントさえ止めればあとは放置で良いはずだ。だがあのアナスタシアが見せた少しだけ寂しげな先ほどの表情は俺の中にちりちりと焦燥感にも似た何とも言えない感情を呼び起こし、俺の心はかき乱されていく。

そう、だな。よし。やはりエイミーも怪しいしな。できることは全てやっておいた方が良いだろう。

◇◆◇

今日は文化祭の三日前で、俺はアナスタシアのグループの作業部屋に潜入している。どうやら王太子たちはこの国の下町文化について展示をすることにしたようだ。要するに、エイミーが活躍できる場を作ったという事なのだろう。

ゲーム通りのグループで展示を制作している王太子たちだが、どう見てもアナスタシアが浮いている。エイミーと攻略対象者たちが全てを決めており、アナスタシアには発言権が与えられず小間使いをさせられているという構図になっている。

いくら政治的な理由であの場に居なくてはならないとはいえ、俺だったら精神を病むと思う。

そして最近、攻略対象者たちがいなくなってエイミーとアナスタシアが二人きりになると、エイミーはチクチクと嫌みを言うようになってきた。今だって、俺が【隠密】で気配を消して見ていることに気付かずにまた嫌みを言い始めた。

「アナスタシア様ぁ、まだいたんですかぁ？」

「……」

「そんな風に可愛げが無いからぁ、カール様にぃ、愛想をつかされちゃうんですよぉ？」

「……私たちの婚約はそういうものではない。国のためだ」

どうやら監視をしていて正解だったようだ。これはもしかすると想定外の場所でイベントが始まったのかもしれない。

「えぇー？　でもそんなのカール様がぁ、可哀想ですよぉ？　カール様もぉ、国民もぉ、きっとぉ、もっとぉ、可愛げのある王妃様がぁ、良いと思いますよぉ？」

それを聞いてこの部屋の空気がすっと冷えたのを感じる。空気が冷えたと言っても、雰囲気の話ではなく物理的に冷えたのだ。

その証拠にアナスタシアの周囲から冷気が漂っている。

「あれぇ？　どうしたんですかぁ？　ダメですよぉ。ほらぁ、未来の王妃様はぁ、笑顔ですよ、え、が、お」

そう言ってアナスタシアを煽るようにエイミーはニッコリと笑みを浮かべて小首を傾《かし》げた。両手は握りこまれ、人差し指だけを立ててその指先を左右の頬にそれぞれ当てている。

いわゆるほっぺに指のぶりっ子ポーズというやつだ。

そしてエイミーの顔は笑顔なのに明らかに目が笑っていないのが何とも空恐《そら》ろしい。

「エイミー、お前は私を侮辱しているのか？」

「やだぁー。アナスタシア様怖いですぅ」

これには傍《はた》から見ている俺もイラっと来た。怒鳴りつけないアナスタシアは偉いと思う。

しかしゲームでの会話はもっとお花畑全開だったはずで、こんな酷い会話じゃなかったはずだ。

さすがにこれは間違いないだろう。こいつはアナスタシアを怒らせて手を上げさせようとしているんだ！

スマホが無くて動画で撮影できないのが残念だが、俺はそのまま監視を続ける。

アナスタシアは大きくため息をつくと、恐らく何度目なのかわからないであろう説教を始める。

「礼節をわきまえろ。いかに同じ学園の生徒といえども身分の差というものがある」

しかし意に介することなくエイミーは反論する。

「そんなのはおかしいですよぉ。だってぇ、アナスタシア様もぉ、あたしもぉ、同じ人間なんです

よぉ。神様の前には皆平等なんですぅ」

「それは神の御前での話だ。私は礼節をわきまえろと言っているだけだ。大体お前はなんだ。婚約者のいる男たちにべたべたとすり寄って。周りに誤解をさせるようなことをするな！」

アナスタシアの堪忍袋の緒が切れつつあるのか、徐々に声を荒らげていく。

「そんなことありませんよぉ。あたしとカール様はぁ、お友達ですぅ。それにマルクスもぉ、レオもぉ、オスカーもぉ、クロードもぉ、みんな大切なお友達ですぅ。あたしのお友達を悪く言わないでくださいっ！」

「それがおかしいと言っているんだ。婚約者のいない男を選べ！」

「あたしたちの友情をぉ、部外者のアナスタシア様が邪魔しないでくださいっ！」

「なんだと!?」

もう一段空気が冷えたところで騒ぎを聞きつけた攻略対象者たちが駆けつけてきた。

「おい、アナスタシア。一体何をしている？　二人で準備していたんじゃないのか？　俺は喧嘩をしないように言ったはずだぞ？　お前は普段からあれこれと偉そうなことを言って来るくせにそんなこともできないのか？」

「殿下！　それはこの女が！」

「カール様ぁ。あたしは仲良くしたいんですけどぉ、アナスタシア様があたしのことを失礼だって」

「おい！」

エイミーの滅茶苦茶な説明にアナスタシアは声を荒らげるが、王太子がアナスタシアを一喝する。

「黙れ！　その減らず口を今すぐ閉じろ！　命令だ！」

「ぐっ」

「俺とお前の関係は外の話だ。学園にまで下らん関係を持ち込むな」

「かしこまり……ました……」

そうしてアナスタシアは表情を凍り付かせると淡々と作業を再開した。

◇◆◇

夕方になり攻略対象者たちはエイミーを連れて部屋から出ていった。アナスタシアは凍り付いた表情のまましばらく作業をしていたが、一区切りついたのか荷物をまとめて部屋を後にした。

俺はその後をこっそりとつける。

しばらく廊下を歩いていると、エイミーが壁を背にして立っていた。アナスタシアがその前を通りかかると挑発するようにニタリと笑みを浮かべ、そして言い放った。

「無様ね。婚約者を奪われた気分はどう？」

その言葉を聞いたアナスタシアは目を見開く。そして顔を真っ赤にして右手を振り上げた。

「ふえーくっしょん」

その瞬間、俺は【隠密】による隠蔽を解除し、思いっきりくしゃみをした。それに驚いたのか、アナスタシアは振り上げた右手を振り下ろすことなくそのままの姿勢で固まる。

「あ、あれ？　アナスタシア様？　それにエイミー様も？　あ、もしかしてお話し中でしたか？　し、失礼しました！」

俺はさも偶然その場に居合わせたといった体《てい》でそう言うと、どたどたと慌てた感じで走り去った。

もはやオスカーを取れるのではないだろうかと思うほどの完璧な演技でアナスタシアの行動を止めた俺は物陰に入って視界から外れ、再び【隠密】を発動するとこっそり舞い戻り監視を再開する。

「お前には何を言っても無駄なようだ。だが覚えておけ。殿下はこの国の未来の王だ。王族の、そして貴族の果たすべき役割を理解していないお前は殿下には相応しくない。殿下に近づくな」

アナスタシアは凍り付いた表情でそう言い放つとエイミーの頰を叩くこと無く立ち去ったのだった。

一方、その場に残されたエイミーは悔しそうにその後ろ姿を睨み付けている。

「どういうこと？　あのアレンとかいうモブ、エクストラモードにだって出てきてなかったはずよ？」

そう独り言を呟きながらエイミーもその場を立ち去った。そしてそのすぐ後に王太子たちがエイミーを追いかけて俺の前を通り過ぎて行ったのだった。

それにしても、エクストラモードとは何だろうか？　俺のプレイしていないモードがあったという事なのだろうか？

そんな情報はウィキにもなかったはずだが……。

いや、これは考えても仕方がないだろう。

そんなことよりもイベントを止められたという結果に満足すべきだろう。ここまでの展開はゲームのものと違っているが、これこそが俺の止めようとしていたイベントなのだ。

ゲームでは激昂したアナスタシアがエイミーの頬を平手で叩き、あまりの事に驚いたエイミーはしゃがみこんで泣き出す。そこに王太子とルートの攻略対象が現れてアナスタシアを一方的に非難し、そしてアナスタシアと王太子の関係が破綻するというものだ。

まあ、既に破綻しているように見えるがな。

俺は他人の姿が完全に見えなくなったところで隠蔽を解除すると、歩きながらこれまでの事を頭の中で整理していく。

やはり今回の事も踏まえれば確定と言って良いだろう。エイミーは俺と同類だ。

恐らく、あのゲームをやったことのある女がエイミーに転生し、逆ハールートを目指してゲーム感覚で攻略しているのではないだろうか？

なるほど。女としては確かにイケメンに囲まれるというのは夢のようなシチュエーションかもしれない。俺がもしギャルゲーの主人公に転生していたならハーレムルートを目指していたかもしれない。

だがな。

気に入らねぇ！

エイミーが攻略を進めた先に待っているのはこの王都の壊滅なのだ。

ここはゲームの世界なんかじゃなく、実際に母さんが、師匠が、冒険者の先輩方が、モニカさんが、それにお世話になった人たちが生きている現実だ。

「良いぜ。徹底的にやってやるよ」

俺はそう決意を新たにしたのだった。

Side. アナスタシア（一）

優秀な平民もいる、頭ではそう理解しているつもりだった。

だが、高等学園の入学日に入試の席次を見た時には随分と驚いたものだ。何しろ平民と元平民が二位と三位にいたのだから。

我が公爵家の者が調べたところ、二位の男の方はかなり貧しい地区の母子家庭に生まれ、幼い頃から相当な苦労をして育ったらしい。それでも史上最年少の飛び級で平民向けの学校を卒業し、さらには冒険者として荒事も経験しているようだ。

一方で三位の方はどうやらブレイエス男爵の落し胤《だね》で、それなりの援助が男爵家から行われていて人並みの生活は送っていたようだ。だが【癒し】の加護を持っていることがわかり、急遽《きゅうきょ》ブレイエス男爵家に母親ともども引き取られたという経緯らしい。

これらを総合的に考えると注意すべきは二位の男の方だろう。普通に考えれば貧しい家庭の出で冒険者をしている者がこの高等学園に入学しようなどと考えるはずがないし、そもそも金銭面からもできるはずもない。

我が公爵家や王家が手配したのならば私に話が通されるはずだがそれもない。という事は、どこかの敵対派閥か外国などの良からぬ組織の支援を受けている可能性もあるだろう。

この高等学園には殿下をはじめとして隣国の王子や多くの貴族家の子弟が通う。そこで万が一のことが起きてはならない。

殿下が余計な面倒ごとに巻き込まれないよう、この男には細心の注意を払っておく必要があるだろう。

私は入学式の行われる講堂に友人たちと入場すると、後ろの隅の席に座るその要注意人物をちらりと確認する。こざっぱりとしてはいるが茶髪に茶色の目、どこにでもいる普通の平民だ。

本当にこの男がそれほど優秀なのか？

疑問を持ちつつも私は視線に気付かれる前に着席することにした。

◇◆◇

危険なのは二位の男ではなく三位の女の方だった！　お互いに愛のない割り切った政略結婚とは言え、王太子殿下は私の婚約者だ！

それをベタベタと！

いくら学園の中とは言え、物事には限度というものがある。まだ殿下に話しかける許可すら得ていないのに自分から声を掛け、二言目には甘えた声で「カール様ぁ」などと言うとは。

あの女は売春婦か何かか！

だが殿下はそれをお許しになり、諫めようとする私の言葉には耳を傾けてさえ下さらない。

このまま殿下があのような女に誑《たぶら》かされ、骨抜きにされてしまっては国が乱れてしまうだろう。

そうなった時、そのしわ寄せはやがて民へと向かってしまうのだ。

貴族として民の税金で恵まれた生活をしているのだから、私にはそれに対する責任がある。ここはやはり我慢強く、殿下に諫言《かんげん》し続けるしかないだろう。

大丈夫、殿下だって愚か者ではない。きっとわかってくれる。

最初はそう思っていた。だが私の思いとは裏腹に事態は悪い方へ悪い方へと転がっていってしまう。

最初の事件は入学式からおよそ一週間後に行われた最初の魔法演習の授業で起こった。

先生の指名に応じて殿下、そして私がデモンストレーションとして魔法を披露した。しかし、私がつい的を壊してしまったのが殿下の癇《かん》に障ってしまったらしい。

殿下は火球、私は氷の矢という違いがあるのだ。物理的な打撃力のある氷の矢の方があいった的を破壊するには向いているのだから、上手く加減ができずに破壊してしまったのは私の落ち度だろう。

だが顔を潰されたとお怒りの殿下はまだ制御に慣れていない魔法を使おうとなさり、案の定それは暴走してしまった。幸いなことにすぐに鎮火できたため、殿下は多少の火傷を負っただけで命に別条は無く、火事にもならずにすんだのがなんとここでもあの女がしゃしゃり出てきた。

【癒し】の加護を受けているとは到底思えないほどの低レベルな治癒魔法ではあったが、かなり長い時間を掛けてあの女はなんとか殿下の治癒を完了させた。

しかしこれまで大けがなどしたことが無く、治癒魔法を掛けてもらった経験もない殿下はすっかり驚いてしまい、あの女への信頼が随分と厚くなってしまったようだ。

このままではいけない。しかし焦れば焦るほど物事は悪い方向へと転がっていくのだった。

◇◆◇

その後、案の定ではあるがあの女への嫌がらせが始まった。

私の友人が勝手に忖度して嫌がらせに加担しようとしていたのはやめさせたが、それでも嫌がらせは止まらない。

クラスの雰囲気は最悪の状態となり、それを何とかしようと手を回すがどれも空振りに終わり、徒労感ばかりが蓄積していく。

一体何故私がこんな苦労をしなければいけないのか？

そんな事を考える日々が続き、この頃になるともう私の頭から彼の事は完全に消え去っていた。

そんな私が次に彼を思い出したのは期末試験の結果を見てからだ。

なんと、この私が一位を逃してしまったのだ。ケアレスミスで選択肢を一つ間違えてしまったことが原因だ。

はっきり言ってプライドが大きく傷ついたが、それと同時に私は深く反省した。

勉強をするためにこの高等学園に入学したというのに、それを疎かにしてまで殿下とあの女の事を何とかしようとあれこれ構っていたからこうなったのだ。

そして誰とも話をすることすらできず、こんな最悪の雰囲気のクラスでもこの平民の天才は黙々と努力を積み重ね、この私から見事に一位の座を奪い取って見せたのだ。

それに比べて私はなんと愚かだったことか！

そうして心から反省した私は、彼が教師にクラスメイトの前で表彰された時も素直に拍手を送ることができた。

そう、色々と難しく考えていたことがとてもシンプルな話に思えてきたのだ。

まずは勉強に集中する。それで良いではないか。

元々殿下とは愛のない政略結婚だ。一方で王族と男爵家の庶子では身分差を考えると結婚はそもそも不可能だろう。ならば殿下の火遊びは放っておけばよい。最初から心を砕く必要すら無かったのだ。

そうしてすっきりした私は夏休みの自由研究について考える。さすがに私が殿下と共同で行わないというのは色々と問題があるので、殿下の行きたがっていた遺跡に行くのが良いだろう。

とすると、冒険者のガイドがいる。

そうだ、我がクラスにはちょうどいい人材がいるではないか。

そう思い至った私はアレンに声をかけたのだった。

◇◆◇

結果を考えれば、アレンを誘ったのは正解だった。あの女が殿下だけでなく他にも四人の男性にすり寄っているという異常な状況を外部の人間に見られずに済んだのだし、それに彼の案内は堂に入《い》っており安全にも配慮した素晴らしいものだった。

特に七年前にゴブリンの巣になっていたという話は初耳だった。当時は私も幼かったのだし、そもそも領地で暮らしていたのだからそんな事件があった事を知らないのは当然なのかもしれない。だが、何より驚いたのは彼がその頃から冒険者ギルドに出入りして仕事をしていたような口ぶりで話していた事だ。八歳の頃からとは、きっと私が想像しているよりも遥かに多くの苦労を重ねてきたのだろう。そんな彼の境遇を考えると、いかに自分が恵まれているのかという事を改めて痛感させられる出来事だった。

道中、あの女は突然予定にない道を歩きたいと言い出したり、殿下に迫っておきながら殿下以外の男性とベタベタしていたりと眉を顰《ひそ》めたくなるような奇行を繰り返していた。

だが、アレンのおかげですっかり腹を括れたからか、強い感情に突き動かされることは一切無かった。

道案内もさることながら、王都に戻った後はもっと素晴らしかった。

天才というのは正《まさ》しくアレンのためにある言葉に違いない！

基礎知識は不足していたが一度教えればまるでスポンジのように吸収していく。そうしてあっという間に専門家の先生方との議論にも耐えられるだけの知識を身につけた彼は、複雑な論点をわかりやすく、そして的確にまとめていった。更に極めつきは論文など書いたことすらないはずの彼がどういうわけかすらすらと論文を書き上げていった事だ。これはつまり、渡された論文を読んでどうすべきかを学習した結果なのだろう。

あまりの天才ぶりに鳥肌が立った。それと同時に彼と議論できることに喜びを感じている自分がいる。

彼と比べてしまうと殿下はあまりにも子供じみている。正直に言えば殿下など取るに足らない存在だと感じてしまったのだが、それを口に出す事は許されない。

こうして彼が主体となってまとめ上げた論文形式のレポートは殿下の功績として高く評価された。

だが主役であるはずのアレンは殿下の尻馬に乗っただけ、などという誹謗中傷を受けてしまう。

さすがにこのような仕打ちは我慢ならない。

私は断固として抗議した。

少なくとも先生方だけにはその内情を理解してもらえたのではないかと思うのだが……。

◇◆◇

それから私はアレンの事が少し気になるようになってきた。

相変わらず彼は誰とも喋ることができない。なんとかしてあげたいとは思うものの、殿下の婚約者である私も婚約者のいる私の友人たちもおいそれと彼に声を掛けるわけにはいかない。

かと言って、派閥外の人間に頼むわけにもいかないだろう。

そうして手をこまねいているうちに文化祭という丁度いいイベントがやってきた。このイベントであれば誘っても問題ないだろう。そう思った私は再びアレンを勧誘した。

「おい、アレン」

「はい、なんでしょうか？」

「お前は文化祭の出し物は決まっているのか？　決まっていないならまた殿下を手伝わないか？」

そう切り出した私に彼は申し訳なさそうな顔をして答えた。

「すみません。実はもうオーク肉の串焼きの屋台で申請を出してしまいました」

「……そうだったか。では期待しているよ。がんばってくれ」

「ありがとうございます」

そうは言ったが正直残念だ。あの天才ぶりをもう一度間近で見てみたかったのだが。

「あ、でもどうしてもってことでしたら」

なんということだ。どうやら顔に出てしまったらしい。

貴族令嬢として表情を読まれてしまうなど論外だが、よく考えてみればレポートの時も手柄を全て殿下に横取りされた形になっているのだ。そもそも誘うのは失礼だったかもしれない。

そう考えた私はその申し出を断った。

「いや、大丈夫だ。せっかくだから食べに行かせてもらうよ」

「はい、ありがとうございます」

オークといえば私の友人であるマーガレットの故郷アルトムントの名産品だが、この王都では滅多に手に入らない高級品だ。

一体どうするつもりなのだろうか？

私はアレンにますます興味を持った。

◇◆◇

その後、私は殿下の決めたテーマで殿下に言われたことを手伝うことになった。テーマは『下町文化と生活、そして王国の支援制度について』だ。要するに、あの女の過去の生活を最底辺と決めつけ、それに対する王国の支援制度を紹介するものだ。

下らない。

そういう話であれば実際に貧民街を見に行くべきだし、クラスにそこの出身者がいるのだから彼の話を聞いて協力を依頼すべきだと提案したが、その意見は聞き入れられなかった。

私は諦め、図書館で調べればわかる支援制度の歴史と内容についてまとめることにした。

それからは、事あるごとにあの女が私を挑発するように絡んでくることになった。

正直、一体何がしたいのかさっぱり理解ができない。

しかし真っ当な苦言を呈しても殿下たちはあの女を庇い、私を叱りつけてくる有り様だ。

もはやどうにもならないだろう。

一体何故、我が国の王太子殿下はここまでの愚か者になり下がってしまったのだろうか？

私はやるせない気持ちで展示の準備を続け、一段落したところで寮へと戻ることにした。

そうして廊下を歩いていると、あの女が壁を背にして立っている。私が無視して通り過ぎようとすると、あの女は挑発するような笑みを浮かべて言い放った。

「無様ね。婚約者を奪われた気分はどう？」

その言葉を聞いた瞬間、私の頭は真っ白になった。

お前が殿下をおかしくしたんだろうが！

そう思った瞬間、我慢していたものが一気に噴出し、気付けば私は右手を振り上げていた。

「ふぇーくっしょん」

しかしその瞬間、あまりにもわざとらしいくしゃみの音が聞こえてきた。そのおかげで我に返った私は右手を振り下ろさずに済んだ。

「あ、あれ？　アナスタシア様？」

驚いたことに、なんとそのくしゃみの主はアレンだったのだ！

「それにエイミー様も？　あ、もしかしてお話し中でしたか？　し、失礼しました！」

彼はいかにも気付いていなかった風を装ってわざとらしく謝罪すると、これまたわざとらしく走り去っていった。

これは……私は、助けられた……のか？

アレンのおかげで冷静さを取り戻した私は無駄と知りつつもあの女に警告する。

「お前には何を言っても無駄なようだ。だが覚えておけ。殿下はこの国の未来の王だ。王族の、そして貴族の果たすべき役割を理解していないお前は殿下には相応しくない。殿下に近づくな」

そして私はそのまま寮に向かって歩き出す。私は、背中にあの女の視線が痛いほど突き刺さっているのを感じたのだった。

Side．エイミー（一）

あたしはエイミー、この世界のヒロインよ。

下町で貧乏暮らしをしていたけど、馬車に頭をぶつけた時に突然記憶が戻ってきたの。

それで気付いたのよ。この世界はあたしの大好きだった乙女ゲーム「マジカル☆ファンタジー～恋のドキドキ♡スクールライフ～」の舞台で、あたしはそのヒロインだって。

あたし、前世は高校生になったばかりだったんだけど、信号無視の車に撥《は》ねられちゃってね。それで頭をぶつけて死んじゃったんだと思うのよ。

前世ではね。あたしの人生はお世辞にも良いものじゃなかったわ。一回クラスのリーダー格の子に口答えしたらクラスの女子たち全員にいじめられたし。それに男子はデブスとかゴリラとか平気で言ってくるし。

そんなわけで当然のように友達ゼロ。あたしはちっとも悪くないのに！

ただ、そのせいで暇さえあればこの乙女ゲームをやっていたの。

だって、このゲームの中の男性はクラスのお猿さんたちと違ってちゃんとあたしを見てくれるもん。

そう、だからきっと神様がそんな可哀想なあたしに、第二の人生としてヒロインの人生を用意してくれたんだわ。

それにしても本当、ご褒美よね。

あたしの推しはカール様だけど、他のイケメンたちも逆ハールートさえ選べばみんなあたしを愛してくれるのよ？　逆ハールートはカール様ルートがメインだし、選択肢は全部暗記してるから間違えたりなんかしないわ。

課金はできなかったけど、その分時間をかけて攻略したんだもん。

しかもルートをクリアしたらあたしは光の精霊に祝福された慈愛の聖女様よ？

これであたしもイケメンに囲まれてお城でドレス着て贅沢して、お姫様みたいな生活を送れるようになるのね。

そう思って暮らしてたら、やっぱりその通り！

あたしはブレイエス男爵の娘だったことがわかって男爵家に引き取られたわ。しかも、【癒しの加護も貰っていることがわかったの。

ふふ、このあたしが貴族のご令嬢で聖女様の卵よ？

あー、もう。笑いが止まらないわよね。

勉強もびっくりするくらい簡単だし。

なんか貧乏暮らしをしていた時に通わされた学校に天才とか言われている男の子がいたけど、あんなの天才でもなんでもないわ。あたしだってやればあのくらいできたもの。でもやらなかっただけよ。

だって、あの程度なら勉強なんてやる必要もなかったし、それにヒロインは頭良い設定だけど飛び級で卒業とかしてなかったもん。

それに、ゲームのシナリオを変えたら逆ハーエンドにちゃんと進めるかわからなくなっちゃうじゃない。

そんなところに気付くなんて、あたしこそ本当の天才じゃない？

そうしてあたしはゲームの舞台の王立高等学園に入学したわ。ゲームでは悪役令嬢のアナスタシアが一位であたしが二位っていう設定だったから、入試ではわざとケアレスミスをしておいてあげたんだけど、なんだか三位になっていたわ。

どういうことなの？

このアレンってやつ！

あたしの邪魔をするなんて！　ってちょっとムカついたんだけど、思い出したわ。

こいつ、あの時の天才君だわ。

ゲームではこんなモブは出てこなかったはずだけど、どういうこと？

ちょっと気になったから入学式の時に隣に座って話をしてみたの。この時のヒロインはカール様を遠巻きに眺めているだけだったから、問題ないはずよね。

「こんにちはぁ。あたし、エイミー・フォン・ブレイエスですぅ。特待生のアレンさんですよね？よろしくお願いしますぅ」

「はじめまして、エイミー様。俺はアレン、平民のアレンです。よろしくお願いします」

あたしがちょっと上目遣いにして甘い声を出してそう言ってあげたらこいつは簡単に取り乱してくれたわ。何でもなさそうにしてるけど、あたしに惚れてるのがバレバレじゃない。

「アレンさん、十一歳の時に全教科満点で飛び級卒業したんですよね？　あたし、その時は平民で同じ学校に通っててぇ、それで話題になっていたのを覚えているんですぅ」

そう言ってやるとこいつは顔を真っ赤にしてしどろもどろになっているわ。

ふふ、チョロイ。

やっぱりこのあたしのヒロイン顔とヒロイン声で落とせない男はいないみたいね。

あー、でもこいつの顔は陰キャっぽくて好みじゃないし、使えそうな時だけ便利に使ってあげればいいわよね。

そう考えたあたしは、その後こいつへ話しかけることはやめたわ。だって、時間の無駄だもの。

それにいつも教室にいるのかどうかわからないくらい影が薄かったしね。

◇◆◇

あたしは順調にイベントをこなしていって、きっちりと逆ハールートのフラグを立ててあげたわ。

そうしたら面白いように攻略対象者たちはあたしに魅了されて傅《かしず》いてくれるようになったの。

もう、気持ち良いったらないわね。クラスカースト最上位の男子五人が全員あたしに傅いているんだもの。

嫌がらせは多少あっても無様な連中が惨めったらしくやっていると思うと腹なんて立たないし。

それに必死になってカール様の心を取り戻そうとしている悪役令嬢の無様な表情を見るのが快感

で堪らないわ。

こいつにはゲームで散々邪魔されてムカついてたもの。ここでこうやって無様な姿をリアルで見れるのはホントにスカッとするわね。

ざまぁって感じ。

それにあんだけ美人でスタイルも良くて、お勉強もできて、加護にも恵まれて魔法も使えて。それに金持ちの公爵令嬢で、小さい頃から将来は王妃になることが約束されてて。

そんな何もかもを持って生まれて、何不自由なく暮らしていたはずのこいつが落ちぶれていくのよ？

しかも、無様に婚約破棄されて集団レイプされて売られて、最後は最愛の元婚約者様とそれを奪った女に殺される未来が確定しているんだから、ウケると思わない？

その時こいつはどんな表情をするのかしら？　想像するだけでゾクゾクするわ。

でもね。想定外の事態もいくつか起こったわ。

まず一つ目は期末テストね。次の期末テストであたしに負けるはずだった悪役令嬢があの陰キャ天才君に負けたのよね。

まあ、悪役令嬢もあたしも満点を逃すっていうのはゲームの通りだったし、シナリオから外れている訳じゃ無いから大丈夫だとは思うけどね。

それともう一つはゲームモードがエクストラモードだった事ね。

エクストラモードっていうのは後から登場したモードなんだけど、『鑑定のスクロール』を使えないっていうかなり難易度の高いモードなのよね。ただ、そのかわりに追加のスチルが取れるっていう、そう、あたしみたいにやりこみを重ねた上級者向けのモードね。

だって、あたしは元々無課金だったから『鑑定のスクロール』がなくたって攻略には支障がないもの。選択肢だって迷宮の罠だって敵の弱点だって全部覚えているわ。

あとはそうね。悪役令嬢が遺跡探索に連れてきた案内の冒険者があの陰キャだったたってことくらいかしら？

でもあの陰キャ、悪役令嬢と一緒にレポート全部作ってくれたみたいなの。意外と使えるわね。

そうだ！　良いことを思いついたわ。

悪役令嬢が無様に追放されたらあたしたちの下僕として飼ってあげればいいんじゃないかしら？

ヒロインのあたしに使ってもらえるなんて、陰キャにしては好待遇だと思わない？

ふふ、さすがあたしよね。未来の慈愛の聖女様はなんて慈悲深いのかしら。

◇◆◇

最近の悪役令嬢はどんどん無様になってきてて気分がいいわ。あたしとは方向性が違うけどムカつくほど美人だったのが、ちょっとずつやつれてきているのが目に見えてわかるもの。

普段からずっと硬い表情をしているからわかりにくいけど、最近は毎日顔を合わせているからわかるのよね。あんた、ちょっとずつお肌が荒れていっているわよ？

その年齢から肌荒れなんて、あー、かわいそう（笑）

大体ね。あたしとカール様たちの出し物にしゃしゃり出てきて無理矢理混ざったから手伝わせてあげてるのに、意見したりするから更にカール様に嫌われるのよ？

悪役令嬢はあたしたちの下僕で言われたことをやっていればいいのよ。それにパシリまでやってくれるんだから、便利よね。

ただ、そろそろ起きるはずの、あたしを悪役令嬢が叩くイベントが中々起きないのよね。本当はあたしの台詞を勘違いしてカッとなってあたしを叩くはずなんだけど、ここはシナリオ通りにするためにあたしから行動するべきよね。

「アナスタシア様ぁ、まだいたんですかぁ？」

「……」

「そんな風に可愛げが無いからぁ、カール様にぃ、愛想をつかされちゃうんですよぉ？」

「……私たちの婚約はそういうものではない。国のためだ」

「えぇー？　でもそんなのカール様がぁ、可哀想ですよぉ？　カール様もぉ、国民もぉ、きっとぉ、もっとぉ、可愛げのある王妃様がぁ、良いと思いますよぉ？」

すると部屋の空気がすっと冷えてきたわ。ふふふ、怒ってる怒ってる。悪役令嬢の加護は【氷】と【騎士】の二つだけど、怒って氷の魔力が漏れ出してるわ。

もう一押しかしら？

「あれぇ？　どうしたんですかぁ？　ダメですよぉ。ほらぁ、未来の王妃様はぁ、笑顔ですよ、え、が、お」

あたしは必殺のポーズをしながら悪役令嬢を覗き込んで笑みを浮かべたわ。

「エイミー、お前は私を侮辱しているのか？」

「やだぁー。アナスタシア様怖いですぅ」

あたしがそう言うと、悪役令嬢は大きくため息をついてまたお説教を始めてきたわ。

ああ、もう。どうして手を出さないの!?

「いいか。この国には身分制度というものがあるのだ。それはいかに同じ学園の生徒といえども覆すことはできない。礼節をわきまえろ」

「そんなのはおかしいですよぉ。だってぇ、アナスタシア様もぉ、あたしもぉ、同じ人間なんですよぉ。神様の前には皆平等なんですぅ」

「それは神の御前での話だ。私は礼節をわきまえろと言っているだけだ。大体お前はなんだ。婚約者のいる男にべたべたとすり寄って。周りに誤解をさせるようなことをするな！」

悪役令嬢の声が段々大きくなってきたわ。やっぱりこいつはこんなことされてもカール様のことが好きなのね。

「そんなことありませんよぉ。あたしとカール様はぁ、お友達ですぅ。それにマルクスもぉ、レオもぉ、オスカーもぉ、クロードもぉ、みんな大切なお友達ですぅ。あたしのお友達を悪く言わないでくださいっ！」

「それがおかしいと言っているんだ。婚約者のいない男を選べ！」

「あたしたちの友情をぉ、部外者のアナスタシア様が邪魔しないでくださいっ！」

「なんだと!?」

さらに空気が冷えて今度こそあたしを叩くかと思ったんだけど、カール様たちが戻ってきちゃったわ。残念ね。ちょっとタイミングが悪かったわ。

「おい、アナスタシア。一体何をしている？　二人で準備していたんじゃないのか？　俺は喧嘩をしないように言ったはずだぞ？　お前は普段からあれこれと偉そうなことを言って来るくせにそんなこともできないのか？」

「殿下！　それはこの女が！」

「カール様ぁ。あたしは仲良くしたいんですけどぉ、アナスタシア様があたしのことを失礼だって」

あたしはそう言ってカール様にしな垂れかかると、カール様は優しく抱きとめてくれたわ。

「おい！」

悪役令嬢は無様に大きな声を出したけど、カール様が一喝してくれたわ。

「黙れ！　その減らず口を今すぐ閉じろ！　命令だ！」

「ぐっ」

「俺とお前の関係は外の話だ。学園にまで下らん関係を持ち込むな」

「かしこまり……ました……」

悪役令嬢はまたあの能面みたいに硬い表情であたしたちの下僕として仕事を再開したわ。

ああ無様。

ああ、気持ちい。


あたしはカール様たちと一旦部屋を出たけど、ちょっと一人でやる用事があるって言って戻ったの。

◇◆◇

それで廊下に立って待ってると、あの表情のままの悪役令嬢が歩いてきたわ。

ああ、ホントに、ざまぁっていうのはこの事よね。

あたしを無視して悪役令嬢が通り過ぎようとしたからニヤリと笑って言ってやったわ。

「無様ね。婚約者を奪われた気分はどう？」

その言葉を聞いた悪役令嬢は目を見開いて、それで顔を真っ赤にして右手を振り上げたの。

ふふ、これでイベント完了ね。

「ふえーくっしょん」

そう思ったところでとんだ邪魔が入ったわ。

あの陰キャが馬鹿でかい音を立ててくしゃみしやがったせいで驚いた悪役令嬢が叩かなかったじゃない！

マジでふざけんな！

せっかくフラグが立ちそうだったのに！　このクソ陰キャ！　責任取れ！

「あ、あれ？　アナスタシア様？　それにエイミー様も？　あ、もしかしてお話し中でしたか？　し、失礼しました！」

あの陰キャ、しらじらしいことを言うと走っていなくなったわ。

あー、ホントムカつく。悪役令嬢を追放したら次はこいつかしらね？

こいつは平民だし、何したっていいわよね？

「お前には何を言っても無駄なようだ。だが覚えておけ。殿下はこの国の未来の王だ。王族の、そして貴族の果たすべき役割を理解していないお前は殿下には相応しくない。殿下に近づくな」

悪役令嬢は能面のような表情でそう言うと歩いていってしまったわ。

ああ、もう。全部あいつのせいよ。

あたしは悪役令嬢の後ろ姿を穴が開くんじゃないかって思うほど睨み付けてやったわ。

「どういうこと？　あのアレンとかいうモブ、エクストラモードにだって出てきてなかったはずよ？」

あっと。誰もいなかったから良いけどつい思わず独り言を言っちゃったわ。

あーあ。それにしてもムカつくわね！

第二十話　町人Aは文化祭に参加する

エイミー関連で色々とあったので無事かどうかはさておき、文化祭の当日を迎えた。

現在時刻はわからないがようやく空も白んでこようかという日の出前。そんな早朝に俺は文化祭で振る舞うオーク肉を手に入れるべく、アルトムントの近くにあるオークの大迷宮を探索している。

比較的小さいオークを一匹発見した。昨日のうちに目星をつけておいたやつだ。

こっそりと近づいて頭を撃ち抜くと急いで血抜き処理を施す。

それを解体せずに担いで運ぶと縄でブイトールに括りつけ、そのまま垂直に離陸させた。強烈な風を下に噴射し、ブイトールはオークを吊り下げた状態で空へと舞い上がる。

きっと傍《はた》から見たらかなりシュールな光景だとは思うが、空輸するにはこれしか方法がないのだから背に腹は代えられない。

今は秋なので気温も高くないどころか、肌寒いほどだ。それに上空に行けばより気温は下がるため腐敗が進む心配はほとんどないだろう。むしろ凍結しないかが心配なほどだ。

俺は全速力でブイトールを飛ばすと数時間のフライトののちに私設のルールデン空港へと到着した。そして俺は急いでオークを担ぐと学園へと急行したのだった。

◇◆◇

こうして狩ってきたオークを俺は自分の屋台の正面に吊るす。今は大体十時頃だが、解体ショーをやるのは十一時からと決めているのでそれまでの間は客寄せ用だ。

そしてその客寄せ用のオークにつられて早速人が集まってきた。

「おい、アレはなんだ？」

「オーク肉の串焼きだってよ」

「あれ、魔物ですの？」

「庶民の食べ物だそうですわ」

「なんでそんなものがこの学園に？」

ここに通《かよ》っているのは貴族か大金持ちの子供しかいないため、やはり丸ごと一頭のオークはかなり衝撃的らしい。

「オークの解体ショーを十一時頃からやりまーす。是非見に来て下さーい」

俺はそう宣伝しながら別に用意しておいたオークのロース肉に串を打ち、炭火で焼き始めた。

あ、ちなみに、オーク肉は豚肉とほとんど同じ味がする。一応二足歩行するのだが見た目もかなり豚に近く、あまり人っぽいという感覚はない。どちらかといえば、冒険者にとってオークは肉だけでなく毛皮も売れるとてもおいしい獲物だ。その肉の量も多く、自分で食べてもよいのだから冒険者たちがアルトムントに行きたがるのも頷けるのではないだろうか？

そうそう、それとこれは余談だが、農村出身の先輩冒険者によると豚の解体もオークと大体同じ手順でできるらしい。

そんなオークではあるが、魔物で人を襲うということもありその飼育方法は確立されていない。そのため、オークの大迷宮に近いアルトムントとその周辺では安く食べられるが、オークの生息していない王都周辺では豚肉の十倍以上の値段となってしまう。

そうなると、味が一緒なのにわざわざオーク肉を食べる人は相当な物好きということになるだろう。

そんなオーク肉だが、今回は文化祭の出店なので利益度外視の一串百セントで販売する。

こんなところで金儲けをしたって意味がないからな。

さて、そうこうしているうちにロース肉に火が通って香ばしい匂いを漂わせてきた。

俺はそこに塩胡椒を軽く振って味を調えると火から遠ざける。

「焼けましたよー！　一串百セントでーす。いかがですかー？」

しかし遠巻きに見ているだけで誰も近寄ってこない。段々と肉が冷めていくのがわかるので新しく串を打って焼き始めると、冷えてきた肉をそのまま口に運ぶ。

うん、美味い。よく考えたら急いでいて朝から何も食べていないんだった。

じゅわっと豚肉そっくりの肉汁が口の中に広がる。

「な、なんだか美味しそうに食べているな」

「え、でも魔物でしょ？　大丈夫なの？」

ひそひそと喋る声が聞こえてくる。

「アレン、やっているな。一串貫おうか」

「ありがとうございます」

そう言ってから声のした方を振り向くと、そこにはアナスタシアとセミロングの青い髪に青い瞳の取り巻き令嬢の一人の姿があった。

「アナスタシア様、それとえええと」

「マーガレットよ。マーガレット・フォン・アルトムント。私はオーク肉の味にはうるさいわよ？」

なんと！　オークの大迷宮のあるアルトムントの領主様のご令嬢か！

「失礼しました。マーガレット様。それでしたらこちらのオーク肉の解体ショーを十一時から行います。このオークは今朝まで生きていたため非常に新鮮ですから、きっとご満足頂けると思います」

「あら？　この辺りにはオークは住んでいないはずよね？」

「はい。ですが、秘密のルートで入手いたしました。冒険者の特権でございます」

今の段階ではまだ空輸してきたなんて話はできない。俺にしかできないことはアドバンテージだが、それが社会に及ぼす影響をちゃんと考えてから公表しないと状況をコントロールできなくなってしまうだろう。

「ふうん？　そういうものがあるのね？　まあいいわ。あら？　そのオーク肉も随分と良いお肉じゃない？　王都でお目にかかるのは難しいレベルね。ランクは『上』のロースかしら？」

「さすがマーガレット様、お目が高いです。こちらはアルトムント産の『上』ランクのオーク肉でございます。私では『特上』ランクはご用意できませんでしたので『上』ランクでのご提供となります」

「でも、それなら一串百セントは安すぎるんじゃゃなくて？　王都で食べようと思ったら一万セントは払わないと食べられないわよ？」

「それは文化祭ですので。冒険者の仕事を皆さんに理解してもらおうと考えた次第です」

「そう。感心ね。それじゃあせっかくだから私も一串頂くわ」

「ありがとうございます」

　俺は串を打つと焼き始める。炭火に脂が落ちてじゅわりと音を立て、香ばしい匂いが辺りに漂う。

　するとアナスタシアが大きな声でマーガレットに話しかける。

「マーガレット、お前は随分とオークに詳しいのだな。やはりアルトムント伯爵家でもオークの肉を食べているのか？」

　それに対してマーガレットも声を張って応じた。

「はい、もちろんです。我がアルトムントの特産品ですから。私は豚肉よりオーク肉の方が身が締まっていて美味しいと思いますよ。それに、『上』ランクのロース肉は王都では中々手に入らない貴重なお肉ですからね。食べておいて損はありませんよ」

すると、その会話に聞き耳を立てていた人たちが我先にと並んで注文していく。

「アナスタシア様、マーガレット様も、ありがとうございます！」

「何のことだ？」

「私たちは世間話をしていただけですよ？」

そういう事にして貸し借りを考えるなと言ってくれているのだろう。どう考えても、今の会話は怪しい肉ではないとお墨付きを与えるためにわざと大きな声で会話をしてくれたようだ。

こうしてあっという間に用意していたロース肉は売り切れとなったのだった。

そしてオークの解体ショーも二人のおかげで大観衆を集め、用意したオークは文化祭の終了を待たずして完売となったのだった。

◇◆◇

店じまいをした俺は他の展示を見て回ることにした。せっかくの文化祭なのだから、楽しまなければ損というものだろう。

まずはアナスタシアと王太子のグループの展示を見に行ってみようと思う。

たしか、下町の暮らしについてだったはずだ……。

そうして俺が展示を見に行くとそこは既に閑古鳥が鳴いていた。何故か受付には誰もいないので勝手に見させてもらうことにする。

展示を見ていて気付いたのだが、内容が驚くほど薄っぺらい。

下町というか、いわゆる平民の暮らしについて説明しているのだが、取材していないことが丸わかりだ。これはおそらくエイミーが男爵家に引き取られる前はこういう生活をしていたということなのだろうが、はっきり言ってこれはかなり良い生活だ。

展示によると平民の子供も基本的には飢えることなく暮らしており、その食事はパンとバターにスープが中心となるものの少なくとも一日に一回は新鮮な野菜や干し肉ではない肉が食卓に上がるらしい。住まいはというと２ＤＫから３ＤＫくらいの部屋に家族四人から五人くらいで暮らしていることが多く、魔法石があるので水には困っていないが、火は薪を使っている家が多いらしい。そして平民の子供は学校に通い、卒業するとそのまま働きに出るとのことだ。

なるほど。知らなかった。

少なくとも俺が元々暮らしていた地区とは全く違う。俺のところは母子家庭だったので別だが、ワンルームに貧乏子沢山で家族八人の大家族が暮らしているなんていうことが普通だ。

これは要するに貧乏な家ほど子供は労働力ということなのだ。そのため子供が幼い頃から仕事をすることを強要されるし、学校に通っていない子供もかなりの割合で存在する。

だから文字を読めない人だって結構な割合でいて、それが貧しい暮らしから抜け出せない要因の一つだったりもする。

そんなだから魔法石なんてまず見ることはないし、その存在自体を知らない子供だって珍しくない。

みんなその日暮らしをしていて、食事だって普段は固いパンとクズ野菜、それにほんのちょっとの干し肉か豆だ。

ただ、この国の平民に関する制度については良くまとまっていると思う。支援策や学校制度の歴史などがわかりやすくまとめられていて、これはきっとアナスタシアが作ったのだろうと思う。

ゲンナリした俺はそのまま展示している部屋を後にする。何やら隣の部屋からエイミーと攻略対象たちがイチャイチャする声が聞こえたような気もしたが無視した。

だって、きっと不愉快な気分になるだろうから。

続いて俺はマーガレットの展示にやってきた。

「なんだ、アレン。来たのか」

すると、そこで出迎えてくれたのはなんとアナスタシアだった。

「あれ？　ええと、お邪魔します？」

「何故疑問形なのだ。私は昨日殿下のグループを追い出されてな。マーガレットに拾ってもらったというわけだ」

「……」

なんと言えばいいのか。俺は言葉を失ってしまった。ゲームではそんな事はなかったし、それにそもそもだ。普通そんなことするか？

「そんな顔をするな。まあ、見ていってくれ。マーガレットの作品も私の作品も展示してあるからな」

「は、はい。俺は刺繍の事はわからないですが……」

そう言われて展示を見て回る。俺は刺繍のことなど全くわからないので良し悪しを判断することはできないが、花やら鳥やら、とにかくよくこんなものを作れるなと思った。

ちなみにマーガレットの刺繍は色とりどりの花で、アナスタシアの刺繍は果物とケーキだった。

「良し悪しは俺はわからないですけど、アナスタシア様の刺繍を見ていたらお腹が空いてきました」

「……そうか」

そう言ったアナスタシアは少し恥ずかしそうにしていて。普段の凍り付いた表情を見慣れている俺は少しドキッとしてしまった。

俺たちは二人して黙り込んでしまい、何とも言えない微妙な空気が俺たちの間に流れる。するとちょうどそこにマーガレットが戻ってきた。

「あら、アレン君、来てくれたのね。ありがとう」

「は、はい。俺は刺繍は全然わからないんですが、俺にはできないってことだけはわかりました」

「そう。ま、殿方なんて大体そんなものね。それよりそろそろ文化祭も終わりの時間よ。片づけて講堂に行った方がいいわ」

「あ、はい。今日はありがとうございました」

要するに、閉めるのでもう出て行ってくれという意味だろう。そう解釈した俺は素直に退散し、講堂へと向かったのだった。

◇◆◇

「それでは、今年度の最優秀賞を発表いたします。最優秀賞は、『下町文化と生活、そして王国の支援制度について』で展示を行いましたカールハインツ・バルティーユ・フォン・セントラーレン王太子殿下のグループです」

うん。知ってた。どうせ出来レースだ。下らない。

だが会場からは拍手が沸き起こる。

「殿下の展示は、一般的な平民よりも更に貧しい暮らしをする者たちに焦点を当て、その生活状況を取材を通して浮き彫りにし、その上で王国が果たしている役割と今後の在り方について考察しており、その非常に社会性の高い内容が評価されました」

はっ。あんな薄っぺらい内容のどこが！

俺は心の中でそう毒づく。きっと今の俺は醜い顔をしていることだろう。そう思った俺はしばしの間、誰にも見られないように顔を伏せた。

それから王太子を先頭にエイミーと攻略対象者たちが壇上に上がり表彰を受けた。もちろん、そこに昨日追い出されたというアナスタシアの姿はない。

「それでは、代表の王太子殿下より一言を頂きます」

「カールハインツだ。最優秀賞を受賞できたことを嬉しく思う。まず、このテーマを選んだのはここにいるエイミーの発案だ。我々王族、貴族は常に弱き民を導くために存在している。そこで俺たちは現状を浮き彫りにし、そこから俺たちが何をできるかを考えるためにこの展示を行った。諸君も栄えある我らが高等学園を卒業し、民の上に立つ人間となった時に何をすべきか、それを考えるきっかけにしてもらえればと思う。以上だ」

「殿下、ありがとうございました」

何とも薄っぺらい、そして驚くほど上から目線のご高説だ。アナスタシアのこともそうだが、こんなのが次期国王だなんて！

この国、本気でヤバいんじゃないだろうか？

会場に再び拍手が沸き起こる中、俺は心の中でそう毒づいたのだった。

Side．アナスタシア（二）

私は結局、文化祭の前日の夜に殿下のグループから追放された。あの女を私がいじめたというのが理由だそうだが、私は断じてそのようなことはしていない。

マーガレットたちが別のグループを作っており、そちらに合流することで何とか事なきを得たが、これで私はもう学園の行事で殿下と関わることはないだろう。

あれほど私は国の未来の事を考えていたのだがな。

ふ、あっけないものだ。

そして文化祭当日、私はマーガレットを誘ってアレンの屋台へ行った。するとなんと、アレンの屋台の前には一匹のオークがぶら下げられていたのだ。

前日から仕入れと称してどこかに出掛けていたのは知っているが、本当に丸ごと一匹手に入れてくるとは驚きだ。

これは、アレンが自分で捕まえたという事なのだろうか？

もしそうならば大変なことだ。ゴブリンならばまだしもオークともなれば普通は命がけの仕事なはずだ。この学園の生徒の中にオークを狩ることができる者は果たしてどれほどいるのだろうか？

「アレン、やっているな。一串貰おうか」

「ありがとうございます」

そう声をかけると私はマーガレットをアレンに紹介する。どうやらこのオークは冒険者の伝手《つて》で手に入れたものらしく、この後解体ショーを行うのだそうだ。しかもこのオーク以外にも上等なオーク肉を用意していたようだ。

私たちの注文を受けてアレンが肉に串を打って焼き始めると、じゅわりと音を立てて香ばしい匂いが辺りに漂いはじめる。

しかし、周りの生徒たちはオークという事で馴染みがないのか尻込みしている様子だ。

よし、ここは一つ宣伝に手を貸してやろうじゃないか。

「マーガレット、お前は随分とオークに詳しいのだな。やはりアルトムント伯爵家でもオークの肉を食べているのか？」

私が大声でそう聞くと、意図を察したマーガレットも負けじと声を張って応じてくれた。

「はい、もちろんです。我がアルトムントの特産品ですから。私は豚肉よりオーク肉の方が身が締まっていて美味しいと思いますよ。それに、『上』ランクのロース肉は王都では中々手に入らない貴重なお肉ですからね。食べておいて損はありませんよ」

私たちの会話をきっかけに遠巻きに見ていた生徒たちも続々と注文していく。

「アナスタシア様、マーガレット様も、ありがとうございます！」

「何のことだ？」

「私たちは世間話をしていただけですよ？」

アレンは愚か者になり下がってしまったあの男よりもよほどしっかりしている。それにマーガレットもアレンに対して好印象を持ったようだ。

その後の解体ショーでは、少々グロテスクではあったが見事な手さばきでオークを解体し、その新鮮な肉があり得ない破格の値段で販売された。

私たちは最後まで確認することはできなかったが、アレンの屋台は文化祭の終了を待たずに完売し閉店となったそうだ。

◇◆◇

それから私が文化祭の出し物である刺繍展の番をしていると、アレンが見学にやってきた。

「なんだ、アレン。来たのか」

「あれ？　ええと、お邪魔します？」

するとアレンは不思議そうな表情で私に聞き返してきた。

「何故疑問形なのだ」

私はそう問い返してから気が付いた。

ああ、なるほど。そういえば私が追い出されたことを伝えていなかったな。

「私は昨日殿下のグループを追い出されてな。マーガレットに拾ってもらったというわけだ」

それを聞いたアレンが絶句している。

「そんな顔をするな。まあ、見ていってくれ。マーガレットの作品も私の作品も展示してあるからな」

「は、はい。俺は刺繍の事はわからないですが……」

そう言いながらもアレンは刺繍を見て回っている。

何故だかはわからないが、何となくアレンに刺繍を見られるのは気恥ずかしいような気がする。

そんな事を思っていると、アレンは私の刺繍を見てとんでもない感想を言ってきた。

「良し悪しは俺はわからないですけど、アナスタシア様の刺繍を見ていたらお腹が空いてきました」

「……そうか」

なんとかそう答えたが、私は恥ずかしさから俯いてしまった。

そういえば、昨日の今日だったので選んでいる余裕もなく、昔作った果物とケーキの刺繍を何の気なしに持ってきてしまっていたのだった。

だが！　だが！　これでは私が甘いものにしか興味がないみたいではないか！

もっと女性らしい花柄や小鳥などの刺繍もあったというのに。恥ずかしい！

そんな何とも言えない気まずい沈黙を破ってくれたのは戻ってきたマーガレットだった。

「あら、アレン君、来てくれたのね。ありがとう」

「は、はい。俺は刺繍は全然わからないんですが、俺にはできないってことだけはわかりました」

「そう。ま、殿方なんて大体そんなものね。それよりそろそろ文化祭も終わりの時間よ。片づけて講堂に行った方がいいわ」

「あ、はい。今日はありがとうございました」

意図を察したアレンは素直に展示室から出ていく。

「アナスタシア様、何かあったんですか？　顔が真っ赤ですよ？」

「い、いや。別の刺繍を持ってくればよかったと思ってな」

「あ、なるほど。確かに食欲全開ですもんね」

「言うな」

穴があったら入りたいという言葉の意味を実感した出来事だった。

第二十一話　町人Aは悪役令嬢を助ける

木枯らしが吹く季節となった。木々の葉もすっかり落ちて道行く人の装いも冬支度を済ませている。相も変わらずに俺は置き物ライフを満喫しているが、徐々に勝負の舞台が近づいてきている。

さて、このまま期末試験を終えてアナスタシアの断罪イベントと思いきや、実はその前にもう一つ止めなければならないイベントがあるのだ。

それは、乙女ゲーによくある「悪役令嬢とその取り巻きに主人公が物を隠されたり壊されたりの嫌がらせを受け、そして最後は階段から突き落とされる」というテンプレイベントだ。

ただ、ゲームとは違ってアナスタシアはそういった行為をせずに我慢しているし、マーガレットをはじめとする取り巻き令嬢たちもよく抑えられている様子だ。

アナスタシアたちがなぜゲームと違う行動をとっているのかは不明だが、少なくともアナスタシアやその取り巻きたちは俺やエイミーのようにゲームの知識がある転生者には見えない。もしそうならばもっと上手く行動しようとしているはずだ。

ただ、理由はともかくとしてこのテンプレイベントさえ止めてしまえばアナスタシアは悪事という悪事は何もしていないことになる。

あと、もう一つゲームと違うところがある。それはアナスタシアと王太子の関係だ。文化祭での一件以来アナスタシアと王太子の関係は完全に破綻しており、顔を合わせても口を利かない程にまで悪化している。

本来、これはテンプレイベントをこなした後に悪役令嬢が王太子に叱責された結果として陥る関係なのだ。

夏休みの時から思っていたが、アナスタシアはもう王太子に執着するとかそういった段階を通り越しているように見える。

このまま形だけの王妃となって国が安定すればいい。ただそれだけしかアナスタシアの頭の中には無いのではないだろうか？

あんな男、さっさと捨てて自分の幸せを探せばいいのに。

そう思うのは俺が随分とアナスタシアに絆《ほだ》されてきている証拠なのかもしれない。

あ、一応言っておくがアナスタシアと王太子の婚約が円満に解消されたとしても俺にお鉢が回ってくることは絶対にあり得ないと思う。

そもそも、俺から声を掛けることすら許されないのだから距離などつめられるはずがない。

それに婚約解消となれば公爵令嬢であるアナスタシアにはラムズレット家と縁を結びたいという貴族家や他国の王族から続々と縁談が舞い込むのではないだろうか？

残念ながら、そこに俺が入り込む余地などない。俺だってもう現実は理解しているつもりだ。

そもそも、一番の目的は母さんとお世話になった人たちを守る事だ。それだけは絶対に曲げられない。

イベントの発生は冷たい雨の降る日だったはずだ。それまではそれとなく監視しておくことにしよう。

◇◆◇

それから三日が経った。教室に行くと珍しく女子生徒たちが早い時間から登校しており、何やらひそひそと噂話をしている。

聞き耳を立ててみると、なんでも女子寮でエイミーが大事にしていたペンが燃やされる嫌がらせを受けたらしい。そしてそれをエイミーはアナスタシアのやったことに違いないと王太子に訴えたのだそうだ。

それを鵜呑みにした王太子がアナスタシアを呼びつけ、そのまま廊下に連れ出したらしい。

俺はもちろん置き物兼ストーカーなのでさっそく教室を出て【隠密】で隠れるとアナスタシアたちを探す。すると王太子とエイミー、そして攻略対象者たちがアナスタシア一人を囲んで詰め寄っているちょうどその場面に出くわした。

「アナスタシア！　いい加減にしろ。心優しいエイミーのペンを燃やして嫌がらせをするなど何を考えているんだ」

「殿下、私はそのようなことをしておりませんし、友人たちにもそのようなことをしないようにきつく申し付けてあります」

「だが状況から考えてお前以外にあり得ん」

「そうだぜ？　アナスタシア嬢。いくらエイミーがかわいいからって嫉妬は醜いぞ？」

王太子を援護するかのようにクロード王子がアナスタシアを馬鹿にしたような口調で茶化す。

アナスタシアは凍り付いた表情で六人を見て大きくため息をつく。一方のエイミーは攻略対象者たちの後ろに隠れ、アナスタシアを見ると挑発するようにニヤリと笑った。

ああ、なるほど。自作自演ってやつか。

しかしアナスタシアは表情をピクリとも動かさずに冷たい声で言い放つ。

「証拠もないのにそのようなことを言われても困ります。授業もありますのでこれで失礼します」

そうして一礼するとアナスタシアはすたすたと歩いて立ち去ろうとする。するとレオナルドがその腕を摑みその歩みを力ずくで止める。

「待て。話は終わっていない」

「レオナルド・フォン・ジュークス、私はお前が触れることを許可していない。子爵家のお前が公爵家の私に許可なく触れるな」

「黙れ！　お前が罪を認めたなら離してやる」

「それは脅しか？」

「お前が罪を認めないのが悪い。エイミーをいじめる者などお前以外にいるはずがない」

「……」

それでも表情を一切変えないアナスタシアは冷たい表情のままレオナルドを見据えている。

氷のように冷たいその瞳の奥にあるのは侮蔑かもしれない。

だが、このままではまずいだろう。

俺は隠蔽を解くとわざと大きな足音を立て、アナスタシアたちに近づいた。

「お話し中失礼します！　あと少しで授業開始のお時間でございます！」

そう言ってから跪き、臣下の礼を取る。

「チッ。まあいい。行くぞ」

王太子のその一言でぞろぞろとエイミーの逆ハー軍団は教室へと戻っていった。

「アレン、お前は——」

「アナスタシア様、授業のお時間です」

アナスタシアの言葉を遮ってそう言うと、俺は急いで教室へと戻るのだった。

Side：アナスタシア（三）

文化祭での一件以来、私と殿下の関係は完全に破綻した。殿下が私に声をかけることもなければ私が声を掛けることもない。すれ違ったならば礼をするだけだ。

殿下が私を嫌っているように私ももはや殿下には全く興味がないし、あの女にとやかく言うつもりもない。友人たちにも強く言い含めてあるので勝手な暴走をすることもないだろう。

そんな日々が続いたある日、私は突然殿下に教室から連れ出された。おそらく今朝起きたあの女のペンが燃やされたという件についてのようだ。

どういう理屈なのかは知らないが犯人は私という事になっているらしい。私の部屋には使用人がいて在室を確認しているはずなのだが、殿下はそんなことにも思い至らないのか。

将来の国王陛下となるべき殿下がこの体たらくとはな……。

「アナスタシア！　いい加減にしろ。心優しいエイミーのペンを燃やして嫌がらせをするなど何を考えているんだ」

「殿下、私はそのようなことをしておりませんし、友人たちにもそのようなことをしないようにきつく言っております」

「だが状況から考えてお前以外にあり得ん」

「そうだぜ？　アナスタシア嬢。いくらエイミーがかわいいからって嫉妬は醜いぞ？」

殿下だけでなくクロード王子までもが愚か者になってしまったようだ。一体あの女はどこまで男性を堕落させれば気が済むのだろうか？

私は大きくため息をついた。するとあの女は殿下たちの後ろから私を見つめてきて、そして挑発するようにニヤリと笑った。

ああ、そういう事か。実に下らない。

「証拠もないのにそのようなことを言われても困ります。授業もありますのでこれで失礼します」

そうして一礼した私はそのまま教室へと向かおうとしたが、なんと無礼にもレオナルドが私の手首を摑んで力ずくでその歩みを止めた。

「待て。話は終わっていない」

「レオナルド・フォン・ジュークス、私はお前が触れることを許可していない。子爵家のお前が公爵家の私に許可なく触れるな」

「黙れ！　お前が罪を認めたなら離してやる」

「それは脅しか？」

「お前が罪を認めないのが悪い。エイミーをいじめる者などお前以外にいるはずがない」

どうやら私がやったという結論が先にあり、そのために都合の悪いものは見えなくなっているようだ。こんな男が将来騎士団に入り、しかも騎士団長の有力候補というのはあまりに問題が大きい。

この男一人であればどうにでもなる。だがこうして大勢に囲まれ、体格でも筋力でも勝る相手にこのような仕打ちをされるというのはやはり恐ろしいものだ。

さすがにこれは、お父さまに手を回して頂く方が良いだろう。

そんな時、どたどたと大きな音を立ててアレンが近づいてきた。

「お話し中失礼します！　あと少しで授業開始のお時間でございます！」

そう言ってアレンは跪いた。

「チッ。まあいい。行くぞ」

アレンの一言に興がそがれたのか殿下たちはぞろぞろと教室に戻っていった。

これは、助けられた、のか？　ということはやはりあの時も？

「アレン、お前は――」

「アナスタシア様、授業のお時間です」

しかしアレンは私の言葉を遮ると足早に教室へと戻っていった。

私の心臓は先ほどの恐怖のせいか早鐘のようにうるさく鳴っており、少しの間私は呆然とその場に立ち尽くしていたのだった。

Side．エイミー（二）

あたし、ちょっと考えてみたんだけどね。

あたしが叩かれる直前のあのタイミングで邪魔してくるってことは、もしかしてあの陰キャは悪役令嬢狙いなんじゃないかしら？

あいつ、悪役令嬢だけあって性格は最悪だけど顔と家柄だけは良いものね。

それにカール様に冷たくされておかしくなった悪役令嬢も密かにあの陰キャを……ってこれはいくらなんでもあり得ないわね。

身分差があるから、あの陰キャの一方的な人目を忍んだ片思いってやつね。

ただ、あいつに想いを寄せている男がいると思うとムカつくのはどうしてかしら？

いっそのことあの陰キャも落としてあたしの逆ハーに加えてやればスッキリするかもって思ったんだけど、さすがにやめておいた方が良いわよね。

シナリオから外れるのはクリアした後の方が良いもの。

だいたい、あの顔はあたしの好みじゃないし。

ああ、でも残念ね。そうすると悪役令嬢は婚約破棄されて追放されて、さらに闇堕ちしてるはずなのよね。

あ、でも追放されたあと集団レイプされるんだから、あの陰キャの方を絶望させられるかしら？

だって、あの陰キャは処女信仰の強いこの世界の男よ？　そんな男が、惚れた女が非処女の傷モノ女になったって知ったらどんな反応を示すのかしら？

ああ、考えただけでワクワクするわ。

うん、なんだか楽しいことを想像していたらすっきりしてきたわ。

そうよ。シナリオはまだ大丈夫なはずよ。

この世界はヒロインのあたしを中心に回っているんだから！

◇◆◇

あはは。文化祭が終わったけど、悪役令嬢の惨めっぷりは最高だったわ。ホントは今すぐ面と向かってざまぁって言ってやりたいけど、まだ我慢よ。

それにしても、まさかカール様が文化祭前日にあいつを追い出すとは思わなかったわ。シナリオとは違っちゃったけど、でもこれってそれだけカール様とあいつの仲が壊れた証拠よね？

だって、あれ以来カール様とあいつは顔を合わせても一言も喋らなくなったもの。ゲームで言ったら、この状態ってカール様のフラグが百パーセント立った状態なのよね。

ただ、ちょっと気になることがあるの。

本当は文化祭の後にあたしの持ち物を燃やしたり、階段から悪役令嬢に突き落とされたりして、それをカール様が咎《とが》めてからこの状態になるはずなのよ。

だからね。ちょっと攻略の進みが早すぎるの。

やっぱりこのままだとちょっと不安だし、念のためにイベントは消化しておくべき、かしら？

べき……よね？

ただ、そう思っているのに、いつまで経っても嫌がらせを受けないのはどうして？

悪役令嬢はずっと能面みたいな表情をしていて不気味だし、あたしをいないものとして扱ってきて何もしてこないし、それに取り巻きで嫌がらせをしてくるはずのイザベラとかいうBクラスのバカ女も何もしてこないじゃない。

一体どうなっているの？

このままだと不安なのよ。だからね。あたしは一芝居打ってあげることにしたわ。

ちょうど女子寮にあいつしかいないっていう絶好のタイミングがあったから、共用机に自分のペンと紙を置いてそこに火をつけたの。

その後あたしがカール様たちと一緒に焦げたペンを見つけて、それで騒いだらあいつがのこのこと歩いて出てきたわ。

もちろん、他に誰もいなかったからあいつが犯人の第一候補よ。

あいつが出てきて、この寮に他には誰もいないことを知ったカール様たちはね。あたしのためにすごく怒ってくれて。

もう、最高の気分だったわ。

ただ、あいつはさっさと自分の部屋に帰っちゃってね。女子寮だったから共用部より中までカール様たちは追いかけて行けなかったから逃がしちゃったの。

それに、イベントの通りに燃えたペンの代わりのペンをみんなから貰ったわ。

うん、やっぱりシナリオ通りよ。

それに次の日の朝にね。カール様たちがあいつを取り囲んで謝れって言ってくれて。ホント、かっこよかったわ。

結局最後まであいつは謝らなかったけど、レオも悪役令嬢との身分差を越えてあたしのために怒ってくれたわ。これで逆ハールートのレオのフラグも完了よ。

あそこであいつに土下座でもさせられれば気分が良かったけど、またあの陰キャに邪魔されたのよね。

あ、でもおかげで授業には遅刻せずに済んだからそれはそれで良かったのかしら？

あー、それにしても断罪イベントが楽しみね。早く来ないかしら？

あいつの絶望した表情が見られるかと思うと、本当に待ち遠しいわ。

第二十二話　町人Aはパーティーに参加する

あれからアナスタシアがエイミーを階段から突き落とすような事もなく日常は過ぎていった。

正確には、エイミーがあの手この手を使ってアナスタシアを階段に呼び出そうとしていたのだが、先生や取り巻き令嬢たちを上手く使ってのらりくらりと躱し続けたのだ。

結果として、エイミーに突き落とされた風の自演すらさせずに学期末を迎えたのだ。

学期末なのでもちろん期末テストがあり、その結果が貼り出された。

1位　アナスタシア・クライネル・フォン・ラムズレット（500）
1位　アレン（500）
3位　マーガレット・フォン・アルトムント（491）
4位　イザベラ・フォン・リュインベルグ（456）
5位　エイミー・フォン・ブレイエス（451）
6位　マルクス・フォン・パインツ（441）
⋮
9位　クロード・ジャスティネ・ドゥ・ウェスタデール（421）
10位　オスカー・フォン・ウィムレット（419）
⋮
29位　カールハインツ・バルティーユ・フォン・セントラーレン（396）
⋮
38位　グレン・ワイトバーグ（379）
39位　レオナルド・フォン・ジュークス（261）

ちょっとスカッとした。

いや、訂正する。かなりスカッとした。

ざまあみろ！

ゲームでは精神的に追い詰められたアナスタシアが調子を崩してしまい、自滅する形でエイミーに学年一位の座を奪われていた。そのことで更に追い詰められたアナスタシアは断罪イベントにおいて鬱積《うっせき》した感情を抑えきれなくなり、決闘を申し込むという暴挙に出てしまう。だが、現実は正反対の結果となった。

エイミーは成績を落として学年五位、アナスタシアは一位に返り咲いてアナスタシアの取り巻き令嬢のマーガレットが成績を上げて三位だ。

しかも偉そうな口をお叩きになられていたカールハインツ王太子殿下様、ついに下から数えた方が早い成績におなりになられやがったぜ。

さらにさらに！　アナスタシアに力ずくで冤罪を認めさせようとした未来の騎士団長レオナルド様、二期連続でぶっちぎりの最下位だ。

ざまぁ！　ざまぁ！

そんなことを思いながら掲示を見ていると、後ろからアナスタシアに声を掛けられた。

「アレン。今回は負けなかったぞ」

アナスタシアのその声は心なしか弾んでいる。俺は振り返るとアナスタシアに賛辞を贈る。

「アナスタシア様、おめでとうございます。満点ですね」

「いや、アレンだって満点じゃないか。さすがだな。おめでとう」

「ありがとうございます」

俺は素直にアナスタシアに頭を下げる。

「アレン君、やっぱりさすがよね」

「マーガレット様。三位、おめでとうございます」

マーガレットの声がして振り返ると、そこには笑顔のマーガレットともう一人のアナスタシアの取り巻き令嬢が並んで立っていた。茶髪に黒い瞳の一見地味なこの人は確か、ゲームだとエイミーに嫌がらせをした実行犯だった気がする。

「ありがとう。でもあとちょっとでアナスタシア様に並べたんだけどなぁ」

そう言って悔しがるも、その表情は満足げだ。

「アレン、彼女はイザベラ・フォン・リュインベルグ。リュインベルグ子爵の娘だ。イザベラ、知っていると思うが特待生のアレンだ」

「イザベラ様、お目にかかれて光栄です」

「こちらこそよろしくね、アレンさん。きっと来期からはわたしたち同じクラスだから」

「アレン、イザベラは今期まではBクラスだったのだ。だがこの成績であれば間違いなくAクラスに上がれるだろう。仲良くしてやってくれ」

「ありがとうございます。よろしくお願いします」

そう言って挨拶をしたが、このまま断罪イベントが発生すれば残念ながら俺はこの学園から去ることになるだろう。

俺の胸にはもやもやとした気持ちと罪悪感が残ったのだった。

◇◆◇

その夜、多くの来賓を招いて学園の全生徒が参加する卒業・進級祝賀パーティーが王城にあるダンスホールで開催された。

今は十二月。学園はこのまま冬休みに突入し、そのまま次の春まで長い休暇期間となる。領地のある貴族家の者は領地に戻って手伝いをしたり自習したりするそうだが、ゲーム的にはレベルアップのための期間という扱いだ。

さて、ダンスホールには貴族のご令息、ご令嬢たちが既に集まっており、ここぞとばかりに豪華な衣装を身に纏って歓談している。しかしそんな豪華な衣装も歓談も俺には全く縁のない話だ。いつも通りの制服でいつも通り壁際の置き物をしている。

提供される食事も毒味済みの冷めた食べ物ばかりだが、今後はもう二度と食べる機会もないだろうからじっくりと味わっておこうと思う。

アナスタシアは取り巻き令嬢たちと一緒にいるし、エイミーはいつも通り王太子たちを侍らせている。この光景も今日で見納めかと思うと少し寂しい気持ちがこみ上げてくる。

そして宴もたけなわ――といってもお酒が提供されているわけではないが――となってきたところで、各学年の最優秀者の発表を行うのだという。

まずは卒業する二年生の生徒が呼ばれた。何でも、学問、魔法、剣術の全てで優秀な成績を修めながらもそれに飽き足らず、研究を重ねて大学の教授と一緒になって新しい魔法石を開発したのだそうだ。

壇上に上がって挨拶をし、そして何故か王太子に礼を言って下がるところで会場は割れんばかりの拍手に包まれた。

拍手が収まり、いよいよ次は俺たち一年生の番だ。会場にアナウンスが流れる。

「一年生の最優秀賞は、カールハインツ・バルティーユ・フォン・セントラーレン王太子殿下です」

その名が告げられた瞬間、会場は割れんばかりの拍手で包まれる。しかし、拍手をしている人の表情はそれぞれで、心から祝福をしているように見える人もいれば悔しそうな表情をしている人もおり、興味はないが一応拍手しているといった様子の人もいた。

ゲームでは誰のルートを進んでいたとしても必ず王太子が呼ばれ、壇上から悪役令嬢を断罪するというういわゆる「悪役令嬢断罪イベント」が発生する。

「王太子は、特に剣術、魔法を中心に優秀な成績を修め、学問においても専門家をしっかりと巻き込んだうえでの多角的な検証、そして社会問題にも深く切り込みとても学生とは思えない活躍をなさいました。それが評価されての受賞となります」

そう説明された王太子殿下が壇上に上がると表彰状を当然のように受け取る。そしてくるりと壇上からこちらを向いた。

「皆、ありがとう。だが、これは俺一人で成しえたものではない。今から名前を呼ばれた者は壇上に上がってきてくれ。クロード・ジャスティネ・ドゥ・ウェスタデール、お前の卓越した着眼点にはいつも驚かされる。これからも俺の良き友でいてくれ」

「おう」

「マルクス・フォン・バインツ、お前は俺の魔術のライバルでもあるが同時にお前の冷静な判断にいつも助けられている」

「はい」

「レオナルド・フォン・ジュークス、お前は常に俺の剣としてたゆまぬ努力を続けてくれていること

とに感謝する」

「はっ」

「オスカー・フォン・ウィムレット、お前の物の真価を見抜くその目にはいつも驚かされている。これからも頼りにしているぞ」

「任せてよ」

攻略対象全員が壇上に上がる。そして一呼吸おいて王太子は口を開く。

「エイミー・フォン・ブレイエス、俺はお前に出会い、人として大きく成長することができたと思う。これからもずっと俺の側にいて欲しい」

「っ！　はいっ！」

エイミーは嬉しそうに壇上へと駆け上がると王太子の腕の中に収まったが、あまりに非常識なその行動に眉を顰《ひそ》めた来賓も少なくない。

「俺のこの業績は、彼らの助けがあって初めてできたことだ。俺はこの事を忘れず、民を導く立派な王となるべく研鑽《けんさん》を積んでいくことを約束しよう」

「カール様ぁ」

「そうだ。お前ならできるぜ」

「私も全身全霊でサポートしますよ」

壇上ではそんな茶番が行われている。会場からは拍手が送られているが、俺はその光景を冷めた目で見つめていた。

「そしてもう一つ、ここで宣言しておくことがある」

王太子は良く通る声でそう宣言すると一呼吸置いた。

「アナスタシア・クライネル・フォン・ラムズレット、前へ出ろ」

無私の大賢者：はじまりの物語

セントラーレン王国西部にある深い森の中を、一人の若い男がおぼつかない足取りで進んでいた。

その男はボロを身に纏《まと》っており、顔色は今にも死にそうなほどに悪い。

「ううっ、ボクチンはこれまでなのかお？」

男は独特の口調でそう呟くとばたりとその場に倒れ込んだ。

「ああ、お腹がすいたんだお……」

男は顔の前に生えている雑草をかじったが、すぐに顔を顰《しか》めて吐き出す。

「だ、誰か……」

男はそのまま顔を地面に突っ伏すと、ゆっくりと目を閉じたのだった。

◇◆◇

「ねえ、おじちゃん。だいじょうぶ？」

地面に突っ伏した男を粗末な身なりの幼い少女が心配そうに覗き込んでいる。

「う……」

「わぁっ、よかった。いきてるー」

「ここ、は？」

「んー、もりのなか？」

少女はこてりと首を傾げながらそう答えた。

「そう、か。夢を見ているんだお……」

そう言うと再びその男は顔を地面に伏せた。

「だーめー。ゆめじゃないのー！　はやくおうち、かえるのー。まものがくるのー」

少女は男の耳元で大声でそう叫び、ゆさゆさと男を揺さぶった。

「夢じゃ、ない？」

「そうだよー。おじちゃん、このままだとたべられちゃうの！」

「う、そうか。わかったよ」

何とか絞り出すようにそう言った男は気力を振り絞って立ち上がったが、やはりその足元はおぼつかない。

「おじちゃん、だいじょうぶ？」

「おじちゃんじゃないよ。私にはロリンガスっていう名前があるよ」

「ロリ……カス？」

「ロ・リ・ン・ガ・ス」

「はーい、ロリンカスおじちゃん。あたしメアリー。おうちはこっちだよ」

「ロリンガス、だよ」

そう言いながらもやれやれといった表情で素直に手を引かれて歩き出すと、メアリーに聞こえないような小さな声で呟いた。

「だから、子供は苦手なんだお」

◇◆◇

「そうでしたか。このような深い森の中、大変だったでしょう。見ての通り何もない場所ですが、今日はゆっくりと休んでいってください」

「ありがとうございます。助かります」

ロリンガスは案内された小さな小屋でメアリーの母親に料理を振る舞われていた。

「それにしても、このような森の中でこれほど美味しい食事にありつけるとは」

「あらあら。そんなにおだてても何も出ませんよ?」

「いえ、本心からです。体中に染みわたるようです」

「ふふっ。それはロリンガスさんのお腹がすいていたからですよ」

そう言って彼女はコロコロと笑った。

「おかあさんのりょうりはね。いちばんおいしいの!」

「そうだね。メアリーちゃんのお母さんの料理は美味しいね」

「うん！」

一方のメアリーは母親の料理を褒められたことをまるで自分の事かのように喜んでいる。

「ところで、ロリンガスさんはこんな森の奥深くまで何をしにいらしたんですか？」

その問いにロリンガスは表情を硬くする。

「それは……」

「あ、答えづらい事を聞いてしまいましたね。すみません。ですが、助けになれるなら協力しますよ？」

そう気遣う彼女にロリンガスは下を向くと唇を噛《か》んだ。それからしばらく悩んだ末、意を決したように口を開く。

「……月の魔草《まそう》の種を探しに来ました」

「月の魔草、ですか？」

「はい。月の魔草はマナの豊富な場所で新月の夜にのみ種をつけるのですが、私にはその種がどうしても必要なんです」

「あれは普通の人には必要のないもののはずです。なぜそんなものが必要なのですか？」

「……ちゃんとした魔法を使えるようになりたいんです」

「ですが、下手をすれば命を落とすのですよ？　魔法を使えるようになるためだけに何故そのような危険な真似を？」

「はい。ですが自分のプライドに懸けて、どうしてもまともな魔法を使えるようになりたいのです」

「まともな? ということは今も魔法を使えるのですか?」

「はい。ですが、役に立たない魔法ばかりでして……」

ロリンガスはそう言うと悔しそうに俯《うつむ》いた。

「役に立たない? 試しに使ってみてもらえますか?」

そう言われたロリンガスは少しの間躊躇《ちゆうちよ》していたが、やがて承諾の意を示した。

「わかりました。ではそちらの空の鍋を貸してもらえますか?」

「はぁ。わかりました」

彼女は怪訝そうな表情を浮かべながらも台所に置いてある鍋をロリンガスに手渡した。

「では」

そう言って真剣な表情を浮かべたロリンガスは何かの呪文を詠唱した。

「はっ」

ロリンガスが気合を入れるとなんと、鍋から真っ白な鳩が何羽も飛び立った。

「わぁー、すごーい! はとさんだー!」

メアリーはそう言って大喜びをしているが、メアリーの母親は額に手を当てている。

「ええと? ロリンガスさん。他には何かないのですか?」

「他に、ですか? 他にですと、ゆで卵と生卵を見分ける魔法も使えます」

「は？」

そう答えたロリンガスに対して彼女は冷たい視線を向けていた。

「すごーい！　ゆでたまごとなまたまごがわかるなら、まちがえてまぜてもだいじょうぶだね！」

そんな母親とは対照的にメアリーは無邪気な笑顔を向けている。

「ううっ。そう言ってくれたのはメアリーちゃんが初めてなんだお……」

ロリンガスは目に涙を浮かべながらそう言った。

「それで、その使える魔法がない落第魔法使いが周りを見返すために月の魔草で魔力を得て賢者になりたい、と？　そんなことをしなくてもその鳩のマジックがあれば十分に食べていけるのではありませんか？」

「……それではダメなのです。私の故郷の好きな人に告白するにはこんな役に立たない魔法ではなく、価値のある魔法を使いこなせるようにならなければいけないのです」

「つまり、女性を自分のモノにするため、ですか」

そう言うと彼女は大きくため息をついた。

「悪いことは言いません。諦めなさい。そもそも魔法でしか関係を築けない時点であなたとその女性は合わないでしょう」

「で、ですが！」

「もうこの話は終わりです。明日、日が昇ったらこの森から出て行ってください」

「そんな！　私は一人でも探すつもりです」

「いえ。許しません。私は森の魔女。この森は私の庭です。その主たるこの私はあなたの滞在を許可しません」

「そ、そんな……ですが!」

ロリンガスは青ざめた表情でなおも食い下がろうとしたが、彼女はそれ以上の会話を許さなかった。

◇◆◇

「帰り道はあちらです。もう二度と来ないでください」

「お世話に……なりました……」

冷たい目で睨まれたロリンガスはとぼとぼと言われた方向へと歩いて行くが、その足取りは重い。

「はぁ。一体どうすればいいんだお……」

ロリンガスはそう呟くともう一度大きなため息をつき肩を落とした。

「ロリンカスのおじちゃん! こっちだよ!」

「え?」

驚き振り返ったその先には何とメアリーちゃんの姿があった。

「メアリーちゃん? どうしてここに?」

「ロリンカスのおじちゃん、つきのまそーがいるんでしょ? こっちだよ」

「え？　で、でもお母さんには」

「うん。ないしょ。でも、つきのまそーがあればもっとすごいまほうがつかえるんでしょ？」

「そ、それは……」

「だから、ロリンカスのおじちゃんね。もっとすごいまほうつかいになるの！」

ふと転がってきた幸運にロリンガスの表情はみるみる緩んでいく。

「い、いいのかい？」

「うん！　だからね。もっとすごいまほう、みせてね！」

「わかった。約束するよ。じゃあ、案内してくれる？」

「うん！　こっちー」

メアリーは無邪気な笑顔でそう言うとロリンガスの手を引き、森の奥へと足を踏み入れるのだった。

◇◆◇

「あったお！　あれは正《まさ》しく月の魔草なんだお！」

メアリーに連れられて歩くこと数時間。森の中の小さな泉のほとりにやってきたロリンガスは興奮した様子でそう叫ぶと、そばに生えている草に駆け寄って調べ始めた。

「ああっ、しかも今にも開きそうな蕾《つぼみ》があるんだおっ！　これは今晩は期待できるんだおっ！」

再びロリンガスは興奮した様子でそう叫んだ。

「ロリンカスおじちゃん、うれしい?」

「うれしいんだおっ!」

「だお?　へんなはなしかたー。だおだおー」

無邪気に笑いながらそうからかったが、ロリンガスに気分を害した様子はない。

「そうだおっ。これがボクチンの普段の喋り方なんだおっ」

「だおー」

そうして二人はしばらくの間そうして楽しそうにじゃれ合っていたのだった。

◇◆◇

「おじちゃん、そろそろかえらないとまものがあぶないんだおー」

「ボクチンはここに一人で残って種を手に入れるんだお。メアリーちゃんは危ないからお家に帰るんだお」

「えー、でもー」

しかし、そんなやり取りをしている間にも日は徐々に傾いていき、森は少しずつ薄暗くなっていく。

「ボクチンは隠れるのは得意なんだお。ボクチンは隠密魔法も使えるんだお」

そう宣言すると、ロリンガスは何かの呪文を唱えて魔法を発動させた。

ポン、という軽い音と共に目の前には大きな段ボール箱が出現した。

「この中に入れば誰にも気付かれないんだお」

そう言ってドヤ顔をしたロリンガスはいそいそと段ボール箱の中に入る。

「さあ、メアリーちゃんは危ないから帰るんだお」

「すごーい。あたしもはいるーだおー」

しかしそれに興奮したメアリーはロリンガスの入っている段ボール箱の中に侵入してきた。

「えへへー、これであたしもみえないだーお」

「ちょっと、まずいんだおっ。お母さんに叱られるんだおっ」

「えー、だいじょうぶだよー。いままでもよくおそとでねてたもん」

「えっ」

あまりの返答にロリンガスは絶句する。

そして思った。こんな小さな子供を外に放り出して気にしないなんて森の魔女は一体どういう神経をしているのか、と。

「お母さんは心配しないのかお？」

ロリンガスは思わずそう聞いた。

「えー？　だって、だいじょうぶだから？　あたし、こわいめにあったことないもん、だお。それに、おこられないんだお」

それを聞いたロリンガスは憤りの表情を浮かべた。

「そんなのはおかしいお！　メアリーちゃんは小さいんだから、森の中で寝るなんてダメなんだおっ！　ちゃんと毎日お家の暖かいベッドで寝なきゃいけないんだおっ！」

「そうなのーだお？」

ロリンガスの言葉にメアリーはキョトンとした様子でそう尋ねる。

「そうだおっ。森には怖い動物もいるし、魔物もいるんだおっ。メアリーちゃんは小さくて柔らかいから食べられちゃうんだお！」

「えー、だいじょぶだよー」

メアリーは楽しそうにケタケタと笑いながらそう言った。

「でもっ！」

ロリンガスはなおも食い下がるが、気付けば日は落ち、周囲は既に夜の闇に包まれていた。いつの間にか森の雰囲気は一変しており、あちこちから獣の気配が漂ってくる。

息をひそめて待つこと数十分。月の魔草の蕾がゆっくりと花開いた。

「お、お、これが、月の魔草の開花なのかお？」

「ほんとだー。今月も咲いたーだおー」

段ボールに開けた穴から外を見ているロリンガスが感動の声をあげた。それに対してメアリーの声色はどこまでものほほんとしている。

「あとは種になるまで待てば良いだけだおっ」

「よかったねー、ロリンカスおじちゃん」

「よかったんだおっ」

ロリンガスが満面の笑みを浮かべると、段ボール箱の中で密着しているメアリーもまた楽しそうに笑った。

しかしそんな和やかな雰囲気は一瞬にして破られることになる。

「グルルルル」

ロリンガスたちのいる泉に巨大な狼が姿を現した。五メートルはあろうかという巨大なその狼は全身をグレーの見事な毛に覆われ、青い瞳がまっすぐにロリンガスたちの段ボール箱の方を見ている。

「なっ？　魔物かおっ!?」

「あー、おおかみさんだー。おかあさんがね。ぐれーとうるふっていってたんだおー」

「あれがグレートウルフかおっ!?　普通は二メートルくらいなのに、いくらなんでも大きすぎるんだおっ」

器用に段ボールを被ったまま方向転換をして声のする方を見たロリンガスは驚きの声をあげた。

「あんなに巨大なグレートウルフなんて勝ち目がないんだおっ！　このまま隠れてやり過ごすんだおっ」

「えー、でもそうしたらあいつにつきのまそー、とられちゃうよー？」

「えっ？」

「だって、ここにくるまものはね。みーんなつきのまそーがほしいんだよ？」

「そうなのかお？」

「うん。まものはね。つきのまそーのおはながね。だいすきだって、おかあさんがいってたんだおー」

「うっ。それは困るんだお。でもボクチンの魔法じゃあいつには勝てないんだお……」

ロリンガスが迷っている間にもグレートウルフは一歩、二歩と月の魔草に向かって歩いてくる。

「ぐっ、それにここからボクチンが出てはメアリーちゃんが危ないんだお」

そうロリンガスが呟いた直後、グレートウルフは「グルルルル」と喉を鳴らすと一気に月の魔草に向かって跳躍した。

ドン、と大きな音と共に何かが空中でぶつかり合ったようだ。ロリンガスたちはまたも器用に方向転換をしてその現場に視線を向ける。

するとロリンガスたちの視界に巨大な鷲《わし》の頭部と翼、そして獅子の体を持つ魔物がグレートウルフと睨《にら》み合っている光景が飛び込んできた。

「げぇっ。グリフォンまで来たんだおっ」

「あいつも、いつもつきのまそーのおはな、ねらってるやつなのーだお」

「ど、ど、どうなってるんだお？　グリフォンなんて伝説級の魔物だお」

ロリンガスはそう言って震えながら頭を抱えた。そんなロリンガスにメアリーは無邪気に尋ねる。

「ねーねー、ロリンカスおじちゃん。あいつらやっつけないのー？」

「え？」

「だっておはな。いるんでしょー？」

「う……」

そう言われたロリンガスは逡巡《しゅんじゅん》する。そしてしばらく悩んだ末に首を横に振った。

「ダメだお。メアリーちゃんを危険な目に遭わせるわけにはいかないんだお。見つからないうちに逃げるんだお」

「えー？　でもロリンカスおじちゃんのまほーは？」

「仕方ないんだお。メアリーちゃんみたいに小さな子供を危険な目に遭わせてまでやることじゃないんだお。ダメなら今度はボクチン一人で挑戦するんだお」

「んー。わかったーだお」

真剣な表情でそう答えたロリンガスに対してメアリーはまたもや無邪気な様子で答えると、次の瞬間段ボール箱から飛び出した。

「え？　メアリーちゃん？　危ないんだおっ！」

ロリンガスは慌ててそう叫ぶと段ボール箱から飛び出した。しかしロリンガスの視界に飛び込んできたのは信じられない光景だった。

メアリーは一瞬で距離を詰めると手前にいたグレートウルフの下に潜り込み、強烈なアッパーカットを打ち込んだ。そして次の瞬間、グレートウルフの体は炎に包まれる。

グレートウルフは突然の出来事に対応できずに地面を転げ回った。そんなグレートウルフの頭部にメアリーは容赦なく拳を打ち込んだ。

するとその一撃でグレートウルフは動かなくなり、そして次の瞬間死体も残さずに塵《ちり》となって消えたのだった。

「え？　どうして、魔物の死体が消えたんだお？」

しかし驚くロリンガスの視界にメアリーの背後から迫るグリフォンの姿が映った。

「って、危ないんだお！」

ロリンガスは慌てて段ボール箱を手に持ち魔法を使う。すると段ボール箱から大量の鳩が飛び出し、メアリーを襲おうとしていたグリフォンに一斉に飛びかかっていった。

「ギエエエエ」

突然の横やりに怒りの声をあげたグリフォンは自身の周りに風を起こして纏《まと》わりついた鳩たちを攻撃する。その風に鳩たちはなすすべなく吹き飛ばされ、まるで溶けるかのように消滅した。

グリフォンはロリンガスをギロリと睨《にら》みつけると、ロリンガスへと向かって一直線に突撃をしてきた。迫りくるグリフォンの爪を避けようとすることすらできずにロリンガスは目を瞑《つむ》る。

しかしその爪がロリンガスを切り裂くことは無かった。恐る恐る目を開けたロリンガスは自分の視界に飛び込んできたその光景に思わず目を疑う。

なんと、グリフォンの突撃をメアリーちゃんがその尻尾を摑んで止めていたのだ。

メアリーちゃんは摑んだ尻尾を思い切り引っ張るとそのままグリフォンの体を地面に叩きつけた。

背中から地面に打ち付けられたグリフォンは苦悶の表情を浮かべている。

「どうなって、いるんだお？」

そう呟いたロリンガスは口をポカンと開け、そのあり得ない光景に唖然《あぜん》としている。

そんなロリンガスをよそにメアリーちゃんは動き出し、グリフォンが起き上がるよりも早くその頭部に強烈な拳をお見舞いした。

グリフォンはそのまま動かなくなり、先ほどのグレートウルフと同様にその死体は塵《ちり》となって消滅した。

「な、何がどうなっているんだお？」

「ロリンカスおじちゃーん。やっつけたー、だお」

「え、えっと、すごいんだお？　でも、どうしてそんなに強いんだお？」

「えー？　んー、わかんなーい。だお」

「そ、そうかお。でも、それだけ強いから叱られない、のかお？」

「んー？　んーとね。あ、たねになったー」

「え？　あ、本当だお！　すごいお！」

ロリンガスは慌てて月の魔草に駆け寄ると、先ほどまで花が開いていたその場所に一粒の青い大きな種が実っていた。

とてて、とメアリーも月の魔草に駆け寄り、その種をぶちりとむしり取った。

「はい。ロリンカスおじちゃん。これ、あげるーだお」

「え？　いいのかお？」

「うん。いいんだお!」

「ありがとうなんだお」

ロリンガスはメアリーから月の魔草の種を受け取った。

「それねー。そのままたべるとね。まほーがすごくなるって、おかあさんがいってたのー」

「今食べればいいのかお?」

「うん! たべてほしいんだおー」

「わかったお」

そう言ったロリンガスは月の魔草の種を口に含むと硬い種をガリガリと音を立てながら噛み砕き、そして一気に飲み込んだ。

「う……」

そううめき声をあげたロリンガスは体中から脂汗を垂らし、そして地面に蹲《うずくま》る。

「えへへー、ちゃんとみててあげるーだお」

「メ、メア……リ……」

そう呟いたロリンガスはそのまま地面に倒れて気を失ったのだった。

◇◆◇

次にロリンガスが目を覚ました時、うっすらと東の空が明るくなっていた。

「あ、おきたーだお」

「う、メアリーちゃん？　ボクチンは一体どうしたんだお？」

「んー、よくねてたーだお？」

「そうか、ボクチンは朝まで寝てたのかお……って、メアリーちゃん！　その体はどうなっているんだお！」

ロリンガスは驚きのあまり飛び起きた。それもそのはずで、メアリーの体は朝日に照らされて半透明に透けているのだ。

「えへへー。ちょっともうだめみたいだおー」

「ダメって！　どういうことなんだお！」

「ロリンカスおじちゃん。たのしかったーだお」

「え？　え？　メアリーちゃん？　メアリーちゃん！」

ロリンガスがそう叫ぶもメアリーの体はどんどんと透けていく。何かを伝えようとメアリーは口を動かしたがそれは声として伝わることはなく、その姿はすぐに見えなくなってしまった。

ロリンガスは呆然《ぼうぜん》とメアリーの消えた虚空を見つめている。

しばらくすると近くの草むらをガサガサとかき分けてメアリーの母親である森の魔女が姿を現した。

「ああ、やはりこうなってしまったのですね。ロリンガスさん」

しかしその言葉にロリンガスは反応することもなく、メアリーの消えた虚空をじっと見つめ続けている。その様子に森の魔女は大きくため息をつくとロリンガスのすぐそばまで近づいた。そして森の魔女はロリンガスの肩に手を置くと耳元で大きな声で呼び掛ける。

「ロリンガスさん！」

「うわっ！　あ……メアリーちゃんのお母さん……！　あ、その！　メアリーちゃんが！」

慌てた様子でロリンガスは状況を説明しようとするが、上手く言葉にすることができない。

「わかっています。メアリーは消えてしまったのでしょう？」

「え？」

「あの子は既に死んでいたのです。そして元々魔力の強い子だったあの子は月の魔草を生み出すこの森に囚われてしまったのです」

「既に……死んでいた？　囚われた？」

「はい。私はあの子を解放してやる方法を探してこの森に住んで月の魔草を研究していたのです」

「でも消えたということは……」

「いいえ、あれは元に戻っただけです。魂は未だこの森に囚われたままです」

「では、どうして消えたんだお!?」

「メアリーのあの肉体は仮初のものなのです。ただでさえ不安定なそれにあなたという他人が直接触れてしまい、より不安定な状態となっていました。にもかかわらず魔物を倒すために力を使ったことで限界を迎え、肉体を保つことができなくなってしまったのです」

「そんな！」

「ただ、それでも月の魔草の種を食べれば肉体を維持できていたはずなのですが……」

「じゃ、じゃあ……ボクチンのせいなのかお？　ボクチンさえ、ボクチンさえここに来なければ……」

「……そういうことです。次にまた仮初の肉体を得られるまでにどれほどの時間がかかることやら。そしてその時私は……」

そう言ってため息をついた森の魔女に対してロリンガスは絶望の表情を浮かべた。

「ボ、ボクチンは何てお詫びをすれば……」

青い顔になったロリンガスは森の魔女に縋《すが》るような視線を向けた。

「ですが、あの子がロリンガスさんに渡したのでしょう？　ならば仕方ありません」

「ま、まだ約束を……すごくなった魔法を見せるという約束を果たしていないんだお！」

そう嘆くロリンガスに森の魔女はただ首を横に振るのみだった。

◇◆◇

ロリンガスが落ち着くのを待って森の魔女が切り出してきた。

「ロリンガスさん。どうやらあの子は随分とあなたと遊んだのが楽しかったようです。もし良かったらたまに遊びに来てやってください」

「もちろんだお！　それにボクチンは必ず魔法を極めて、必ずメアリーちゃんを助ける手伝いをしにくるんだお！」

「……そちらは期待せずに待っていますよ」

「ボクチンは、約束は守る男なんだお！」

「……そうですか」

森の魔女はそう言うと曖昧な笑みを浮かべた。

「森の出口はあちらです。ロリンガスさん、どうぞお気をつけて」

「ありがとうなんだお」

こうして森を後にしたロリンガスは一路、故郷を目指したのだった。

◇◆◇

森の魔女と別れてからおよそ半年後、ロリンガスは故郷の町へと戻ってきた。しっかりとスーツを着込み、花束を持ったロリンガスは一軒の家の前にやってきた。そしてドアノッカーを鳴らして応答を待つ。

しばらくすると扉が開けられ、一人の女性が姿を現した。ほっそりとしているがその表情はどこか気だるげで、強い香水の匂いを漂わせている。

「あ、あれ？　アンネ、かお？　随分と印象が変わったお？」

「あれ？　その喋り方はもしかしてロリンガス？　何しに来たの？」

驚くロリンガスに対してアンネと呼ばれた女性はそっけない態度を取る。

「スーツに花束なんか持ってどうしたの？　あ！　まさかアンタ、あたしにプロポーズしに来たわけ？」

「え、あ、そ、そうだお。アンネが魔法を使えるようになれば良いって言ったから、ボクチンはきちんと魔法が使えるように修行してきたんだお」

顔を真っ赤にしながらそう言ったロリンガスに対してアンネは面くらったような表情を見せ、そして突然噴き出した。

「あはははは。まさかあれを本気にしてたの？　あたしがアンタみたいな根暗でキモイ奴と結婚なんてするわけないじゃない！」

「え？」

あまりのショックに口をパクパクとさせているロリンガスを見てはアンネはニヤニヤと意地の悪い笑みを浮かべている。

「大体さ。アンタと仲良くしている間にあたし、他の男と付き合ってたんだよね。それで、アンタがどこまで本気になるか試して遊んでたのよ。清楚風の化粧にしてさ。理想の女の子を演じてあげてたのよ」

楽しそうにそう言葉を連ねるアンネに対してロリンガスは声も出せずに絶句している。

「おーい、アンネ。誰だ？」

「あ、あんた！　ロリンガスだよ。あいつがあたしにプロポーズしにきたんだよ！」

「マジか？　ウケるな！」

家の中から男の声が聞こえてきたかと思うと、すぐに厳つい男が飛び出してきた。

「うわっ！　マジで花束まで持ってる！　必死すぎてウケるわー」

そう言ってギャハハと笑った男にアンネもあわせて爆笑する。

「と、いうわけで、この人があたしの旦那だからあんたの求婚は受けられないね。じゃあねー」

そう言われたロリンガスは地面に膝を突いてがっくりと項垂《うなだ》れた。

「ああ、そうだ。おい、この根暗。よくも他人の女房に手を出したな。オラッ」

男はそう言ってロリンガスの顔面を蹴り飛ばした。

「もう二度と来んなよ！　ギャハハハハ」

大笑いした男は音を立てて乱暴に扉を閉めたのだった。

◇◆◇

「ううっ。アンネ。ずっと騙していただなんて、いくらなんでも酷いんだお……」

アンネに振られ、男に顔面を蹴り飛ばされたロリンガスは失意の中町を彷徨い歩き、いつの間にか裏路地に辿りついていた。

「はあ、ボクチンは何のためにあんな必死になっていたんだお？」

そう呟いたロリンガスは壁にもたれかかり、そしてそのままゆっくりと座り込んだ。ロリンガスの両の瞳からはとめどなく涙がこぼれ落ちる。

それからどれくらいの時間が経っただろうか？

一人のボロボロの服を着たいかにも貧しい幼女がロリンガスのもとにとてて、と走り寄ってきた。

「ねえ、おじちゃん。どこかいたいの？」

「え？」

ロリンガスは涙で滲んだ目でぼんやりとその幼女を見つめた。

「メアリー、ちゃん？」

しかしその少女はキョトンとした表情を浮かべる。

「んーん、えるなはえるなだよ？　おじちゃん、ないてるからこれあげる。はい」

そしてその幼女は一輪の白い花をロリンガスに差し出した。

「これは……」

「えへへ。きれいでしょ？　えるな、このおはながね。だぁいすきなの。ね、もういたくない？」

「あ……うん。痛くない……よ」

ロリンガスはそう言って涙を拭うと頭を撫でようと手を伸ばしたが、その手を慌てて引っ込める。

「触ったら、消えてしまうかもしれないんだお……」

「え？　なにー？」

「何でもない。それから、元気がでたよ。ありがとう」

「んー。どういたしましてー！」

大輪の笑顔を咲かせた彼女はとてとてと走り去っていった。

「そう、だお。ボクチンは悟りを開いたんだお。年増はダメなんだお！　そして、幼女は触らずに愛でるのが至高なんだお！」

ロリンガスはそう言うと立ち上がるとすっと拳を天高く掲げて誰にともなく宣言する。

「だからボクチンは魔法を極めてメアリーちゃんと幼女たちを救ってやるんだお！」

こうしてロリンガスは確かな信念と決意を胸に秘め、ゆっくりと確かな足取りで歩み始めたのだった。

人々はまだ知らない。この男が後に無私の大賢者と呼ばれ世界中の人々から慕われる存在となることを。

そう、ロリンガスの旅はまだ始まったばかりなのだ。

あとがき

お読みいただきありがとうございます。いかがだったでしょうか？

本作は、いわゆる「乙女ゲームの悪役令嬢」に転生しゲームの知識を活かして破滅を回避したり奮闘したりする作品は多数あれど、その悪役令嬢を救うために登場人物ですらない人物が最底辺から成り上がるという作品は記憶にないな、ということから書き始めた作品でした。

そして本書の部分を含め、序盤は徹底的にテンプレに従うという事を意識して書かれております。ですので、婚約破棄のシーンにせよ、冒険者ギルドにせよ、学園でのエピソードにせよ、詳しい方でしたら恐らくほとんどの要素がどこかで見たことがある内容だったのではないかと思います。

ただそんなテンプレ展開ではありますが、たとえいくらゲームの知識を持っていたとしても幼少期からどぶさらいをしなければならないほどの最底辺から這い上がれるとは思えませんでした。

そこで、そういったゲームの知識チートだけでなく一途な努力、そして銃とグライダーという前世の趣味と職業の知識をも含めて総動員させる事でアレンが成り上がる事にも一定の説得力を持たせられたのではないかと思っています。

その中でもグライダー、それから特に銃についてはマニアックな部分でもありますので賛否が別れる部分だったかもしれません。そしてそういった事に詳しい方はおかしいと感じる部分もあったかもしれません。

本作では、最低限の簡潔な説明に抑えつつも物理的に間違った内容はあまり盛り込まないということをコンセプトとしました。

ですのでそういった詳細な内容には興味のない方にも読み進めやすいようウェブ版と比較してかなりシンプルな描写を心がけたつもりです。

また、本書の書き下ろしストーリーとしてウェブ版で根強い人気のあった無私の大賢者ロリンガスのはじまりの物語の他、冒険者の先輩とのエピソードや母親とのエピソードを追加で盛り込ませていただきました。

本書で初めてお会いした読者の皆様はもちろんのこと、ウェブ版をすでにお読みいただいた読者の皆様にもお楽しみいただけていたなら幸いです。

まあ、そうして色々と詰め込んだおかげでいざこれから、という部分で一巻が終了することになってしまったのですが……。

この点につきましては、是非とも次巻を楽しみにして頂けますと幸いです。

さて、前世では大学院を卒業して航空エンジニアになったという事で一定の成功を収めたアレンですが、果たして今世では無事に母親を、お世話になった人たちを、そして何よりアナスタシアを救うという未来を勝ち取ることができるのでしょうか？

次巻では、書き下ろしストーリーに加えてウェブ版では描写が不足していた部分などに大幅な修正を加え、よりパワーアップした形でお届けできたらと考えております。

どうぞ次巻もお手に取って頂き、そしてアレンとアナスタシアの活躍を応援して頂けますよう宜しくお願い致します。

ルクス
レオナルド
オスカー
クロード

イラストを担当させていただきました。
どうぞよろしくお願いします。

EARTH STAR
NOVEL

町人Aは悪役令嬢をどうしても救いたい ①

発行 ―――――――― 2021年3月15日　初版第1刷発行

著者 ―――――――― 一色孝太郎

イラストレーター ―――― Parum

装丁デザイン ――――― シイバミツヲ（伸童舎）

発行者 ―――――――― 幕内和博

編集 ―――――――― 筒井さやか

発行所 ―――――――― 株式会社 アース・スター エンターテイメント
〒141-0021　東京都品川区上大崎 3-1-1
目黒セントラルスクエア　7F
TEL：03-5561-7630
FAX：03-5561-7632
https://www.es-novel.jp/

印刷・製本 ―――――― 図書印刷株式会社

ISBN 978-4-8030-1505-8